古典的心情

龙子仲 —— 著

GUANGXI NORMAL UNIVERSITY PRESS

广西师范大学出版社

·桂林·

图书在版编目（CIP）数据

古典的心情 / 龙子仲著. —桂林：广西师范大学
出版社，2015.11

ISBN 978-7-5495-7652-4

Ⅰ．①古… Ⅱ．①龙… Ⅲ．①随笔—作品集—
中国—当代 Ⅳ．①I267.1

中国版本图书馆 CIP 数据核字（2015）第 291321 号

广西师范大学出版社出版发行

（广西桂林市中华路 22 号　邮政编码：541001）

（网址：http://www.bbtpress.com）

出版人：何林夏

全国新华书店经销

桂林广大印务有限责任公司印刷

（桂林市临桂县秧塘工业园西城大道北侧广西师范大学出版社集团
有限公司创意产业园　邮政编码：541100）

开本：889 mm ×1 240 mm　1/32

印张：10.75　　　　字数：220 千字

2015 年 11 月第 1 版　　2015 年 11 月第 1 次印刷

印数：0 001~3 500 册　　定价：36.00 元

如发现印装质量问题，影响阅读，请与印刷厂联系调换。

目　录

前 记

这是一本无用的书。它既不实用，也无纯情。里面没有致富的法宝，亦无登龙的秘诀，更没有纯情的警句或悲喜交集的爱情奇闻，所以欲求致用以及闻达者，可以不必买它；欲求浪漫奇情者，也可以不必买它。否则白白浪费了顾客的钱财，又没有给人可心的货品，在我也是一种不安。

我把这些年零零碎碎写的一些小文章，选辑出版，本意是为了给愿意读我文章的主顾们一个比较完善和集中的成品。这些文字，当其发诸报端时，终是有些粗糙的。只是当时不觉得，而过后却都有些小的增删。这些文字，早的作于1990年，晚的到2000年，共选编了64篇，基本上是散文之属。我是极怠惰的人，作文极低产，又才浅气短，罕有作长篇文字的力量和信心，所以多只能作些千字文。这景况，说得雅一点，是所谓的遣兴；说得实在些，则是力所不及。就像是体弱的人，你若要他长歌，那真是难为他了，因为他的气力，只能是断续的残喘，而决不宜于长歌的。倘若硬是给他以最好的麦克风，鼻子哼一哼也会让麦克风造就成绕梁三日般的奇效，那当然也可以哄一哄人，使他冒充得气壮如牛的样子。但扪心一想，这又有什么实在的意义呢！其实长歌或短吟，均是因人而异的，只要适合其人者，便是好的；不合其人，便是再怎样的"气蒸云梦泽"吧，也终究藏不住骨子里的那一分虚假。我觉得自己还是诚实一些的好。

　　既然编成集子要卖给主顾，总想为它起一个好一点的书名，也确实想出了几个来，但终于又一一的推翻了。起名真是件累人的事。尤其是过去读过金圣叹的《杜诗解》，看他分析杜甫诗题怎样怎样的绝妙，无不暗含有微言大义的样子，我真是很自惭的。后来认清自己这辈子永远不可能达到杜甫那样的老谋深算，也就释然了，并索性有些破罐破摔起来。所以我对标题一向不甚用心，常常心有所思，并不命题，只信笔由心地先写下去。往往写到大半，会忽然想出一个标题，于是书于笺首，剩下的文章也就自然地顺着那标题的意思而发展完成了。我想，对于像我这样笨而且懒的人来说，这办法倒是很实用的。但这书的书名，却终究没能那样地"忽然想出"。无奈，只好借了古人的办法，如《论语》的章名、《诗经》的诗名那样，拈了正文的起首的字，冠而为名。这办法极省事。所以我这书的书名便直接搬了首篇的篇名来用。之所以如此，只是我再懒得多想，并非暗示着什么深刻的用心。这是我要向读者说明的。

　　而今的作文云者，真是殊非易事。我的这几十篇文字，多是在《桂林日报》副刊上发表的。那时周昱麟先生跑来，要我为他们写一些东西。他那样诚恳且不安的样子，教我很感动，于是应承下他，就一期期地动笔写下来。这些文字，多是故纸堆里的钩沉，融入了我的理解，作为多年读书的点滴感受，老实地记录下来。因此，它是绝不新潮或高深的，也没有新的名词和术语，没有刻求诗意的空灵与豪迈。书中大量的读书笔札式的东西，既无文章家的工整，亦无学问家的系统与严谨，多只是率性之作，读者切不可当做论学文字去读。我极知道我自己，读书类同野狐禅，但求大体，不计枝节，总之是十分率性的。这却也好，免掉了所谓的"獭祭"之嫌。而率性云者，亦未可全非。清儒李二曲先生，在他的《学髓》一文里，说过这样的话："学问之道，正要遇境征心。心起即境起，境在即心在。心境浑融，方是实际。"这话，我是颇信以为然的。心性未可空言，亦不可不言。倘一味做死学问，未能征之于心，便非真学问。文章也一样，若一任心性，全无实境，也不会是好文章。这其中是有个分寸的。孟子言"四端"，又言"求其放心"（《孟子·公孙丑章句上》），是心性论，又不唯心性论。世事的玄妙，但凡在此吧。作文之难，正在于难以书写这玄妙上。我是做不到的。

　　这些年来，目睹过种种玄妙的文章，真是玄而又玄。然而玄到极处时，是要碰到"言语道断"的时候的，于是两眼发黑，昏倒在地——完啦！我怕这样的"完啦"，所以不敢去求所谓的"玄"。知者恕我，我亦敬我的知者。

　　是为前记。

子仲识

岁在壬午

古典的心情

读了几页书,忽然发现窗外的雨住了。清新的空气从外面流进屋里,吸一口很好闻。于是披上衣出去。

走在被雨润泽过的小道上,一种古典的心情油然生起。忽然,一片枯黄的梧桐叶悄然落在我的跟前,我抬起头来,看见稀疏的枝桠背后,衬着一片铅色清隽的天,逼真而夺目的样子。想起周美成一句词来:"古屋寒窗底,听几片、井桐飞坠",是极清苦的境界。

梧桐是中国人生活的一种境界,诗人也多爱吟咏它。中国文人一般有四种境界:一是松的境界,是一种浩然正气,它的另一种形式就是梅,显示成了傲气;二是兰的境界,是幽人隐士的风格,它的另一个形式是菊,只是兰的居隐是雅的,菊之隐则含了一丝野味;三是竹的境界,是一种高雅的君子风度,它的另一个形式是柳,似乎竹的雅是一种清雅,柳的雅则未免多了一层脂粉气;第四种境界就是梧桐的境界,是一种清苦之境,如同"箪食瓢饮""穷而后工"的情调,它的另一种形式是莲,比之梧桐,莲是清淡而不至清苦。在取象方面，至少唐以前主要取的是莲叶而非荷花，看汉乐府多有"团团"之语，至后来也还有"枯荷听雨"之说的。此外还有一种境界是牡丹的境界，取其富丽之象，它的另一种形式是海棠，比之牡丹，它少一些豪门气息，多一些小家碧玉色彩，是一种艳丽，或一种媚态；但我觉得这个境界与真正的、本质的文人作风相距较远，所以，认真说来不能算它。

四种境界中，松梅之境是一种超拔之境。它的孤独是一种孤高之气，其实只是独而不孤，因为它的孤独里有一种自足自在的东西，它能以俯视的态度去面对人生，所以自有一种高高在上的圣人风度。像孔子"岁寒，然后知松柏之后凋"，便是圣人以松柏自比的。兰菊之境则是一种幽隐的智者之风，它也是孤独的，但是看破了孤独之后的孤独，它实则是一种名士风，显示为一种高洁，像朝饮木兰坠露，夕餐秋菊落英，即是如此。竹柳之境却是世间的君子，自有一种风流体态在，它也感受到孤独，但不是本质意义上的那种终极的孤独，所以只是一种君子风，是中古以后的所谓士君子。梧桐与莲的境界则是那种心气很高的寒士了，它的孤独实则是一种孤苦，如同杜甫，虽冠"诗圣"之名，以我看来则似一片深秋老梧桐，时时多有牢骚，有点姜白石"数峰清苦。商略黄昏雨"的样子。

遐思绵绵，不觉得丝丝缕缕的细雨早已笼住了我，那浓郁的古典的情绪骤然一惊，似化为一抹淡淡寒烟，飘然而逝。

酒说

晋朝人与酒的关系，鲁迅先生谈得最透。阮步兵不用说，陶渊明也一样是酒鬼。但晋朝的酒鬼，留给我印象最深的还是刘伶。我们看他的《酒德颂》，觉得极痛快，因为这文章就是他自己生活的写照。我总觉得，《酒德颂》之于刘伶，就如《五柳先生传》之于陶渊明。古人的饮酒，多半是为了发泄对黑暗现实社会的不满。像刘伶，他用醉酒来抗拒"贵介公子，搢绅处士"们的"理法"与"是非"，可以说是没有办法的办法。陶渊明则"寄酒为迹"，其意终不在酒。李白也一样，他的"五花马，千金裘，呼儿将出换美酒，与尔同销万古愁"，则显出了唐人特有的悲壮。这种悲壮也突出体现在王翰"醉卧沙场君莫笑，古来征战几人回"这样的诗句上。似乎唐朝的酒比晋朝的酒更悲壮些。

我见过的写酒写得最有趣的，是袁中郎的《觞政》，绝不亚于他作的《瓶史》。中郎是晚明人，他笔下的酒似乎已没有了晋人的压抑，也没有了唐人的悲壮。中郎的酒，已经变成了一种市井文人的闲情逸致，有点类似于案头清供那样的玩艺儿了。所以袁中郎这杯晚明的酒，品起来不像晋唐两朝那么沉重，那么有伟人气息，而是显得更接近于我们这种既成不了上帝，又做不了魔鬼的普通人。看来，酒到了明代，也变得世俗化了。

本来，中国儒家"经世致用"的态度已经注定会把它那种文化推向世俗化的。所以，到了宋词，文学已经不是那么有书香门第的身份了。元杂剧把文学真正地推向了平民，到了明清小说，中国文学的口味已经更为平民化了。于是，老百姓按照自己的口味，要求让酒文化中充满些有趣的、可供娱乐的故事，使酒变得不那么神圣化和精神化、情绪化。我们看《三国演义》中煮酒论英雄的曹操和那个可爱可笑的醉鬼张飞，看《水浒》中醉打镇关西的鲁提辖和醉后打虎的武松，他们都是从"酒的情绪"中转变出"酒的故事"。

我总觉得，酒在中国文化和中国人的生活中，也是换了好几个朝代的。

茶道

旧时读陆羽《茶经》，知道唐朝前的人喝茶不是冲泡的，他们的办法，是煮。《茶经》我读过太久，具体怎么煮法记不清了，似乎是火煎吧。但张宗子《陶庵梦忆》的煮法我却记得极真，其《闵老子茶》载："茶旋煮，速如风雨。"说得很明白，是必须以很猛的火势，迅速的煮开，这样煮出的茶是否好喝我没有试过，但它比今天的冲泡法更近于唐朝却是无疑的。茶从煮法变为冲法，是否与后来人的生活节奏加快了，需要缩短饮食时间有关？我不清楚。但它与现代人把一日三餐进化为快餐，把烹煮咖啡进化为速溶咖啡的做法，确乎有些相似。其实速溶咖啡怎么也比不过烹制的咖啡来得滋味深长，尽管电视广告里总说速溶咖啡"味道好极了"。

冲泡的茶是否也不如烹煮的茶呢？前年春，我在恭城一个朋友家里吃他们打的油茶，那做法极为近似唐代，令我感到古雅而有趣。茶端上来，啜一口，涩而醇，让人有对立统一的感觉，似乎在听哲学家的辩证法讲座。绝大多数人乍吃油茶总是不惯的，但吃过几回，总要上瘾。后来我想了想，恭城油茶的妙处大概与北方人包饺子的妙处是一样的。其实不在于吃饺子本身,而在于一群相亲相近的人合伙投入在那由包到煮到吃的过程里,从中体会一种人伦的亲善与和美。这是最重要的。打油茶也一样,它也有一个打、煮、吃的过程,而不像冲泡的茶,省略了前两个环节。于是打油茶吃起来特别富有人情味和东方式的家庭气息。家庭是我们在紧张的社会生活中得到松弛与休息的场所,打油茶也具有了这种意义,所以我有一种感觉:在恭城,你要想知道一个家庭是否和谐,最好的办法就是看那个家庭是否经常在一起吃油茶。

由此可以看出喝茶不止是一种口腹之需,它实在地包含着一种文化观念。唐代时,杭州径山能仁禅寺的和尚们常常围坐一处,品茶说禅。这个风气后被带到日本,成为他们的"茶道"。这是茶文化中比较高雅的部分,后来在中国反倒不怎么风行了。中国文化世俗化的倾向似乎鄙视这种一本正经的形而上嘴脸,它崇尚的是日常生活的价值。比如慧能所倡导的南派禅宗,一个顿悟便能立地成佛,来得何等普通和便捷,全不似律宗、密宗那样高深莫测,于是西土搬来的佛法被东土大唐弄得人间气十足。茶也是一样,我们中国后来的茶道艺术,更主要的是体现在茶馆里,而不是禅寺里。你看老舍那个叫《茶馆》的话剧,把整个历史都融进这最平常的茶碗里了。中国人发展了茶文化中比较通俗的部分,他们不是用茶来体会形而上学的大道理,而是用茶来享受闲暇。仔细想一想,中国人生活中这种茶的艺术,跟听戏、钓鱼一样,是一种"时间消费"。现代社会学家面临的一个重要的课题就是"闲暇社会学"。我觉得其中的关键实际上就是个合理的"时间消费"的问题。也许他们认真研究一下中国人的茶文化，会从中得到理论的启发。

关于读书

　　中国历来的传统，把读书视为很清高的事，寻常人是享受不了这种福泽的，于是流传下来，便有许多读书的佳话，并终于造就出一个读书的阶层，谓之"士"。所谓"学而优则仕"者，便活脱道出了这种读书的好处。

　　其实，古人读书已超过了求道致知的范围，而近乎成为一种"礼"了。孔子说："博学于文，约之以礼。"读书的结果，体现为礼的习得。所以才有"依于仁，游于艺"之说。所谓"游于艺"，包含了读书在内。孔子的话说得很妙，妙在一个"游"字，朱熹解为"适情"，而不是苦学。可见孔子所求的读书，是贯注了全人格于其中的。所以我说古人读书近乎于"礼"。几年以前读过一个日本人的书，释孔子的"礼"为"行为的艺术"。我看很恰当。艺术即活的、有序的、表现的，"礼"的特点也正如此。中国古人把读书升华为一种"礼"的意义，成为生活本身，成为日常化的艺术行为，于是读书遂有了一种美感，不可作等闲观。

　　大致说来，古人读书的境界有五种。一种是所谓"红袖添香夜读书"那种读法,我称之为闲读。多半是才子佳人,如唐伯虎、秦少游之辈,在一个极温馨的时刻,极舒适的场所,缱绻之余顺手拈来的几分清雅。这是许多读书人的一种理想,这种理想酝酿千年的结果,便有了大观园中那个亦读书亦不读书的怪人贾宝玉了。第二种境界是李清照的境界,我称之为趣读。李清照的《金石录后序》记录了这种读书生活,我把它抄于下:"每饭罢,坐归来堂,烹茶,指堆积书史,言某事在某书某卷第几叶第几行,以中否角胜负,为饮茶先后。中即举杯大笑,至茶倾覆怀中,反不得饮而起。"这种读书生活比之"红袖添香",似乎更多一筹智慧吧。第三种读书境界颇合道家风度,我称之为清读。魏晋之际有清谈风,是从清议发展来的。清议尚有儒学气,到了清谈,便臻于道家的范围了。清读也一样,是不需一只"红袖"在旁"添香"的。北宋王禹偁的《黄冈竹楼记》中说:"公退之暇,被鹤氅衣,戴华阳巾,手执《周易》一卷,焚香默坐,消遣世虑。江山之外,第见风帆沙鸟、烟云竹树而已。"这便是清读的样子,有一种寂寞的完美,宛似无言无欲,很清高、很宁静的。与这种读书趣味相反,另一种读书是所谓的苦读,就是第四种境界。这种读书是为求取功名而作的,所以绝不静穆,也非有趣,古有所谓"头悬梁,锥刺股"的读书人。拿锥子扎大腿,岂有静穆可言,简直是惊心动魄。功名之心存于内,必形于外,累及头股。他的读书,实则是一种苦役,没有乐趣可言。但这四种读书,我觉得都有些装样子,多多少少都有并非真心读书的意思在里面。第一种貌似读书而心在"红袖";第二种心在"角胜负",争强好勇;第三种心在"江山之外",实在近乎"鸿鹄将至"的心情了;第四种心在功名,又加劳其体肤、伤筋动骨,最要不得,万一不慎,简直可以一命呜呼的。于是便有了第五种读书的境界,是《五柳先生传》中"好读书,不求甚解,每有会意,便欣然忘食"的境界,最得读书之真谛。我把它称作自然主义的读书。读书达到这个境界,可以说是生命与书融为一体了。于是书亦有意,我亦会意,真正把自己读进了书里面,把书读出了大千世界来。入乎其内,出乎其外,岂不快哉? 快哉!

这五种读书境界,我最欣赏的是"自然主义"的境界。大凡读书,有入与出之分。读是入的一面,"会意"是出的一面。自然主义的读书,以入为手段,以出为目的,是真读书。若以入为目的而不知出,岂不成了书蠹? 南宋陆象山创"心学",颇解读书三昧。他有几句诗,记得是这样的:"读书切戒在荒忙,涵泳工夫兴味长。未晓莫妨权放过,切身须要急思量。"所谓"放过",即"不求甚解","切身"即"会意"处,"思量"的结果,自然就是"欣然忘食"了。书上有一部死文章,人心有一部活文章,只读书不读心,岂不是舍活而求死吗? ——用智慧老人的话说这叫作:"甚矣,汝之不惠。"

寅夜读书,得其几释。

山水与悟道

　　山水的精神,南北各不同。刘师培的《南北学派不同论》谈得很好,虽然有的地方难免牵强些,但基于中国文化"比象"的传统,也未尝不可的。中国古人的宇宙观很怪,其不求西方哲学那种广延与无限性绝对同一的实体,而求助于道。于是人文的基础,便在于悟道。悟道的基本方法不是分析演绎,而是比象。章学诚说:"象之所包广矣,非徒易而已,六艺莫不兼之。"由此,又分出"天地自然之象"与"人心营构之象",于是人与自然之间便找到了一种文化上的沟通。基于这种文化背景,很多问题是不能以"牵强附会"之嫌去非议的。比如说山水的美学精神,孔子就有他的观点,叫作"知者乐水,仁者乐山"。桂林山水甲天下,旅游者跑来,未尝不有求仁求智的一面,这便是"人心营构之象"吧。其实孔子的观点就是"动"与"静"这两个美学范畴的社会学表述,并不玄奥。但孔子是北方人,这便有了文化上的差异。比如说,深入一步看,孔子眼里的山水意蕴就与庄子、屈原的不同。孔子的山,是"登东山而小鲁,登泰山而小天下"的山,显然,是空间性的,所以有一种实在的崇高感(体积、力量)。这种崇高与"仁"相类,即孟子所谓至大至刚的"浩然之气",而孔子的水,则是时间性的,——"逝者如斯",他取的是水的流易之象。庄子则不同,庄子的水是空间性的:"秋水时至,百川灌河,径流之大,两涘渚崖之间,不辨牛马。"以河与海相较,说明大小之辨证,他的水便与孔子的不同。至于山,庄子也不像孔子那样去"小天下"。"庄子行于山中,见大木,枝叶盛茂","藐姑射之山,有神人居焉",他的态度是自适的。庄子之山可居,孔子之山不可居。所以道家多山林隐逸之人。庄子是南方人,他看山水,与孔子如此不同。可见山水的精神,多杂文化的、人文的因素。仁者见仁,智者见智,这便是悟道。

你看北方的山水,多含道德气质与宗教气质,而桂林山水则纯乎人间气质。人在桂林山水之中,不觉得惧怕和无法容纳。山水与人是交融的而非抵斥的。这决不像北方的大山大河那样大得令人茫然,令人六神无主,只好臣服于它。在北方,山水之心击败了人心,于是人退却了,山水之权威树起了。桂林山水则相反,它基本上是与人为善的一副民主作风,人觉得自己可以生活在里面而非只是寄托一种精神在里面。于是桂林山水便有了一种"宜人"气质,甚至就是人性本身。"率性之谓道也。"①人在其中,可以率性而往返,无所压迫和羁绊,是自由的、主动的。在这里,游人找到了与自然界的认同感,因为这个自然不威胁人的安全,也

---

① [宋]朱熹.四书集注[C].长沙:岳麓书社,1987:25.出自《中庸》,原文为:天命之谓性,率性之谓道,修道之谓教。道也者,不可须臾离也,可离非道也。

不压迫人的感官,仿佛天生便是人造的。

这一点很重要。因为它天生而如同人造,令人产生了对自然的认同感。人与自然的隔膜一经消除,这自然就被艺术化了。这正是我们总觉得桂林山水像盆景,像园林,像国画的缘故吧。盆景、园林是人造自然,这一点与桂林山水的精神是相通的,所以人们自然联想到它们,这无须赘言。至于中国山水画,须知唐宋以来皆是以南派为主流的(这一点钱钟书的《七缀集》中谈到过)。南派山水画与南禅渊源甚深,而南禅的"自性成佛"、"直指本心"则恰与桂林山水的自适性、可居性是一致的。我们可以对比一下泰山。孔子"登泰山而小天下",杜甫"会当凌绝顶,一览众山小"①都有一个共同性,即一元观宇宙,类似于西洋绘画的定点透视,我戏称为一元的宇宙观。而桂林山水的特性则是多元观宇宙,类似于国画散点透视或苏州园林的"移步换景",是多元宇宙观。多元则有平远、高远、深远。它不是集一至高点,一览无余,而是多点多面,柳暗花明。所以,说桂林山水如诗如画,而又妙在天成,一点不假。

山水之心可谓大矣,而人心又大其大焉。名山遇赋客,遂以道显,使天地自然之象与人心营构之象,相得而益彰。

_____

① [唐]杜甫著,[清]仇兆鳌整注.杜少陵集详注(卷一)[C].北京:文学古籍刊行社,1955:2.出自《望岳》,原诗为:"岱宗夫如何,齐鲁青未了。造化钟神秀,阴阳割昏晓。荡胸生层云,决眦入归鸟。会当凌绝顶,一览众山小。"

晚明小品

二三十年代,晚明小品的备受推崇,实在与知堂老人的鼓吹有关。当时新文学的实绩,小品文的成功与发达是主干,于是就有了为白话散文攀附家世的必要。因为历来的成功者,都有这种攀附家世的风习,赖以自炫炫人,显示身世的非凡。知堂为白话散文找了两个祖宗,一个是英国的随笔,是洋祖宗;另一个就是晚明的小品文,是土著的祖宗。这土著的祖宗堆里,又有个祖师爷,那就是袁中郎。知堂的倡发袁中郎,是文学史上一个典型的借尸还魂的例子。其实在他心里,很明白袁中郎的轻重。但无论怎样,晚明小品终于风靡起来,其中最受宠的两个人,一个是袁中郎,一个是张宗子。

今天读来,晚明小品确有它清新鲜活的东西,而且骨子里带着一种反叛性,绝非循规蹈矩的文字。这说来又实在得益于王阳明。如果不是有明一代王学的主导地位,晚明小品的解放是不可想象的。我一向觉得,宋代以后,给中国文化注入活力的,实当首推陆王"心学"。陆王"心学"源自于孟子,其中包含着一种对健硕人格的深刻追求,是个性解放的先声。周作人曾将文学史的主流分为"载道派"与"言志派"二脉,虽有粗率之嫌,但大体上还算切要。由此区分,孔子"述而不作",算载道派的祖宗;孟子则极言民本、言心性之辨,堪称言志派的祖宗。陆王自认从孟子而来,有特别讲究一种"日用功夫",所以特别潜藏了对独立人格的肯定的精神。

晚明小品秉承了这种精神,所以较少既往的陈词滥调。相反,那时代的风习,是标新立异。这就使得它呈现了一种不同于前人的气质。

然而,这并不足以证明晚明小品的伟大。它实在并不是伟大的东西。它有一个致命的弱点,就是浅。其作者多半没有对宇宙、人生的深刻的发问。作为一个文化现象,它具有深刻的内涵,但具体到一家一人,则不免于浅,而且泛。这就是后来桐城派文人讥诮的所谓繁缛俚俗的原因。如袁中郎,读他的选本尚很好,若读他的全集,便可看出繁缛来,有一种捉襟见肘、一得自炫的小器。正是这样的小器,使晚明小品每每授人以口实。又如钱牧斋,他的跋序和铭文里,确实缛语极多。竟陵派文人则将缛语铸成了一种定式,如王船山指出的每以"长空万古"之类的大言欺人。

这是晚明小品的拙态。不幸的是,当时文人反把这作为一种长处去发挥,大凡也是风气使然了。然而尽管如此,晚明小品还是要比桐城文可人。桐城文是典型的载道派文字,以文人之身,摆道学家的谱,有点非驴非马的感觉。而且桐城文人对晚明小品仿佛是天生的敌意，采取一种求全责备的态度，于己则以道统自任，有一点学霸的意思了。方望溪的《与李刚主书》称，凡抵斥朱子的人，多要断子绝孙，俨然卫道士口气，实则颇近于泼妇骂街的嘴脸，极泼鄙的。桐城人士斥晚明文人多山林恶习，这虽然并非全无实据，然而桐城人物身上，也同样染了许多的庙堂恶习。《方望溪集》总是一副训诫的语气，宣道的口吻，无论何处，他总是极高明，极纯粹。这是"居庙堂之高"者的一种常态吧！

比较起来，山林之习总比庙堂之习要好些。晚明小品极重视性情的发挥，不求载道，不讲义法，所以是一种较解放的文字。但这样一来，也造就了一些全无己见、放任自流的人，如公安派之江进之，看似标新立异，实则是一种媚俗。可见，若无真正独立的人格，便不会有真正解放的小品。然而在传统的中国，独立人格特别缺乏现实的土壤，所以这人格发展的结局，不是入于道的放诞，便是流于禅的虚无，舍此别无他途。晚明小品的山林气、禅子气，大凡缘于此吧。

文人的笔记

年初在广州,购得旧书数十册,是民国版"丛书集成初编"的一些品种,都是闲书——诗话和笔记。这是近来读书的一种偏好。年少时读书,有天下心,所以专读外国书,以其最能直面人生之故。如今天下心少了,平常心多了,于是读书的兴趣遂自然地转向古人的闲书,以其适性之故。

适性,是文人区别于儒者的一个基本态度。儒者专尚性理而遗忘了自我,终究令人感觉不适。如顾亭林的《日知录》,作为学问,则颇有可取;作为笔记,就绝不是一部好的笔记。比之于《东坡志林》、《仇池笔记》之类,《日知录》则仿如诵经声,颇不悦耳的。文人还总算残存了一些自我,所以文人的笔记,倒往往是最可读的东西。说来笔记的门第,原算不得高,一向都是属于"谈资"的身份。所以严格说来,诗话也大可作笔记观的。宋代笔记大兴,诗话亦肇其始。二者的身份,大凡本就门当户对,异曲同工。所以中国的诗话,多可作闲书读。

这回购得的,多半是明人的东西。晚明笔记最盛。张宗子是一流的作手。张大复、陈继儒、陆树声、郑仲夔之类，也都可观。但不知为什么，晚明笔记总存在着一个通病，那就是名士气太重。这种习气，就连最不俗的张宗子也不能或免。看他《梦忆》里面，如《西湖七月半》《湖心亭看雪》之类算是名篇的东西，也都免不了有点做态，给人一种不诚实的感觉。想来晚明笔记多，大半是由于才子多。而晚明的才子，又多半是那种很会做才子的才子，这便不免矫情了。才子代代都有，会做与不会做却因人而异。会做才子的人，总是那种不肯做凡人的人；不会做才子的，则多是做不得凡人的人。这里面的差别，貌似而神殊。所以明人的笔记，每每轻巧浮艳，不如宋人之来得诚实。

宋人笔记，有野老气，有方巾气；明人笔记，有名士气，有香火气。说来笔记中最可爱的，是那种野老气，这在苏东坡最明显不过了。《仇池笔记》有"二红饭"条，云："今年东坡收大麦二十余石，卖之价甚贱，而粳米适尽，乃课奴婢舂以为饭，嚼之啧啧有声。小儿女相调，云是嚼虱子。日中饥，用浆水淘食之，自然甘酸浮滑，有西北村落气味。"①极有趣。读东坡笔记，觉得东坡先生的旷达，实际上是一种自欺欺人的无奈，一种真实的无奈。这样的无

---

① 参见［宋］苏轼等.仇池笔记·渔樵闲话录·济南先生师友谈记［C］.商务印书馆，民国二十五年(1934)的仇池笔记第 10 页"辟谷说"，原文为："洛下有洞穴，深不可测，有人堕其中不能出，饥甚，见龟蛇无数，每旦辄引首东望，吸初日光嚥之。其人亦随其所向，效之不已。遂不复饥，身轻力强，后卒还家不食，不知其所终。此晋武商时事，辟谷之法以百数，此为上妙，法止于此，能服玉泉，使铅录具体，去仙不远矣，此法甚易知易行，天下莫能知莫能行，何则虚一而静者，世无有也。元符二年儋耳米贵，吾方有绝粮之忧，欲与过子共行此法，故书以授之。四月十九日记。"

奈配上他强做的旷放来,才真正给人一种活着的真实感,比之明人那种一味的以清绝出尘相标榜,不知诚实多少倍。王船山说东坡"野狐禅",是贬他,也是褒他。东坡本无心做禅,他是百般无奈妄说禅。苏东坡居黄州,有客来,东坡邀与谈鬼,客说不会,东坡道:"姑妄言之。"这便是东坡的态度了。《仇池笔记》"辟谷说",记了一番道家辟谷之事与辟谷之法,仿佛东坡欲求仙术,不料最后几句话,道出了东坡先生的无奈来:"元符二年儋耳米贵,吾方有绝粮之忧,欲与过子共行此法,故书以授之。"那时苏东坡被贬儋耳,远在今天的海南岛上,可谓孤悬海外了,又有绝粮之忧,这才想到要去辟谷,真是辛酸极了,哪里真的有什么逸兴。然而东坡偏要以此逸兴来消遣那酸苦,实在是野老气十足。

宋人笔记,东坡及"四学士"的之外,《容斋随笔》、《老学庵笔记》、《避暑录话》之类,都十分好。不知为什么,看过宋人的胸襟之后,再观明人就觉得十分的小器了。

年初的时候,闻市上米贵,于是颇想效东坡学辟谷。不二月,米价转跌,这才腹犹果然地作起文来。读书与米贵,原是息息相关的。明人的笔记,就是米贵的消息太少啦。

夜读林语堂

　　我印象中,姓林的艺术家多取出了很富诗意的名字,像林风眠、林散之这些名字,一眼看去就那么富有画意,有一种极淡远的韵律感,让人难忘。林语堂也属于这类难忘名字中的一个,像是个一尘不染的书斋,清空净雅,仿佛天生就该是一个文人。

　　林语堂的书如今又遍布书市了,就像那些古墓里掏出来的玩意,必须在其人死去之后,才愈发显出其价值来。他是很典型的文人,写了很多散文和小说,却极少写诗。大约诗是人心中天籁的部分,散文是人心中教养的部分,小说则是人心之中梦呓的部分。林语堂属于教养型的,不是天籁型的,因此他最与散文有缘。连他做梦的时候,也充满着文化的理念。他所写《京华烟云》,是一部小说,里面寄托最深的人物大概是姚老爷和木兰,这两个人,都是教养的极致,不是天籁,也不是玄奇的梦呓。在我看来,林语堂从来没有写出过一部真正意义上的成功的小说——他始终是一个散文家,是散文家族中的圣手。

　　在中国,这种教养型的文人一向是很多的。最典型的是宋代,理学的传播几乎牺牲了人心中的一切天籁,连诗人也不能或免。于是,我们可以看到江西派诗人的那个著名口号:"无一字无来处。"中国诗史上一向存在着这样的争执,即究竟要以教养作诗,还是以性情作诗?从历史看来,教养派总是占了上风。大概中国文化始终是一种教养型的文化,从孔子的强调"诗教"始,开启于后,莫不如此。记得《傅雷家书》里也谈过这个问题,他认为中国是以道德教养代替了宗教,因此中国人从来没有宗教式的迷狂,只有从容自若的实用理性。这实用理性,换一个说法就是所谓现世的"教养"吧。

林语堂如此深于教养,从这个意义上,我们可以说他是一个很本质的中国文人。他的散文建立在他深厚的教养之上,所以处处可以见出一种学者的悟性。似乎散文天生就是属于学者的文体,没有这种学者的悟性,不能写出好的散文。20世纪中国散文史上,杰出的人物几乎全是学者型的。我想:如同词在古人眼里被视为"诗余"一样,我们也可以把散文称为"学余"。就是说,它是正经文字之外的一种笔墨游戏,即鲁迅所谓"大可随便"者。这种游戏笔墨的风度,我们最能从周作人、林语堂、梁实秋、钱钟书这些人身上看出来。不知为什么,学者的可爱,往往正是在这种游戏中才真正表现出来。最好的例子大约是韩愈的《毛颖传》,它使我们可以看到作者那副道学家的纯粹面孔背后,隐藏着一种顽童般可亲可近的人格。林语堂也是这样的大游戏家。他的散文,惯于把人生变成一场很有趣的经历,即他称之为"幽默"者,或者干脆叫作人生的艺术。在30年代,有很多人都主张这种人生的艺术。林语堂便是这艺术的揭发者和实践者。因此他的文章，不是超逸人生的自况，便是尴尬人生的自嘲。其中有浅酌，有低唱，有高蹈，有深致，无奈时每每置以一笑，如一掬清风，一揽明月，最是烦恼人生之中解乏的文字。

读不尽的金庸

　　金庸是一部读不完的大书。20 世纪华文文学中,金庸应该是不朽的。我时常想,在即将告别这个世纪的时候,当我们反观这世纪留给未来的文化遗产,我们便会发现:这个世纪留下的,更多只是过程,而不是成果。

　　20 世纪的中国人,历经风风雨雨。几乎所有的心灵,先是为救国的大道义而奔突,后是被盲目的激情所鼓荡,好不容易到了即将落幕的时候,金钱的魔爪又忽然攫住了每一个人。这个世纪的中国人,仿佛总是处于一种手忙脚乱的境地,片刻不能定下神来。在这一片忙乱之中,真正据有着精神并且能够享受精神者,硕果仅存。金庸便是其中一个。

　　金庸所作的最有价值的工作是他那十几部小说。这却是 20世纪中国文学中最率性而又最不浮躁的小说。金庸似乎是把作小说当作过日子。你可以从中读出他的认真、他的游戏、他的理想、他的忧患,乃至他的笨拙和胡闹,然而无一不可爱,无一不有价值。用一句话来概括金庸的工作是难的,然而我还是想去概括——金庸,他是用特殊的方式(小说)诠释中国文化和中国灵魂。这真是一项困难的工作。他的可贵在于:他的这种诠释全然摆脱了学院气息,也绝不乱搬外国的新理论、新名词去卖弄深刻与博识。大约因为他本是从学院走出来的,所以他看破了一切学院派的伎俩,全没有拉大旗作虎皮的坏习气。他是用心用情去诠释中国文化的——不,甚至"诠释"二字都不甚确切,应该说,他是用心去经历着中国文化的。他在这经历中,每每揭发出来的,却是中国灵魂中最本质、最深层的东西。我尝认为,读《水浒》可以知中国男人,读《红楼梦》可以知中国女人。那么,读金庸,便可以知传统意义上的所谓中国人。

在金庸笔下,好人多少都有些窝囊,坏人则多少都有些可爱、可佩服的地方;英雄也不是一味的豪迈正义,而是最容易遭遇人生的大尴尬和大苦恼。最终,他写出了一个天籁自由的人,这便是韦小宝。这么个自由人,却又是一个流氓泼皮。——《鹿鼎记》把中国文化推向了一场绝大的尴尬。这种尴尬是超越了悲剧和喜剧的。金庸让一个小流氓把中国文化中僵死的东西,从上到下戏弄了一遍,而他之所以能够如此游刃有余地戏弄,无非是因为他比较活,不认死理。但从另一个角度看,韦小宝虽然游刃有余地玩弄了一轮中国文化,但他自己却也始终为这文化所笼罩和操纵。结果,闹不清究竟是谁嘲弄了谁。——这里面没有真正的胜利者,也没有真正的失败者。仿佛谁都是胜利者,也都是失败者。《鹿鼎记》对国民性的揭示是十分深刻的。

金庸小说,揣摩人心之深,应当首推《鹿鼎记》。然而《倚天屠龙记》之境界,《天龙八部》之颖悟,《射雕英雄传》之关情,《笑傲江湖》之隐喻等等,也无不各臻佳境,独具风骚。所以,金庸是一部大书。要了解中国文化,读经史固然是正途,然而却不一定是通途;读金庸,肯定不是正途,但却很容易成为通途。

金庸是把中国文化融汇于心,然后再用它变出种种戏法来。这些戏法,多是他自己的绝活,不是人人能变的。于是,金庸也就成了 20 世纪中华文学一座难以逾越的高山。他的叙述态度并不严谨,但可贵的是,他却有着一种极端严谨而又执著的文化关怀。正是这样的关怀,使他能够真正进入大师的行列而绝无愧色。

关于"知命"

多年前从旧书肆上购得一册黄仁宇的《万历十五年》。这书给过我两个启示:一是教我明白了学问原来是可以这样去做的;另一个是让我发现了中国史的魅力。我的喜爱明史,就是从这部书开始的。治明史的人,对万历皇帝都怀有一种特别的关注,认为明之衰亡,根底还在万历皇帝。但那终于做了亡国之君的崇祯皇帝,却不能明白这一层。他对自己的命运至死也还愤愤不平,认为是大臣误了他。他是个自以为是的人,他骨子里始终认定自己是一个圣人,所以才会有临死时的愤愤。若换上一个平易些的人,也就认命了。

命这东西,多半都是人心想出来的。那最终的结局,其实早已潜伏在当事者的身上,关键在于知与不知。明成祖还在做燕王时,欲谋篡建文帝位,靖难之役前问道衍说:"人心向彼,奈何?"道衍的回答很妙,他说:"我知天命,何论人心?"这一句话比之于"彼可取而代之",不知高明了多少倍。中国的政治,从秦汉修炼到明初,终于修炼出这么一句话来,真是把天人合一的哲学发挥得淋漓尽致。这就是所谓命的实质了。无奈崇祯皇帝资质太愚钝,终于悟不出真正的命数来,只好跑到煤山上吊死。他总算还能够吊死,这是他最后的一点知命了。倒是席卷入关的满族人聪明。他们打出的口号,是要替崇祯皇帝报仇,真是聪明绝顶。后人都奇怪明末何以出了那么多的大汉奸? 其实这正是很关键的一个原因。洪承畴不是说吗:"杀吾君者吾仇之,杀吾仇者吾君之。"这话说起来很是理直气壮的——满人得以入主中原,正是钻了中国文化的空子。吴三桂只是工具,并非渊薮。后人多爱把明亡国的罪名,加在吴三桂或东林党人的头上,真是太不知命。

说起东林党人,想起一个人来,那便是钱牧斋。牧斋曾经是东林党的一个名士,他的身上,确实也有正人君子的一面。然而时局一变,他便拙于应付了,以致降清后还写了很多遗民气息的诗。钱牧斋可以说是一个不成功的东林党人,也是一个不成功的汉奸。做人,做一个成功的人,是很难的。所谓成功,就是达成了充分的自我实现吧,而自我实现的第一步就是要知命。可惜钱牧斋满腹诗书,却不能准确为自己的人生遣词造句。他内心对他所称作"本朝"的明王朝是有着极深的不自信。他在南京的时候,进了一回朱家的祖庙,结果发现后来做了成祖的燕王竟是庶出。我想,这发现是令他不自信的一种理由。他不是一个能够面对现实的人。他的心里只存有怀想,并且他也习惯生活在怀想里。成祖既然已是庶出,那么整个王朝近三百年的权威性也就被动摇了。

这结论很可怕,因为道德的纯洁性早就被玷污了,还有什么可以信守的呢?——而东林党人正是以信守道德的纯洁性著称的。——既然内心已无所信守,那么做汉奸也就是顺理成章的事了。钱牧斋的失败,就失败在这里。牧斋是治史的,而他所专注的又恰恰是本朝史。作为一个目睹着王朝兴衰的人,那心底的苍凉真可想见。按道理,他是应该能知命的,然而他偏偏不能。

明末,知事不可为的人也很多,王船山便是一例。这也是一种知命吧。王船山的终于不被湮灭,我总觉得很奇怪。这种生时默默无闻,死后若干年却能辉煌起来的人物,往往都是人间的知命者——天命安期?人心何辜?然而人心有时又真是最多魔障的东西。《书经》上不是说么:"人心惟危,道心惟微。"这个道心,颇可以塞住天下聪明人的口。道衍那句"我知天命,何论人心",正是对此话的发微。这真是十足的东方智慧。圣人也说过:"天行有常。"这话只有在一个享有悠久历史的民族心里,才能够悟出。算起来,这也堪称一种东方式的唯物史观。这个"物",便是"大道自然"的运行。我在二十岁的时候,极喜欢读黑格尔。他的极深邃的历史感,含有一种十分达观的智慧,是一种乐天的宿命观。这样的智慧,中国人却从来就不缺乏。"天行有常"四个字,便是中国人面对中国历史过于频繁的兴衰荣辱,赖以保持内心达观的一种知命。这种知命,毛泽东曾经用两句诗很好地表述过它:

　　天若有情天亦老,
　　人间正道是沧桑。

生命的孤独与智慧

　　真正的孤独，是要用智慧来支撑的。在许多伟大的心灵里，我们都能够看到孤独的影子。于是，对于那些孤独的巨人，创造实则成了他孤独生命的一种补偿。从凡人的眼光看来，这些巨人们卓越的创造是如此遥不可及，又如此不可思议。尤金·奥尼尔说："上帝孤独而又坚强。"于是，那些孤独的巨人，成了最接近上帝的人。他们的妙想灵思，并非是在与人间的对话中达成——这些是我近来读傅雷译《巨人三传》时所想到的。

　　十年前曾读过此书，那时想到的，是良知对人间的应有的关怀。然而人间往往并不领受这样的关怀，而是以更多的任性去损害良知，终于使残存的一点良知也变得像做贼般的鬼祟。于是十年后再读此书，便由衷想到了孤独。

　　译者傅雷，是毕生挣扎于中西文化线上两厢依恋的人。这双重的依恋，从他的《家书》里可以逼真地看到。20世纪的中国文人，怀有这双重依恋的，不止傅雷一人。挣扎在这样的心境中，确是一种长期的煎熬。我注意到他1961年8月19日写的一封家书。他写道:"近几年来常常想到人在大千世界、星云世界中多么微不足道……想到随时有离开你们的可能,你的将来,你的发展,我永远看不见的了;你十年二十年后的情形,对于我将永远是个谜,正如世界上的一切,人生的一切,到我脱离尘世之时都将成为一个谜——个人消灭了,茫茫宇宙照样进行,个人算得什么呢!"这在全部《傅雷家书》中我以为是最独特、最值得玩味的一封信。他是拿自己的生命在同宇宙作着对话,显示出了一种极深邃的孤独与极深远的宿命感,一种哲人式的无奈和诗人式的怅惘交织难分。中国文人,也只有到了这一步,才会把一切都看开,所以不至于像西方文人一样,纠缠在孤独的牛角尖里不能自拔。这大抵得自于道家的教养,是道家的生命哲学使得中国文人在面临孤独这一难题时,显示出一种格外的洒脱。在道家眼里,个人的生命如果要谋求尼采式的张扬,那是十分可笑的。因为在道家哲学看来,个人生命实则是整体宇宙生命的一部分。庄子由"齐物"而"达生",很好地表明了这一点。所以,中国文人对孤独的自我排遣能力,就格外强。

然而这排遣并不等于消除。孤独依旧存在。伟大的心灵总是在与孤独绝望作斗争的同时而不断铸成的。因此对于那种深邃的孤独,我们绝不能用"消极"两个字就把它轻轻抹掉。这种孤独也许正是伟人们心灵深处最本质的那个东西。傅雷先生在这本质的煎熬中接近了宿命,于是他终于坦然地活过并坦然地死去。从这个意义上说,傅雷先生虽是以传译西方文化而安身立命者,但本质上仍是很典型的中国文人。他不怕死,也不以死惧人。

他所秉持的,是一种超越的态度。

这使我想起了另一个人来。他是一个极端积极的人,也是一个要着意惊扰中国人心底那一片坦然的人。这个人就是鲁迅,是一个孤独至深者。他的寂寞使他至死都保存了一腔激愤的热情,不曾因年岁的增长而冷却。我时时在想:一个人能够这样不存苟且地始终煎熬自己,实在不易。中国的知识界,从1840年起,就一直被一种"救国"的大道义所压迫着,不能喘半口气。这样持久的紧张,换了别一个民族,或许早已泄气了。而中国的知识分子却这样跨世纪地坚守着,养出了精神上的韧性。鲁迅就是这韧性的一种结果。读他的书,如同令口渴的人吃盐,流血的人饮箭,必须准备好脱胎换骨的心情,随他一同去穿越死亡,然后从炼狱的跋涉里走出来,成为新人。否则,便只有陷于一种大绝望,全无光明。这很有些像佛法中所谓"涅槃"的意思,也正是菩萨的行愿里所谓的"火中生红莲"。所以鲁迅的文字,无论怎样孤寂,怎样的阴冷,骨子里却总含着一层大慈悲。这正是鲁迅不同于寻常处。因为在他这里,生命的拯救是从死亡的历练里淘洗出来的。他以其生的孤独唤起了生的拯救,绝不将孤独排遣在宿命里,而是落实到生存中,含有一种"知其不可为而为之"的"大独"精神。

这二者,正是20世纪中国最典型而卓越的两种孤独者吧!

过瓜洲

　　镇江与维扬间,隔江相望是瓜洲。与瓜洲相识,原不在山水之间,而是在文字里。陆放翁的"楼船夜雪瓜洲渡,铁马秋风大散关",千古绝唱,早已在书里识得。王荆公的"京口瓜洲一水间,钟山只隔数重山。春风又绿江南岸,明月何时照我还"。中国的文人,对那一个"绿"字,传颂了近千年。然而,诗人体味出这"绿"字的所在,正是瓜洲。千百年深厚的文化烙印,瓜洲在每一个中国文人的心里,有一种故乡般的亲情。每次在字面上读到瓜洲,在我的心底,总会涌出某些前世般的乡愁,遥落在长天的弥望处。

　　可是,瓜洲究竟在哪里!……

　　车到镇江,空气里忽然嗅出了些许河水的泥腥味。渐渐地,车停了,莽然一道渺茫的江水,横陈在眼前。这里没有桥,靠的是轮渡。长江的下游,弥望是一脉远岸,虽不是烟花三月,却已感受到了一丝春意。然而我并不知道,瓜洲就在江的那边。渡轮一声长鸣,揖别了曾被那"绿"字点染过的江南岸。半浊的江水汩汩东去,我已经是在长江里啦。江水永兮,今我方思。想着"诗三百"

的古意，拟着此刻的自我，有一种作为现代人的豪迈了。我们的先人，面对长江，他们是体会出一种迷惘了！曹孟德横槊赋诗，在这条江水之上，也只是咏出了"月明星稀，乌鹊南飞。绕树三匝，无枝可依"，虽有壮怀激烈，毕竟也还是"无枝可依"，是魏晋时人那种典型的"转蓬"心态吧。曹孟德是无可争议的英雄，但他面对长江时，也曾为这浩浩江水所震慑，产生了壮志难酬的襟怀。——这便是时代的局限了。如今，我是何人，竟能如此履长江似坦途。作为一个现代人，倚仗着现代的文明，我似乎有理由自豪的。此时，船到江心，已见出对岸一片蒹葭苍苍。越过了冬季的苇荡，呈现的是满目枯黄。但那是怎样的一种枯黄呵！它浩荡深广，如来自天际，莽莽苍苍，有一种逼人的气势。从季节的含义上说，它是一种死亡。然而，这死亡里，却蕴藏着极强的力量。忽然有人告诉我说，那蒹葭苍苍的地方，就是瓜洲。——"瓜洲！"——我吃了一惊。我读书不求甚解，不知道这就是瓜洲！——天哪，瓜洲！接踵之间，我险些错过你！——原谅我！原谅我！！

你是我心灵中的乡梓，我精神的血脉曾与你相通。你离我很近，又离我很远。空间上你此刻近在咫尺，时间上你却又遥在天涯。你给予我的，是那种逼真走进历史，走进文化的感受。在你的面前，我只有无言。

瓜洲是江中的一个洲渚。然而长江的洲渚，便有着别的江河所没有的景象。唐诗中有"移舟泊烟渚"的空旷，而此地即便无烟，单凭着那苍茫的蒹葭，也已经具有了"野旷天低树"般的辽远。

姜白石"过春风十里，尽荠麦青青"，就在这瓜洲的身旁。我还能说什么呢？除了以一种"近乡情更怯"的情怀去面对它，任何语言都变得多余了。当年的"汴水流，泗水流，流到瓜洲古渡头，吴山点点愁"也曾浸染了多少离人泪，一语"思悠悠，恨悠悠，恨到归时方始休"，正饱含了古人寄托过的深情。相形之下，我对瓜洲的敬畏，不是很寻常吗？

这是一块诗化了的洲渚，融入过太多的情感。只要对中国文学有所了解的人，都能如叙家史般地去诉说它。——这才是我们心底里真实的祖国。祖国是什么呢？祖国不只是一块天然的黄土地，也不是一幅抽象的版图。对于中国人来说，祖国更重要的是一种文化，一种情结，是一种来自现实又超越现实的东西，它甚至不是单纯的信仰，也不是单纯的情感，而是一种文明经验，推动着你的生命沿着某种惯性而存在。你别无选择！

——过瓜洲的时候，我站在高高的船台上，闻着陌生而又熟悉的风，心底有一个声音在告诉我：你正在经过瓜洲，请珍惜！

夜话王阳明

王阳明是我一向仰慕的一个人。清儒攻阳明者颇甚,然而到了近代,阳明却为许多人所服膺。听说韩国、日本以及中国台湾等地,对阳明也很崇敬。不知他们的崇敬,是在阳明的人格上,还是在阳明的学问上。然而这二者又实在是一者,用阳明的话来说,是所谓"道问学是尊德性的工夫"①。

这"工夫"(或作"功夫")是阳明哲学的一个关键。这门学说很有趣,它一方面极强调证悟道极的"致良知",是务虚的一面;另一方面又极强调"知行合一"的所谓日用工夫,是务实的一面。其

---

① [明]陆九渊,王守仁著.象山语录·阳明传习录[C].上海:上海古籍出版社,1992:11。明代哲学家、宋明理学的主要流派——陆王心学的代表人物王守仁与弟子讲学,弟子记录其言论成《传习录》。原文为:……格物是诚意的工夫,明善是诚身的工夫,穷理是尽性的工夫,道问学是尊德性的工夫,博文是约礼的工夫,惟精是惟一的工夫。"尊德性"与"道问学"的观点缘自《中庸》:至道不凝焉。故君子尊德性而道问学,致广大而尽精微,极高明而道中庸。(见[宋]朱熹.四书集注[C].长沙:岳麓书社,1987:50-51)朱熹在《中庸章句集注》中解释道:"尊德性,所以存心而极乎道体之大也。道问学,所以致知而尽乎道体之细也。二者修德凝道之大端也。不以一毫私意自蔽,不以一毫私欲自累,涵泳乎其所已知,敦笃乎其所已能,此皆存心之属也。"(同上,第51页)后来,陆九渊和王阳明发展了"尊德性"的思想,穷理尽性,从心学的角度发展与丰富了经学中的宋学。

后学多向务虚的方向上走,而忽略了务实。所以才有了清儒的反戈一击,转而建立朴学。朴者,实也。王船山且不论。顾亭林、黄梨洲则开启门户,奠基清学,至戴东原已成形了,转而生发出史之所谓的乾嘉学派,呈现清代学问之大观。有两本书是很值得玩味的,一本是梁启超《中国近三百年学术史》,一本是钱穆《中国近三百年学术史》,同题而异质。梁作以为汉学的影响为主,钱作则以为宋学影响更深。我看钱穆先生立论,倒是不俗。汉学多是讲经,宋学多在说理。而清人的学问,讲经是虚,说理是实;只是其说理较稳重些。

明代学问,基本上是宋学一路。所以即便在清代,王阳明也始终是阴魂不散的。

王阳明《传习录》,是极好的一本书。较之清人的许多著述,《传习录》可称学术小品。然而小品中含有大精神。这正是明人的可爱处。宋、明两朝,这类的学术小品有很多,语言也多白话痕迹,晓畅易读。《明儒学案》所选辑者,也多是这样的学术小品。现代人要了解中国中古以后的文化精神,读这类小品是最好的。

历来谤议王阳明的人,多说他流于禅。又有一派人,说王阳明的学问是但求简便工夫而牺牲了圣教,这话与说他流于禅学是相通的。其实,这正是阳明学问的长处。阳明最大的原则是"知行合一",道不离器,体用不二。所以他境界极高。他的议论每每有很精妙处,如所谓"知天如知州知县之知"。我每读至此,都不禁拍案。他说"五经亦只是史",很合章实斋后来之所谓"史意"。诸如此类的卓见,在阳明的言论里很多。

阳明也提倡"存天理,去人欲"。这句话在当代的时髦学子眼中,真如芒刺,攻之唯恐不尽其极。实则细察阳明意思,他说这话时,禅的意思才是根本的。阳明的"天理"与孟子"不失其赤子之心"是同一个东西,与禅之所谓"本心"、"见性"也相仿佛。而所谓"人欲",是指人的"私意障碍",而非"饮食男女,人之大欲存焉"的所谓人欲。今人不审古人说话时的来历,而只是浮观字面,望文生义,所以多流于臆语,批评也不着边际。在王阳明,"存天理,去人欲"是一种人格理想,与"知行合一"是一致的,绝非人道的毁灭。其实,阳明是最强调主体性的人。他的哲学,是一种主体建设的哲学,带有很浓的人本色彩,否则不会衍化成晚明的个性解放潮流。

我始终想购一套王阳明全集,就是购不到。陆象山都重刊了,何以不见王阳明?——真是奇怪!

浯溪

　　桂林东北去五百里,有祁阳浯溪。浯溪的得名,来自元次山(元结)。这样的一个所在,如今知晓的人却并不多。

　　我来浯溪,是一个冬日。南楚大地上那懒洋洋的白色阳光将一片青山绿水映照成一派古典般的静穆。北去的湘江,因为它独有的南北走向,便如同上天赐给中国南方的另一条大运河,沟通着中原与岭南的血脉。曾经有多少人沿着这条江水南泛而来,在回望楚天的刹那,陡然生出了万死投荒的心情。柳宗元"投荒垂一纪",那"投荒"的地点就在这江畔。比柳宗元早些,唐代宗的宝应元年,北去的湘江上远来了一只船。欸乃的橹声渐闻于耳,船头上站着那人,忽然被江岸的一片岩崖迷住了。他或许惊喜得踮脚翘起了一下,波光映着他神采四溢的双眸。——在一脉黄土烟树的湘江边,陡然生出如此狰狞的岩岸,这对于漫长而又乏味的旅途而言,确实算得上耳目一新的景况。于是船渐渐靠岸。主人下了船,仰望一眼那兀然而立的怪石和树木,禁不住哼哼笑了起来。

在我心目中,元次山该是这样与浯溪相识的吧。元次山,盛唐时人(与杜甫同时),《四库全书总目提要》称他"颇类于古之狂者"。这话用来统观他的一生,其实并不确切。孔子所谓"狂者进取,狷者有所不为",元次山任道州刺史那一年,从他的诗文集看,已由狂者渐入了狷者的境地,虽有《舂陵行》、《贼退示官吏》之类颇为老杜所称赏,然而大量的还是山林示隐之作,有点王、孟、韦、柳的意思。浯溪上一系列与"吾"字相关的处所的命名,多少含有元次山独善其身的用心吧。他的《浯溪铭》:"吾欲求退,将老兹地",便道出了其中的隐曲。从此这蛮荒之地,便如璞玉般地开始被文化所雕琢了。

浯溪在湘江西岸,隔江相望是祁阳。浯溪原是一条溪水,然而我来时,溪已经干了。一条水名倒成了一座山名,这十分有趣。因为就浯溪而言,水的名气得自于元次山,山的名气却来自于另外一个人。这人就是颜鲁公(真卿)。颜氏家族为后人所景仰,多半是由于安史之乱中这家人身上体现出来的勇毅和气节。颜鲁公的兄弟颜杲卿,便是安史之乱前期平叛势力的一个代表者。可是颜鲁公的受人景仰,包含了两方面的内容,一是人格,二是书法。后者实际上远超过了前者,因为前者的执著有点近乎迂的性质。我多年前去西安,见过一回"家庙碑",从碑文看,颜鲁公的这种迂执,就有所体现。今天看来,元次山在浯溪留下的,除了为这一处山水命名之外,还有十来篇诗文。然而进一步的更感性的痕迹却并不多,比如他的庐舍或篱墙,已经是无从寻访了。倒是颜鲁公在浯溪留下了感性的遗物,那便是著名的《大唐中兴颂碑》。

文章是次山的，书法却出自颜鲁公之手。单凭这一面碑刻，就足以使浯溪不朽。

我们不难理解元次山与颜鲁公会成为好朋友。这二人身上，都包含有那种"古之耿介者"的正气，可以说是意气相投。元次山作《中兴颂》，从辞章的意义上看，其实并不特别杰出。然而就是这样一篇颂辞，却深深感动了刚从安史之乱中活过来的颜真卿。它大约激发了一个诤臣心底对国运中兴的那种热望了。所以这个倔强的老头，不知是在一种什么样的场合下拿起笔来，用自己的真情感和真精神书写了这篇颂文。这一次书写，写出了中国书法史上的一篇杰作，其价值，远在元次山的《中兴颂》之上。

不知为什么，十年后这幅书法才刻在了浯溪的岩崖上。这时候，次山已经不在道州，而是做了容管观察使，大概是比较闲暇了些，所以才有空经营这项工程。从此，浯溪就成了书艺亮相的一个舞台。唐以来大大小小五百多块碑刻，终于将这片南楚的山水，由一个拙夫雕镂成一尊玉女了。这是一项历时良久的文化工程，既是书法工程，也是文学工程。工程的奠基者，是元次山、颜鲁公。然而工程的建筑者，却另有其人。在这些建筑者的名单中，黄山谷（庭坚）是不可忽视的。他可以称得上是一个杰出的工程师。中国文学史上，关于《中兴颂》的一段著名公案，就是这位山谷老人掀起的。这成了浯溪之上又一幕精彩的盛事。

崇宁三年那个多雨的春季，湘江之水也许微带些浑浊。从先秦古人"濯缨濯足"的比喻来看，这一江春水大约只能用来洗脚。这一点很有意思，因为这洗脚出门的境况，很符合黄山谷当时的遭遇。山谷老人负着他那花甲之躯,从荆门鄂树的太平州,踉踉跄跄来到浯溪。他在《中兴颂》碑前看了很久,肯定也想了很多,想到古今的兴衰,也想到了现实中的自己。这一年,他太不走运了,求官不得,反倒在花甲之际被除名编管宜州。这身份,仅仅比罪犯要好那么一点点,属于被监督改造的流人。何况宜州是那么偏远的一个地方!这处境令他沮丧万分,沮丧中多少也包含着几许怨气。这一天,他来到了浯溪。他在衡阳揖别回雁峰的时候,心情已经不太好,到了《中兴颂》碑前,更产生了一种无人解语般的孤寂。所以他在此地盘桓了很久,据说是待了三天。到了第三天,一点灵光在他脑子里闪了一下。他终于用他那典型的中国文人惯于在字里行间搜寻春秋笔法的眼光,发现了眼前这块碑文并非颂辞,而是讽喻。联系到他那追求新异、点铁成金的固有旨趣来看,山谷老人对他的这个发现,一定是着实得意了一番的。然后,他就写下了那首著名的翻案诗,后来又刻在了颜鲁公的碑旁。

我们在此没有必要去引述这首诗,也不必去深究那文字间的是与非。它无非是出于一个落泊文人标榜"众人皆醉我独醒"的心态,是一种谋求自我超越的精神疗法。然而这件事情本身却很重要,可以说,如果没有黄山谷的这次造访,浯溪的历史将会寂寞很多。现存的五百多块碑文中,响应黄山谷这个话题的,占了很大的比重。这就是一个证明。除此以外,今天的人们还能够证明什么呢?——慢慢地走吧,请欣赏它!最好如浯溪静默的山水,无言地谛视古人们的热闹。这才是一种大自在。

我来浯溪,正是为了这群碑。山石有碑,就好像人间沧桑在石上刻下的道道年轮。因了这年轮,再顽劣的山石也变得有了文化,如同一串韵脚,押着满章诗行。何况湘江又是如此充满灵异的一条江! 古楚的湘灵,或许至今依然载着那位行吟诗人的魂魄,在这一脉北去的烟波里浮游吧! 于是,这江的两畔,到处都有了诗踪韵履……

由《谐铎》说"谐"

年前在衡阳,购得《谐铎》一册,是清人小说的一种。《谐铎》在清人小说里,不算独标一格者。其行文虽称流亮,故事亦每有令人称绝处,但终于不免地带有清人的一个通病,那就是正经。清代学风,意在直承汉学,所以经学的气息颇重。这气息,在桐城派文章里有之,在常州派词论里有之,在《谐铎》里亦有之。短篇小说而至于清代,唐人那种真情趣已经少了,转而变为一种文人的雅趣,是教养的结果,而非赤子之心的写照。幸好其尚有不失于天籁者,即是所谓的"谐",也就是幽默。这是中国文学的一大传统吧。从庄子引论《齐谐》始,这"谐"字便或隐或显地始终贯穿于中国文学。《齐谐》我们见不到了,但《搜神》便有不少极富谐趣之作。《世说新语》更标其一格,将灵界之谐化入人间。上月在邕,购得刘孝标注《世说新语》,重新检读,仍多会心,每不能释手。《世说》是魏晋时人"月旦品议"的产物,所以即便在当时为实录者,我们今天读来,犹有夸张之嫌,其弊在于太动声色。倒是唐人笔下,每有一种不动声色的谐趣,如《柳毅传》。作者的态度里,该含有一种作假作得极真的自许吧。这是唐人的可爱处。唐人即便正经如杜甫者,也每不能掩其内心的顽皮,杜诗中"韦曲花无赖"及"颠狂柳絮"之句,总教我想起孔夫子骂宰予"朽木"时的那般神态,当然杜甫的表面上要庄肃得多。其余如韩退之作《毛颖传》,柳子厚作"骚"、"对"体文,皆有多顽皮。柳子厚《复杜温夫书》,是我爱极了的一篇文章,那缘故,无非因为他顽皮。

宋人这样的谐趣少一些。周密《齐东野语》,几乎纯粹是笔记。《夷坚志》之类,笔记气也很重。但宋人也有极富谐趣者,北宋如苏东坡,南宋如辛弃疾。东坡之谐,有目共睹。辛弃疾则今人每以英雄气视之。其实辛词除豪俊之外,最大的特色,就是谐。清代词人如陈维崧、文廷式之流,刻意学辛词,也只学得些他的豪壮,却总学不来他的谐趣。那骨子里的原因,大凡是因为辛弃疾达观,而清人不达观。清末桂林词人王半塘,也学过辛词,但辛词的风格一到他手里,不知为什么,就变苦了,怎么看怎么不像辛词。半塘于辛词,只得些句格而已。

明代王阳明颇标举日用工夫,但也只是标举,所以后人少有实践。王阳明在贵州,卧石棺而悟"良知",袭孟子性善论的衣钵,但终究力不从心。正德皇帝确实是一个爱标榜功名的皇帝,王阳明之生逢正德皇帝,我觉得真是天作之合,两人骨子里都有一股浪漫气。无论怎么说,正德一朝,留给明代文化的影响实不可低估。因为明朝的浪漫者,几乎都出在正德及正德之后,前者如唐伯虎,后者如徐文长、袁中郎,乃至何心隐之流,皆负一时才名。徐文长《四声猿》尚为寄托之作,到《歌代啸》,就纯乎谐谑嘴脸。

中郎游记,依我看来意境不如柳宗元,状物不如徐霞客,他的长处,正在于谐趣。晚明作游记者很多,如袁中郎、王季重、张宗子辈,均多含谐趣,正是明代才子的典型笔法。金圣叹在这一点上,也还是明人嘴脸,断不可作清人观。

谐趣虽流衍于中国文化,其实不可能成为主流,大抵只是正统生活之余的一种插科打诨。说穿了,它骨子里多半都是文人人格的一种自渎。而在《谐铎》,又将谐趣用之于帮闲,施之于教化,犹如小脚女人,体虽周矣,只是到脚却被箍得死死的。这是《谐铎》的正经处。

文人的贩卖

有一段时间,因为卡耐基的缘故,人人都在大谈推销自己,引为时尚。其实"推销"只是雅致一点的说法,它的俗称,就是所谓卖。古人有卖身葬父的佳话,可见由来已久。上回在一篇小文里,谈到过"学贾"的事,说的是学者的贩卖,其实不唯学者,文人也同样有贩卖。人只要是活在世上,会越活越精。人活精了,便什么都可以卖。老的卖老,少的卖俏,到了卖无可卖的地步时,便只好卖身。前些时候,一个作家卖身,忽然传为佳话。又有教授卖煎饼,也传为奇谈。其实文人的卖,办法多矣,何至于出此下策。

翻开书史,以卖得高明而成就一代风气者,如魏晋的卖"清望"和晚明的卖"直声"①,算得上典型了。魏晋卖"清望",由月旦

---

① 卖"直声",即以诽谤、讥讽比自己地位居上者来卖弄自己的正直。出处如黄道周《节寰袁公传》:"公(袁可立)乃抗疏曰:'近年以来,议论繁多,言词激切,致干圣怒,废斥者不止百十余人,概目为卖直沽名。'"《明史·钱唐韩宜可等传赞》:"伯巨、敬心以缝掖诸生言天下至计,虽违于信而后谏之义,然原厥本心,由于忠爱,以视末季沽名卖直之流,有不可同日而语者也。"

品议而来,《世说》里面有很好的写照。晚明的卖"直声",是由东林党而始盛的,当时所谓气节之士,每以直言敢谏而赚取声名,挣得身价百倍,真是一本万利的买卖。这便是所谓的"卖直"了。对于这一点,袁中郎似乎看得颇透。旧读袁中郎诗,记得其中有两句云:"自从老杜得诗名,爱国忧君成儿戏。"爱国忧君到了儿戏的地步,便成了所谓"卖直"。全祖望也说:"当时多气节之士,虽于清议有功,然亦多激成小人之祸。"可见当时文人的卖直是何等普遍。

算来文人的贩卖虽多,但归纳起来却也只是两个途径,即形而上的卖与形而下的卖。形而上者,如卖清望、卖直声是也;形而下者则是卖字、卖文这类。读《徐文长集》,见篇中多题"代拟"字样。这类文字,虽不是直接卖钱,却也包含了卖的性质的,足见文长犹居于形而下之列。司马相如卖酒,自然也作形而下论。教授卖煎饼,是效法司马相如的吧。今人真不愧是古人的子孙,立身行事,处处毕肖。中国人,因为太古老的缘故,所以时时事事都有前辙,如同活在故事里,凡事都不新鲜。拿当代的文人说吧,同样也有二卖。形而下者如卖身、卖煎饼之类,形而上者如卖深刻、卖不深刻之类。不深刻是因深刻而起的,先是有人卖深刻,偏把眼前的事情置到脑后去,将生活画成一种玄学。到这深刻卖不下去的时候,便又有人站出来卖起了不深刻,将一切脑后的事情又提到眼前来,将人生画了犬儒。眼前脑后,脑后眼前,直绕得买主眼花缭乱。后来有更高明的人又出来卖包装,据称顽石包装一下也可成为黄金——这不是哄人吗?

于是,文人的贩卖,多半含有这种自欺欺人的性质。

记起某年夏天连夜大雨,次日漓江水涨船高,两岸涯涘不辨鸡犬。白天过解放桥,见桥栏上扒伏了一串人,在看水。一边看一边还浩叹,说:"怎么有这么大的水呢? 怎么有这么多的水呢?"有才子道:"这算什么,某某年发的那场大水,独秀峰都淹成了一座岛。"人问:"哪个说的?"答:"书上写的。"

书上写的你能信吗? 书上写的你能不信吗? 这也是文人的一种贩卖。古人评扬子云,说他露才扬己,颇有"獭祭"之诮。这类深奥的话,说白了可以一字蔽之,就是"卖"。写书,实际是文人的一种练摊。旧时所谓"君子三立",立言是其中之一。然而"三立"是对圣人而言的,文人骨子里则是在卖圣人。明、清两代,以八股文取士,卖圣人成了风气。八股文的宗旨,是所谓"代圣人立言"吧。真是不打自招! 可见卖的积弊已经太久,颇难疗治了。

读古书,要听到一点真实的声音,实在很难。这难的缘由,多在于"文人的贩卖"。

古书有什么用？

　　大约在八年前,我还在学报工作。那一期的稿件中,有一篇是考证石涛出生地的,洋洋万言,引据书史,最后得出的答案只是一句话:石涛出生在桂林。一个工科出身的朋友见了这文章,对我说:"这个有什么用?"我一时语塞,竟不能置一辞去分辩。

　　是啊,石涛出生在哪里,这对今天的生存着的我们有什么意义呢? 这既不能当饭吃,又不能让人致富,总之,全无实用的价值。其实那个工科朋友的疑问,还可以引申为如下的论题:古书有什么用?

　　这其实已经不是我那工科朋友所独有的疑问,"五四"时期,这曾经是当时激进的知识界所持有的一种较普遍的态度,持这态度的人中,甚至包括了鲁迅先生。大凡一个时代,若处在王纲解纽、百废待兴之际,那主导的精神,必然是致用的。"五四"时期的这种情况并非特例,明末清初,这种致用的态度也曾蔚为时髦。而凡事一旦沦为时髦,则难免变得狭隘。清初的颜习斋,在批判《朱子语类》的时候,对朱子的处处强调读古书,就很不以为然。

习斋的《朱子语类评》一书，多痛快语，但因其过激，又不免时时流于尖酸，方苞的《与李刚主书》有"然有区区而欲言者，言之则非其时"之语，这"非其时"的"时"，就是习斋所代表的当时的那种时尚。可见古书无用论从明末清初就已经开始了。

而像鲁迅那一辈人，多是从旧学的海洋里沐浴出来的，后来又渡海看了几眼西洋景，所以对古书的无实际作用体会得更深切。

然而，古书究竟有没有用呢？我想用处总是有的，关键看你怎么用。中国的古书，经、史、子、集浩如烟海，若把它用来作为生活的教条，确实无益。对于古书，我们应该给它一个什么样的定位，这很重要。古书多的民族，大抵都是很会生活的民族，因为古书是民族生活经验的记录。对于今天的人来说，古书不是别的，而实在是一种生活的资源。这种生活资源不是物质所能够取代的。近年来学术界关注的一个话题，是所谓人文精神。中国的古书中，这种人文精神就格外丰富。这是中国的灵魂所系。

灵魂这个东西是做人的关键。海涅他在《论德国宗教和哲学的历史》一书中，讲过这样一个故事：一个科学家造了个机器人，这机器人几乎是完美无缺的，甚至比真人更完美。但有一样，是科学家无法给予他的，那就是灵魂。这个机器人在人群中生活了一段日子，终于发现自己与真人的区别就在于没有灵魂。于是他每天追在那科学家的身后，用呻吟般的声音反反复复地哀求着："给我一个灵魂！"科学家在这日复一日索求灵魂的呻吟声中，终于逃之夭夭。

人的生活正是如此,它是靠两种资源来维系的:物质资源和精神资源。后者在某种意义上说也许更为本质些。我在读《百年孤独》的时候,曾经为那种南美式的孤独所震撼,但同时也想到,这样的种族精神的孤独,对于中国人而言不会在种族意义上而存在。中国也许有百年尴尬,但不会是百年孤独。因为中国人文精神的传统,可以让这个民族消化种种形式的文明力量。

自嘲

　　年来总感到某种寂寞，想做的事情无暇去做，不想做的事又刻刻逼来。夜深人静时，常在脑海里翻出苏东坡的几句词："常恨此生非我有，何时忘却营营？夜阑风静觳纹平，小舟从此逝，江海寄余生。"词的立意，貌似道家之想，实际上是从孔子乘桴浮海那里来的。人在生存中，真是被动的时候多，而在这被动里，也非一味的违心与屈从，更多倒是有一种莫名的道义在左右着你，令你活泼不得。

　　过去读巴金的《家》，很怪觉新的瞻前顾后，认为纯是他性格所致。现在想来并非如此。觉新是一个极端寂寞的人，而热闹又偏偏总是找上门来纠缠他，——这是他的尴尬。其实《家》里面，最值得同情的人物就是觉新。觉新这人，处身于尴尬里，却又不会自我解嘲。自嘲须有诚实的勇气，须搁得下面子。这是很不容易的。

　　我们国人是极讲究面子的，为了面子，就难免于矫饰，而一旦矫饰，也就失去了诚实。过去读金庸的《飞狐外传》，对他"后记"

里的一番话印象很深。他认为大丈夫富贵不淫、贫贱不移、威武不屈都还不是特别难达到的，最难的倒是不拘泥于所谓的面子。鲁迅先生对这"面子"之事，曾作过一篇文章，说许多是非大抵都始于要面子，终究又陷于没面子。

　　看得透这一层的人，实在很少，所以能够自嘲的人也不多。孔子的伟大，很大程度也在于他的这种自嘲，因此他是圣人。

　　对于凡人，既要活着，又无自嘲之心，这就只有尴尬了。尴尬极了时，多半也会选择一种被动的自嘲态度。这与孔子式的自嘲是不同的，孔子的自嘲是自觉的，也是人格上的主动的姿态。被动的自嘲，如通常所说的"认命"，就是很典型的一种。《阿Q正传》有许多妙语，但有一句很少被人引用。那是阿Q受了诬，被捉去吃官司，终于意识到自己有可能被杀头的时候，他的意思之间，竟是这样一种态度："人生天地间，大约本来有时也未免要杀头的。"这句话比之于阿Q的"儿子打老子"、"先前比你阔多了"之类，是更深层次的，足以概括阿Q的人生哲学。——这其实也是一种自嘲啊！只是它更无奈，更无余地，所以只好供凡人来享用。一个人，当真活到了"大约本来有时也未免"这个地步时，还能指望什么呢！

　　自嘲态度强的，还有一个人，那就是苏东坡。东坡先生在谪所，左一封信，右一封信，向人说谪所的风土如何有趣，又有如何多的好吃好玩之物，并嘱人勿外传等等，仿佛他捡了多么大的便宜似的。其实，他那是在自嘲。这种自嘲，介于圣人与凡人之间。他不掩饰苦状，也不失落乐观。这样的态度，我想是最好的。

秋天与建安诗

　　窗外据说已经是秋天了。旧时读郁达夫《故都的秋》,很为那北京的秋色所感动,然而一直未能亲见。桂林的秋天,仿佛是夏天的私生子,特别传承了什么遗泽似的,很少有变化。倒是漓江水一天天枯了,露出了青青黄黄的藻,也不知是否就是那"诗三百"中所说的荇菜。我想不是。如果荇菜就是这副模样,诗可就太虚伪了。

　　说起诗来,很自然地想起了建安诗。我感觉中,诗史的许多大阶段,与四季的气质是很相仿的。唐宋诗如暮春初夏,草长莺飞,那体态是丰隆;先秦诗如早春二月,处处还显示着对生活的讶异与倾心;两汉诗道极衰,像是冬天吧。建安的诗,是诗季里的秋,琅琅之鸣,终不类钟磬管弦,倒是一派金铁之声。说来很是出奇,秋在五行属金,在人体归肺。属金故峻劲清刚,归肺故梗概多气。而建安诗的特点,正复如此。前人论建安诗,多尚其风骨。究竟风骨的底蕴是什么,少有人谙其要领。文人而为文所惑,这原是见怪不怪的事情。由这个意义观之,许多文人其实都未活过四十岁。孔子云:"三十而立,四十而不惑。"不惑是比立更高的一个层次。立是容易的,不惑却是难的。古来许多学者,立了一大堆学说,仿佛极博洽的样子,其实终其一生,犹在一"惑"字当中。其所立学说,不过是自欺欺人而已。

秋是一个不惑的季节。生命经过了热烈的春生夏长,到了这个季节,忽然转入凝思。凝思是生命的一种极高的美,它的底蕴,是静穆。建安诗貌似骚动不安,如忧生之嗟,惊风转蓬之目,真是一刻不肯安静,而其实,它的骨子里却存有一种大静穆。建安诗人的诗思,都通于生命终极的凝想。人终于在生命意义上(而不是伦理意义上)觉醒了。所以其风骨的底蕴,始终是对生命支点的思索,骨子里藏有一种大凝思,在哲学意义上是静的。这正是建安诗与秋天相通之处。

中国哲学,儒家如暮春,道家如清秋;前者是生的设计,后者则是对死的敏感。死是令人神往的,因为死是绝对的纯粹,而生只是这纯粹背景上小小的一抹。任何人,无论他承认不承认,自觉不自觉,死的神往,其实都潜藏在他心的深处。不看穿这一点,便不可能有真正的哲思。死是生命的一种形式,是终极的静穆,所以与秋的本质极相关。

秋的姿态是这样的:它一脚踏着人间,一脚踏着冥灵,以人间的热情去审视冥灵,又以冥灵的玄思在关注人间。秋是四季之中最有张力的一季。建安诗不正也如此吗?它的生的热情是由死的敏感调动出来的。所以在建安诗里,生格外地逼真,也格外地脆弱与易逝。不妨统计一下建安诗中秋风所占的比例,一定大大高于其他类型的风。像"惊风"、"回风"、"悲风"、"飚风"这类风的意象，多是从秋风来的。这动如脱兔般的风，如金戈铁马，恰似生与死的搏杀。有趣的是，这种极躁动的风却是从死的深意里吹出来的，所以它的后面，仿佛睁着一只静静的眼睛在谛视着。这是一种极深的宿命。大约正是因为建安诗中已潜藏着这静的种子，所以后来六朝玄言、山水、田园诗，才得以成长起来……

　　古人读书，有择时择地之宜。秋天宜读的，应该是建安（扩大一点，到正始时）的诗吧！

文人的尴尬

　　纸价忽然贵起来了，这对读书人来说，是不好的消息。买书的踌躇，早就是读书人的一种尴尬。书愈贵，尴尬也就愈深。如今许多读书人逛书店，有点像小孩子逛动物园的情形。看见许多可爱的动物，心向往之，然而终不能捧回家去。书店中的好书，就如同动物园中的熊猫一般。读孙犁《如云集》，见他在50年代时，有许多稿费，工资又高，而书价奇贱，所以他藏了不少好书。看他那贱价存书的光景，真仿佛猪圈里养了许多熊猫。今天的人看来，"徒有羡鱼情"而已。

　　于是感觉出杜甫所谓的"读书破万卷"终究是一件十分奢侈的事情。这种奢侈之感，非始于今日，早在晚明就已然有了。《隐秀轩文》谓："少陵云：'读书破万卷。'一古善本价可饱贫士数家，吾其敢破之哉？"话说得很好。竟陵派文，虽不称高古，却极有可读之处。晚明文人，无论公安或竟陵，在当时是以诗及诗论驰名的，然而到了后来，其真正可取的，却是散文。这是他们的一种尴尬。

中国的文人，自古便有尴尬的传统。孔子一腔热血，然而周游列国却不得其用，真是尴尬极了。但孔子的尴尬尚有些必然性，怪只怪他一肚皮不合时宜。《春秋》那样的年代，正是极功利的时代，倡导仁义礼智，实在类乎痴人说梦，有哪个国君会真正相信呢？到战国，庄周梦蝶是一种尴尬，孟子的鱼和熊掌也还是尴尬。"诗三百"说得好："知我者谓我心忧，不知我者谓我何求。"——心忧，是一种境界；有所求，是另一种境界。世上心忧者少而有所求者多，于是有所求遂成了知人的一种尺码，逾百世而不易。这固然是一种俗见，然而却并非妄见。文人因为雅的缘故，所以多标榜心忧，而不愿承认有所求，显出一派高蹈的样子，似乎与常人不同。结果把人生弄得很虚幻，游离了现实，于是只好尴尬。

中国的文人，也就是旧的意义上的知识分子，作为一个负有一定社会使命的社会阶层，他们在履行自身角色时常常是失败的。文人的通病在于，他们的心底里大抵都存有这样一个信条，认为：语言即生活，甚至大于生活。他们把这种"大于"称作超越。于是入了幻境。"幻"这个字，《玉篇》里载有另外一个写法，是写作"𢆶"。也就是把"予"字倒过来——把自我都颠倒错位了，便是所谓幻。

禅宗讲"言语道断"，讲"直指本心，不立文字"，讲"言筌"，什么缘故呢？因为生活永远是大于语言的。语言本质上是一种定位。然而任何定位都可以是错位，就如同斯宾诺莎说的"肯定即否定"一样。语言描述光的本质，称作"波粒二象性"，然而这描述本身便是描述错觉,是错觉的描述。

文人们信仰语言,怎能不尴尬呢?

历史上为语言而生的人是很多的。先是由圣人把生活规范为一套词汇,然后又有许多君子再拿了这一套词汇去规范生活。于是错位了——因为生活大于语言!

无事时翻阅字书,常有这样的感觉:造字者与字之间的那种关系,似乎远比字与生活之间的关系要生动和灵活。想到这一层时,结论是很可怕的。因为从这个意义上反观过去,则人类文明史似乎一开始就是一场作茧自缚的历史,而文人正处在这茧的织口上。中国有两部书,是用来破除这种自缚的,一部是《周易》,一部是《老子》。易的生生之谓,老子的大化之观,在文人们遭遇尴尬时,常常成为化解尴尬的最好药方。这也正是中国许多真正的革命者,骨子里都含有极浓的道家色彩的缘故。

我初读《金刚经》时,对"说法者,无法可说,是名说法"这句话,极感可笑。后来才知道,真正可笑的其实倒是我初时的那种"可笑"。看问题,越看,问题越多——人生天地间,多在此处境中。

谈闲

十多年前,从书肆上购得的张宗子的《陶庵梦忆》,是典型的闲书。那时候闲书难得,所以这薄薄的一本小册子,书边都翻起了毛,犹不肯释手。闲书的滋味,便是从这书里得以领略了。不料这几年闲书忽然泛滥起来,弄得枕边案头,莫非闲书,终于让闲书把个闲人读成了手忙脚乱,真是不堪其闲了。

其实世间人,实在是难得有闲的时候,所以一旦而标榜其闲,便免不了造作的矫姿。陶靖节所谓"采菊东篱下,悠然见南山",也被后人读成了戏法一般,惹得无数的雅人,为了做成这样的戏,都忙着去"悠然",把东篱挤成了闹市,而终于"悠"不得其然。宋以后的人,就把这闲戏做精了。诸如"手执《周易》一卷,焚香默坐,消遣世虑"之类,望之便知是在做戏,颇似晚明士子的嘴脸。其实既为世虑,又岂有可消遣的时候? 但不知为什么,人偏是在做戏的时候才好看,卸了戏装,便不觉他有故事在,也就没有了去看他的兴致。可见做人做到高明处,不在于能看破,而在于能不看破。不看破,断不是看不破,它的本义,是所谓"难得糊涂"。这里面存有一种大智慧,是禅之世间法修身的最高境界,也正是《心经》所谓的"空不异色"、《金刚经》的"应无所住而生其心"吧。可知闲人自有他闲的道理。

"闲"这个字,说起来很好笑,在汉语里,它与"间"字原是一个字,而意思又可以迥异。《庄子》"大知闲闲,小知间间","闲"为博洽,"间"却成了拘泥。推考起来,"闲"(或"间")这个字,是缝隙的意思,它的本意,是门开了个缝隙,月光就可以照入户中来。门缝开得大小,便区分了"闲"和"间"的含义。门缝小,月光挤进户内,所以拘泥;门洞大敞,月光涌入,故呈其博洽。辛词所谓"唤起一天明月,照我满怀冰雪",冰雪情怀,无尘垢之污,这便是大闲情。辋川"人闲桂花落",其实还只是小闲。

"闲"、"间"这种同形异义的现象,与钱钟书所论"易之三名",是相似的。闲者舒徐,间者忙碌。而由闲到间其实只有一步之差。于是二者又成了很好的伙伴。世间之人,闲者多爱拿间字来做戏,而间者又常拿闲字做戏。所谓"偷得浮生半日闲",其实是间者之言,他哪里又真的闲适过?我们读古书,不能被古书骗了。唐时有所谓"终南捷径",就是打着闲字的幌子,标榜出一种高蹈的情致,目的在于赚取声名,以求闻达于朝廷。清代时有人做诗刺陈继儒说:"翩然一只云间鹤,飞去飞来宰相衙。"便是很好的写照。晚明之世,这种扮闲的人是很多的。拿周作人曾经很推崇的袁中郎来说吧,他辞吴县令时,写了那么多的书信,无非是标榜他挂冠还山的闲情。那时节,真是信誓旦旦,一脸"扎根农村"的样子。可是回到柳浪住了几年,终于闲不下去了,于是又复出仕途,还找了个借口,说是父亲不让他闲,真是聪明得很。

古人给去官居家者造了个很好的词,叫作"赋闲"。这个"赋"字,有作出来的意思。就像鲁迅说晚明小品多是"赋得性灵"一样,"赋闲"之所谓闲,也多半是编造出来自欺欺人的把戏,当不得真。

闲是一种开放的境界,只有心无私欲与羁缚的人,才可望达到闲。

文学的"头发"

　　夜读《本草》,知道人的头发是可以做药的,医家对它的称谓叫作"血余"。"血余"这个词造得很妙,给人一种玩味不尽的意趣,可见造词者的高明。汉字是一种极易拼贴的文字,所以许多造语极富游戏性质,如钱钟书在《围城》中,将英国诗人艾略特译作"爱利恶德",真是令人叫绝。文人在这种拼贴文字方面的智慧,较之医家自然要更高明些。无独有偶的,文学中也有一个与医学中的"血余"类似的词,叫作"诗余",用来表示词区别于诗的性质,后来也就成了词的一种代称。

　　历来多有人站出来反对这个代称,但不知为什么,它却始终不因那反对而敛迹,而是顽固地代称着,成为一件叫词话家们头痛的事。可见"诗余"之中,必包含有几分大实话。词在宋代极盛,以至后人言之必称"唐诗宋词",将一个诗体与一个朝代联结为一体了。但话虽如此说,实际上词在宋代并非一个享有尊严的诗体。文人们从来只将诗、文二端看得很高,对于词,多少总有些看贱的,于是才给词起了个很好的绰号,谓之"诗余"。既是诗之余者,自然的也就成了文人们聊遣余兴的一个场所,而免去了"经国"与"不朽"的重任,拿中医的立场来看,诗如果可以视为文学的血脉,则词实际上就成了文学的头发。

正因为文人们视词如头发,不把它看得太神圣,结果反倒没有了压力,因而获得了心灵的一份自由。所以到了宋以后,词、曲之流反而成了更成功的文学,诗却渐渐没落了。这种因祸得福的事例,在成功的文学实践中屡有所见,大抵可以视为一个规律。

既然是头发,就大可以采取很随意的态度去对待。我们最早的榜样是周公——"吐哺握发"这个成语,就是用来表明他勤政的一种依据。其中那所谓"握发"的意思,就是说:国家大事来了,头发可以暂时不洗。可见轻视头发的传统是来自周公。中国文人对待诗、词二者的通常态度,多是传承了周公的衣钵,做诗是办公,填词则是洗头。倘若周公当时面对那国家大事说上一句:"等我洗完头再办理!"那么周公就应该是一个词人了。早期的词人,多半都是那种无公可办而只好去洗头的人。柳三变"奉旨填词",便是一例。延至清代的项鸿祚说:"不为无益之事,何以遣有涯之生",也是这样的洗头心态。可见"诗余"之观,始终未渝。

其实"词为诗余",没什么不好意思的,不必拿什么"远继风骚,近沿乐府"的高调,来掩饰它身世的寒微。何况"诗余"之体,也算不得寒微。——头发一样是高贵的。古人不是说么,身体发肤,受之父母。人从娘胎里出来,就已然长有头发,所以也是嫡传,并非庶出。庶出的东西,是胡须,那倒是可以看贱的。所以曹孟德行军时,骑马踏了庄稼,他要以法纪罪己,就戕了头发。他的态度,就正好与周公相反,——公事公办,于是办到了头发之上。可见,在曹孟德,头发与办公是统一的,并无轻视之嫌。

词人当中,能有曹孟德这种坦然态度者不多。常州派论词,借了《说文》的大义,将词旨解为"意内言外",颇合桐城文"义法"的意思。从那以后,做词渐渐做成了学问,不像是创作了。清人的学问大,所以事事以学人之心处之。这却害了词。词一旦连文学的头发都做不成时,就变成既非受之父母、又非人工塑造的胡须了。而胡须这东西,样子终究有些不伦不类。

谈谈鲁迅

读书对我来说，是心灵的一种散步，与夫求道致知是不大相干的。所以我也不是通常意义上所谓的"读书人"。活在人群里，说实在话，人常常令我感到失望。许多时候，我每不能理解人怎么会是这样子！但既然活着，就只好取东坡先生那样一种"姑妄"的态度，不断失望之余，又不断希望着。鲁迅先生说："希望本无所谓有，又无所谓无的。"又说："绝望之为虚妄，正与希望相同。"所以我想，鲁迅骨子里其实是一个道家。他固然积极地入世着。但仅仅凭据出世或入世，是不能区别儒家与道家的。儒家也有出世者，那便是孔夫子所称"有所不取"的狷者。中国历史上，凡是有些名气的隐逸之人，多半是这样的狷者。而入世的人之中，却有不少是道家者流。道家有一个最本质的特点，那就是对文明所持的一种最彻底的批判精神。他的入世，是批判的入世。南怀瑾《论语别裁》中，有过这样的比喻，他说：儒家开的是一个粮店，用以喂养这个社会；道家开的是药店，用以疗治这社会；佛家开的是百货店，用以装点这社会。这比喻，颇中了些肯綮。鲁迅的入世，骨子里是道家式的,所以他能够深刻地接受尼采。

　　说起鲁迅这个人,我对他的情感一向很复杂,一方面是敬爱他,一方面又替他难过。我二十五岁以前,心灵上基本是被鲁迅笼罩着。他的文字,真是百读不厌。白话文学史上,能有这般文字魅力的作家,我还没有见过第二个。这不是在吹捧。鲁迅的文字,是有着极至的张力的。他总是在绝望的底色上镂写着热望,在孤独的背景上表达着大同,仿佛在说梦,又仿佛在谈心。他的敏感及至于过敏,若非真切体验过种族与家族屈辱的人,是理解不了的。有一班理智的人,看不惯这样的过敏。那是因为他们把人抽象化了的缘故。人生天地间,会遭遇许多的骗局,不唯激情可以是骗局,理智也可以是一种骗局。佛家说"法执着",说的便是上了理智的当。其实,人岂是可以抽象的? 理智又真的能消化历史吗? ——我是不信的。

　　鲁迅身上,兼容了菩提的慈悲与野狼的孤寒。读鲁迅的文字,总仿佛狼牙映着雪影的感觉,是吊在嘴角边的永恒的冷笑。以狼来形容鲁迅,始于瞿秋白。不知为什么,后来这个形容却几乎不被沿用。其实这形容十分恰切。鲁迅一生都如狼一般地在追逐着人,不单追逐敌人,也追逐着阿 Q 那样的人,把他们噬咬。这噬咬的目的,更多时候倒不是要他们死,而是要他们感觉到痛。在感性唯物主义者如费尔巴哈那里,痛被作为存在的一种证明,这与尼采是相通的(勃兰兑斯曾经阐述过尼采与费尔巴哈的关系)。鲁迅是想要通过这痛,使他们得以发现生命的应有的存在感。在这一层面上,鲁迅又从狼化而成为菩萨了。

俗人对佛教的误解，以为佛教的宗旨是教人出世。其实错了。佛教也有体、用两面。体的方面是佛性，用的方面则重在缘起、是菩萨。菩萨的行愿，叫做"自度度人"，"度人"是他的本质。《法华经》载菩萨的道行，是驾了牛车度人出火宅。是所谓"大乘"。鲁迅说"俯首甘为孺子牛"，那"牛"字所包含的意思，应该不单只是耕耘或供人使唤，恐怕也有"度人"这一层在里面吧。鲁迅说自己是"肩了黑暗的闸门"，又很像是地藏菩萨的我不入地狱谁入地狱的那样一种愿心。——菩萨并非总是像世俗的观音那般慈眉善目的。菩萨的度人，也不是为了爱，而是为了让人脱胎换骨，是要扒他们一层皮，使他们长出新的样子来。

可是，我们的鲁迅先生，终其一生，他度的人有多少呢？鲁迅在日本，师从章太炎。太炎是治魏晋文、治经古文的，所以特别孤介，格外地倡发一种"大独"精神。这大约也影响了鲁迅。倘若他治的是唐宋，恐怕多少还能够做到一些所谓的与世不忤吧……

谈谈鲁迅，真是谈也谈不完的话题。

史臆

明太祖朱元璋开国之初,问刘伯温何人能担当宰相之职,刘伯温说没人可以担当。太祖就说:你不是很好的人选吗?刘伯温答:我嫉恶太深,又不耐事务性的繁剧,恐负皇恩。结果太祖便选任了他人。——这是正史的记载。真实的缘由,我总觉得不那么简单。太祖开国,刘伯温只封了个诚意伯。这个爵位实在太低了。其中似乎体现了太祖对伯温的某种猜忌。刘伯温是绝顶聪明之人,应该是心领神会的。所以他在开国之后的避事态度,我想绝不是出于功成身退之类的所谓高风亮节,而是因为有所顾忌,为的是远避功名以求自全。

然而刘伯温终于还是死于非命。史载,他的死是胡惟庸下的毒手。胡惟庸,"小犊耳",算个什么东西?他的敢于谋害刘伯温,多半是揣摩出了太祖的某种默许的态度。太祖是天子,比聪明人高明得多,他大可以玩玩郑伯克段叔那种把戏。这戏法,胡惟庸怎能猜得透呢?明代开国的那一党人物,大约只有刘伯温能猜得透太祖的心法。伯温一死,太祖便心安了。这倒教我想到了明成祖朱棣。史载他有太祖之风。这我是绝对相信的,看他靖难前后的那番表演,真与太祖惟妙惟肖。建文活该败在成祖手上,一点不冤的。

胡惟庸以害人始,以害己终。这里面似乎有一种因果。太祖心底,其实是深为信服刘伯温的。刘伯温说无人可做宰相,太祖最终还是从了他的预言,在扳倒胡惟庸后,便立下祖制,不再设立宰相之职。所以明代不设宰相,与其说与胡惟庸有关,不如说与刘伯温有关。

胡惟庸案,并最终牵涉了李善长,其实这是必然的。胡案是太祖朱元璋大张旗鼓地诛杀勋臣之始。这诛杀一开张,李善长必不可免。善长于朱元璋,有两度劝进之功,他与胡惟庸,不但是乡党,而且有从子之姻,关系不简单。然而说起来,这关系似乎又很简单。胡惟庸以二百两黄金,收买了李善长,从此便飞黄腾达。可见李善长是一个小农意识很重的人,不足以成大事。但他本质上并不是个奸恶之人,与胡惟庸是有区别的。大凡正史,它明示出来的东西往往并不重要,关键反倒在其蛛丝马迹的地方。是之谓《春秋》大义。所以古书是极易让人上当的。

我最初对胡惟庸、李善长案发生兴趣,是在读了《牧斋初学集》之后。朱元璋诛了李善长,为了正名,向全国颁了个《昭示奸党录》。这个文告的内容,在《牧斋初学集》卷一百四中,有很具体的引述。这一卷文字,治明史的人是必读的。钱牧斋辨析颇精。他的态度,对李善长似有同情,但又为朱元璋作了辩护。我看《昭示奸党录》时,没有把它当作史料看,而是当作文学看。这样便有了心得。这种心得，并非什么史论，姑妄得之吧。

《昭示奸党录》录了许多明代的口语，读了这些口语，便觉得《金瓶梅》、《水浒传》之类，并不稀奇。我们不妨摘抄几句李善长说的话吧：

> 你的军借三百名与我打柴。
>
> 我做著一大太师，要拿便拿。
>
> 许大年纪，教我远过栈道去，想天下定了，不用我。

这几句话里的"打柴"、"大太师"、"不用我"，很可玩味，体现了李善长那种小农心理。这种心理，是中国文化狭隘的一面，贻患真可谓无穷。然而这还只是阴暗。真正黑暗的，倒是太祖在《昭示奸党录》中那种捏造罪名、以磊落的面目行昧心勾当的行径。李善长的心态，充其量还只是阿Q。太祖朱元璋的心态呢，实在是不便于说出……

读史，读得我常常感到悲哀。然而史又实在是不可不读的。这不仅仅是臆语。

家事与政事

国史的一大痼疾，是家事与政事缠结不清。倘若修出一部翔实的中国政治史来，其中的无聊与可笑，一定比比皆是。中国自古以来，罕有真正的政治家，多的只是政客。政客一多，严肃的政治行为往往就变成了糊涂的里巷闹剧，如同一群妯娌在争家长里短。这种积习，往往连士君子亦不能免。雅人固然很雅，但往往愈是雅人就愈是狭隘，遇到大事也愈看不开。这一点十分可悲。

把家事缠连进政事之风，自古就有。拿汉代来说吧，陈平盗嫂、张敞画眉之议，都传到皇帝耳朵里去了。好在皇帝看来似乎还是个明白人，使非议变成了佳话。其实并非皇帝明白，只是他把事功放在了首位，出于一种精明的买卖人的心态罢了。有明一代，因家事缠结于政事而喧动朝野的，似乎较以往任何一个朝代都更频繁，像世宗时的议礼、神宗时的三案，均如此。在这一点上，皇帝比常人更不自由。放在常人，如汉代陈平尚可以说：这是我的家事，与政事何干？一句话把两者划开了。但在皇帝，这样的话便说不得，因为臣子们的心里太昏，并欲以其昏昏使人昭昭

（当然皇帝多谈不上昭昭）。昏君并不是生来就昏的,而多半是由一群昏人搅昏的。明神宗二十年不视朝政,算是昏到极点了。但他的这种荒怠,不能不说是与朝臣野党的正人君子们有关的。我对东林党人好感不多,即缘于此（东林人士至晚期更不怎么样）。他们对皇帝的家事介入太深,极端者甚至到了借此以谋清誉的地步。其实,易储固然事大,但硬要说它关乎国体,那就有些言过其实了。我们的国体究竟是系于民还是系于君? 明儒熟读孟子,理论上可以把"民为贵"的道理说得一套一套的,可实践起来就会发现,他们心底最轻视的恰恰就是民。孟子《梁惠王》篇,对齐宣王的好乐、好勇、好货乃至好色,都能够实事求是地去阐扬它,绝不是机械地举着一杆"善"的大旗,然后招摇过市,见世人皆曰可杀。其心境可谓阔矣。所以我很喜欢孟子。唐宋以后的儒者,就越变越狭隘了。因为他们不再能作平等观,时时处处端着一副架子,脸上写着"我是君子",眼里望去便认定举世皆小人。这种心态很不好。

这么一来,儒者们也越来越糊涂。明世宗年间,议礼一案,臣子们更近乎无聊。世宗欲追谥自己的生父母为皇考妣之类,惹得臣僚大讪,于是,又是上书又是奏议,乃至将圣旨封还。皇帝一气之下,手敕一令,铁板钉钉。这还了得! 于是二百多员当朝的高官跪伏左顺门,集体讪哭,如丧考妣,声震阙廷,活像一群疯子。是他们对先皇感情太深吗? 先皇武宗是有名的昏君,在世时这班臣僚对他就很失望。所以在这个事件里,针对某个人的特殊感情是谈不上的,究其实,只是这些臣僚心里把帝王的家事与政事缠结在一块了。历史上,中国政治的道德色彩是很重的,但到了实践中,这种政治又往往最不道德。什么是道德呢？在天为道,在人为德,所以君子以德配天,究乎终极,只在于"自然"二字。人与自然的关系是其始,人与人的关系是其用。而问题往往正出在用字上。这是抽象的解释,实际上还更深奥,我们且不去伤这个脑筋。至于这个议礼事件的发展,自然是走向了暴力。这是一种规律。再然后,每一次君臣的对抗过后,便是残酷持久的党争。这也是一种规律。

看起来,家事与政事是不应该掺杂在一起的,这在君在臣,都应如此。但中国长期的宗法制传统,已然渗透到了社会和人心的每一个角落。用家事的办法来处理政事,或用政事的手段去解决家事,这积习从古到今都如此。

妄语

　　我近来在翻阅王元化先生的《思辨随笔》，激起不少感想。这是一部可读的书，从中可以见出一个中国知识分子的道义与良知。书里对人间的关怀，是许多纯粹的学人已然失落了的。然而纯粹是什么呢？我十年前读康德的《纯粹理性批判》，对于他所说的"纯粹"，有着极深的印象。人在面对思想，乃至拷问真理之时，是需要怀有一种道德意识的。过去读章实斋的《文史通义》，对他《文德》篇中所倡的"临文主敬"①一说，感慨良多。"敬"之一字，不是迷信或愚妄，乃是一种求是的关怀。庄子称天籁、地籁、人

---

　　① 出自章学诚《文史通义》（卷三·内篇三·文德），原文为："夫诸贤论心论气，未即孔孟之旨，及乎天人性命之微也。然文繁而不可杀，语变而各有当。要其大旨，则临文主敬，一言以蔽之矣。主敬则心平，而气有所摄，自能变化从容以合度也。夫史有三长，才学识也。古文辞而不由史出，是饮食不本于稼穑也。夫识生于心也，才出于气也；学也者，凝心以养气，炼识而成其才者也。心虚难恃，气浮易弛。主敬者，随时检摄于心气之间，而谨防其一往不收之流弊也。夫缉熙敬止，圣人所以成始而成终也，其为义也广矣。今为临文，检其心气，以是为文德之敬而已尔。"参见〔清〕章学诚.文史通义（据商务印书馆旧版本影印）〔C〕.上海：上海书店，1988：卷三 81。

籁，显示过对生命本原的敬畏。这种敬畏之博大，把尼采和史怀泽之流，远远的比下去啦！所以我很为中国的古人骄傲。孟子也有过"天爵"与"人爵"之辨，是从上古的宇宙观而来的。宇宙本体为"道"，道有所运，运于人，则为德，故天人可以合一。这个思想很深刻，虽然它是经验和直观的。

经验和直观，有时候往往更接近于真理状态。比如说人性吧。人性是什么，我至今也弄不明白。因为人性似乎是经验性的，并不存在抽象的律例。我们对人性的感悟，其实更多的是一种直觉。所以人性的观念从来没有真正的约束过人性。古来对人性有过种种论断，或善或恶，或性存三品，或说人是环境、是社会、是文化的产物。然而人性始终不曾拘泥在这一切的框架中，因为它存在于自己的阐释里。阐释的困难与这困难本身的有趣，构成了人性论者的亘古尴尬，也许本身就构成了一种"二律悖反"，是理性所无法解决的问题。

那么，回到纯粹上来吧，康德的"纯粹"的魅力，在于他的澄明与优游。我对于真正的形而上世界的体验，便是自康德始。所以康德是一个必要的过程，但也仅仅是过程，而不能作为结局。可见纯粹终究是一个很苍白的东西。这就导致了对理性的质疑。思辨所构筑的体系为什么总是飘浮在空中？对于人类而言，道德的关怀是否是其文明昌盛的必要的砝码呢？前些时候读史怀泽①的《敬畏生命》，他的新伦理观其实仍然是基于人的前提之上的一种道德的关怀，因为界定着生命含义的，仍然是人。

　　文学大约是一切艺术门类中最不纯粹的艺术，但它又是最普遍的艺术。纯粹的文学是不存在的。维特根斯坦倡发"语言游戏"之说，仿佛是纯粹了，可是作为"语言游戏"的补充，他又引入了一个所谓的"生活形式"，终于是不纯粹。不纯粹才是真实的，就像组成世界的都是杂质一样。王元化先生的这本《思辨随笔》，是不纯粹的文学论著，可是就是在这个不纯粹里，仍包含着某种纯粹，那就是较纯粹的人的关怀。这正是这部书令我感动之处。

---

　　① 阿尔贝·史怀泽(Albert Schweitzer, 1875-1965, 又译施韦泽, 施韦策)，法国当代著名思想家、伦理学家、人道主义者，曾以医学服务非洲，获诺贝尔和平奖。他的思想对世界和平运动、环保运动有着深刻的影响。其所倡导的生命伦理学以"敬畏生命"为核心，代表作是《敬畏生命》，他提出"敬畏一切生命和爱一切生命"，参见[法]阿尔贝特·史怀泽著，陈泽环译.敬畏生命(据慕尼黑贝克出版社1988年德文第5版译)[C].上海社会科学院出版社，1995:77。他认为："只涉及人对人关系的伦理学是不完整的，从而也不可能具有充分的伦理动能。"(同上，P8)他说："有思想的人体验到必须像敬畏自己的生命意志一样敬畏所有生命意志。他在自己的生命中体验到其他生命。对他来说，善是保持生命、促进生命，使可发展的生命实现其最高的价值。恶则是毁灭生命、伤害生命，压制生命的发展。这是必然的、普遍的、绝对的伦理原理。"(同上，P9)他认为："善是保存和促进生命，恶是阻碍和毁灭生命。如果我们摆脱自己的偏见，抛弃我们对其他生命的疏远性，与我们周围的生命休戚与共，那么我们就是道德的。只有这样，我们才是真正的人；只有这样，我们才会有一种特殊的、不会失去的、不断发展的和方向明确的德性。"(同上，P19)他认为："如果只承认爱人的伦理，人们就可能无视这一事实：由于承认爱的原则，伦理就不可规则化。但是，如果把爱的原则扩展到一切动物，就会承认伦理的范围是无限的。从而，人们就会认识到，伦理就其全部本质而言是无限的，它使我们承担起无限的责任和义务。把爱的原则扩展到动物，这对伦理学是一种革命……"(同上，P76)他认为："敬畏生命的伦理否认高级和低级的、富有价值和缺少价值的生命之间的区分。"(同上，P131)

然而感动之余，又产生了新的一种踌躇，正如上文对人性的议论一样，问题是：人是纯粹的吗？如果人本身就不纯粹，那么所有为人而发的纯粹的关怀乃至辩护，就只能是一个自欺欺人的命题，一种美丽的骗局。我近年来常常怀疑文艺复兴时期那种时代精神的遗产，那似乎已然成为了现代人类的一种偏见或者是负累。读萨缪尔森的《经济学》时，就发现资本主义发展到今天，其自身的包袱已经十分沉重。这种历史的重负，是直接从文艺复兴那里来的。对人的批判，较之对人的肯定或许更为困难。近几百年，人把神的权力从神的手里夺了过来，打了个很大的胜仗。可是，人真正应该拥有的权力究竟是什么？

　　我始终很迷惑。

厕上书

古人重视读书作文,把此事贯彻到了每一个生活细节里,于是有所谓"三上"。这"三上"之一,便是所谓"厕上"。厕上读书,是需要功夫的,哪怕坐在现代的坐式马桶上,时间一久,那因为肉厚而特别宜于针扎的部位,也会产生一种冰硬的不快。何况有许多人,在坐式马桶上每不能达成清肠之效。这如同痔疮一样,是人在进化过程中遇到的一种尴尬。试想,体虽舒矣,而肚中块垒固然,又有什么读书的兴致呢? 可见,厕上书的设计,尤须从蹲式的前提上考虑。

周作人在《苦竹杂记》中,曾有过一篇《入厕读书》的妙文。知堂文章妙天下。厕上读书,可说的话他基本都说了,后人再作喋喋,难免沦于狗尾续貂之况,自取其辱而已矣。然而宇宙之大,道心之微,谁又敢称登其峰必就造其极了呢? 何况宋儒早有训示,太极无极,无极而太极。濂溪真不愧是道州人,悟道也自得其所。造极云者,如同"道可道,非常道"一样,是说不得的。既然说不得,于是一切"吾生也晚"者,才得以从先贤的牙缝里蹭得一碗饭吃。真是苍天有厚生之德，真不愧为天！——这样一番申辩，于心是一种慰藉，但转念一想，又忧从中来，仿佛落于纵横者流的伎俩中了。真是天网恢恢，张狂不得。乃知陈思王《田野黄雀行》，并非凭空想得，其来毕竟有据。

但无论天怎么网，道怎么极，回到厕上，终究是一个具体而微者。高明的人喜欢说解剖麻雀。厕上便是日用空间里的麻雀吧。蹲在这麻雀肚子里读书，俗固造其极矣，雅又何尝不造其极？

既是雅俗不二，厕上读书便很可推广。但一说到推广，问题就来了。周作人说厕上读书宜读笔记杂著之类，这大约是比较广的原则，若读经史，未免太过块垒了些。何况有些经是不能厕上读的。有一年我在一所寺庙中得遇《金刚经》的善缘（你面对经书，哪怕是摆在柜头，也不能说出售，而是你所遇的一种善缘），我便想用施舍来结这善缘。不料那能够给我以缘觉的禅子，大约看出了我的俗相，竟拒绝化我，并说："这书你读不得的。读此书须焚香沐浴，斋戒三日，而后方得开示。"这话教我信心全无。想那六祖，只是在河边偶尔听人诵此经，便得顿悟，又何曾焚香沐浴过？大约他的根性太深，而我根性太浅。由此可见，佛经是不可厕上读的。岂止佛经，《红楼梦》大抵亦然，黛玉葬花，若置诸厕上，那么林黛玉也要成刘姥姥了。可见厕上书其内容是有限的。至于所谓"佛头着粪"之类，须是高僧大德才可以为，我辈岂可妄哉？这样的道理，我还是懂的。

可是仔细想来，我这道理似乎也只流于辞章一路。明儒章枫山语录，说陈白沙之学固然动人，却还落于辞章气。白沙是从《论语》"浴沂"章出来的，所以辞章气终究难免，若他彻底入于道学气中，也就没气了。白沙早年师事吴康斋，有点宰予昼寝的行迹，康斋就喝斥他：像你这样，何日才可进入伊川、孟子的境地？白沙不快，干脆跑回自己老家睡大觉去了（他管这叫"静坐"）。这一睡，终于大梦醒来，成就了一个辞章气十足的道学家。有明一代的风气，实则开自陈白沙。所以我常劝人读陈白沙，并且宜在厕上读，以其畅快之故，大有通便之效，较之巴豆、大黄之类尤佳。

但厕上书，还有一个原则，那就是那书必须如简装素服般的轻便。倘若捧上一部西装革履的大部头，那么厕上读书便很吃力，长此以往，再出厕所门时，便可以直接进入国家举重队了。近几年的出版界，仿佛与国家体委串通好了似的，专爱出一些又厚又重的书；或者是私下认定了人皆可以为尧舜，于是乎"天将降大任于斯人"，必先"苦其心志，劳其筋骨，饿其体肤，空乏其身"。这用心大约是好的，但也过于良苦了些。我极喜欢民国版《丛书集成初编》那一套书，是王云五编的，本本轻便，极可携入厕。可见出版家亦须作厕上想。

读书自诫

　　我真正潜下心来读古书,是从1989年开始的。算起来有7年了。7年的时间不算长,真正深味古书所体现的文化境界,则更谈不上,唯一的收获是什么呢?就是愈发地觉出了自己的浅来。这种浅,甚至还不是鲁迅先生尝说刘半农的所谓清浅,而是一种浊浅。这样的浅,或许是今生今世也再难改变了的。譬如说吧,像我这个年龄的人,于旧之所谓"小学",有一种先天的不足。古之学者是以治经为主业的,而小学,在四部之中是归入经部,可见其重要的程度。因了疏于小学,每每造成对古籍的理解有隔靴搔痒之状。倘或连这状况也不自察,便极易陷于妄议的境地中去。这几年来,见了许多奢谈中国文化者。看他们所谈的,仿佛有些道理,但过后再想想,又实在没道理。何以故?以其未能进入中国思路故也。

　　中国思路是很独特的。对这思路的辨析,古来有许多典范之作,比如章实斋的《文史通义》,就是我极心仪的一部书。我以往写了一些谈读书的文字,但始终不敢谈这部书,因为至今也还没有搞懂它。1992 年,我居乡一年,携了两部书去,一部是姜亮夫的《屈原赋校注》,另一部就是《文史通义》。有些书是要到乡下去读的,否则不能人心。

读书入脑还是入心,是一种极重要的区别。孔子说:"古之学者为己,今之学者为人",说的就是这个道理。孔子所谓"学者",并非现代人所理解的"做学问的人",而是"学而时习之"者。"习"就是躬行。学的目的和手段都在于习,而不是为了著书。近来读《恕谷后集》,见他的一封书信里有一句话说得好:"著书乃不能行道,不得已而明道之事。"然而道岂可明!许多著书人,真是著作等身了,可是:漫说著作已等身,为问身价却几何? 这是很难答得上来的。这样问,或许也刻薄了一点,毕竟更多的著书者,并非总以"明道"自任,而只是为了扬身,或者说得高雅一点,是适性。——适性,也是一种"为己"吧!

我不敢妄谈所谓中国思路究竟该是怎样,但一直在揣摩这思路。看问题,跳出问题本身所固有的思路,这固然是必要的,但首先,必须以真正进入那问题的固有思路为前提;否则,便不可免地要流于虚妄了。

谈气功

偶有夜半醒来，无端满怀凄楚的时候。倘使这醒前曾做过梦，那梦境里的一切则在心里分明地记得；倘使无梦，便是再静的寂夜，也会听见某种声音，清晰地响起。这大约是一种无可证悟的道极在作怪吧！古人中常有自称悟道者。一旦悟了道，嘴里就胡言乱语起来，进而立教称师，一脸泽被四表的样子。

我曾经是练过气功的。后来看见一位很出名的气功大师，俨然在讲坛上坐着，硬要人看出他头顶上有五彩光环，并且绝大多数的听众居然也声称看见了这样的光环。我是看不见的。因此我也不再相信这个大师，发展到后来，是不再相信任何自称大师的人。活在这世上，原本够难主宰自己的了，还要自甘被愚弄，何苦呢？

然而不甘又怎么样？即使不受愚弄，夜半醒来时，不也依旧的满怀凄楚吗？我常常怀着一种不愿对话的心情，因为无话可说。生命真是个奇怪的东西，热闹的背后，往往深藏着羁缚，而自由却又是孤独的。逃避孤独，注定也就逃避了自由。张爱玲住在美国的一所大房子里,把自己住死了。活着的人们都认为她死得很凄凉,仿佛死也应该是热热闹闹的,否则便不是好死。然而死毕竟只是一件很单纯的事,无论好死坏死,热闹总是活人们闹出来的,死本身没有热闹。活着呢,问题就多了。比如说孤独吧,那实在是太奢侈的事,凡人们消受不起,所以只好跑去练气功。人之练习气功,与其说是生理的需要,不如说是心理的需要。大师就是窥破了这一层心理的人,所以他才能够成为大师。

曾读《庚子西狩丛谈》,发现义和团运动实则是一场气功运动,从道理上说,是一种集体大走火。火有时是要走一走的。西太后心里很明白这一点。于是借火扑火,可见她有多么的精明了。然而火终究没有扑灭。我记得鲁迅的《热风》里,还有许多对气功现象的评论,可知直到作《热风》的年代,气功还是很流行。是不是在世纪的交接时期,人们的心理总是特别的脆弱呢?孔子云:"无信不立。"这里的"信"字,若把它解作信念的话,倒是可以有一番很好的发挥。气功是可以给人以信念的,所以它也颇可以立人。但这样的信念一旦与脆弱的心灵联系起来,往往又最容易沦为迷信。所谓意到气到,乃体用不二,心物不二,倒也是一种好方法。只是这"意"必须是自己把持,不能由别人把持。据说气功练到化境时,连意也不需要有了,是不是失意了呢?不是的,因为"意"不容辞,可辞非意也。所谓不需有意,是因为达到了不二的缘故。

道学变成了术,本是走向实践,堪称好事的。可是天下的问题,恰恰都出在实践上。高明的理论家愈是卖弄高明,往往就愈讨厌；而实践家倘若一味炫耀本事，则也必会沦于杂耍一路。二者均会贻为历史的笑柄。所以凡事还是从平实处着眼的好。

平实是很难的。考字源，平是有一股气在的，气舒则平，反过来，不平则鸣。"鸣"是气要求舒的结果。所以平可以通慧，有点像"定"的作用。《中庸》说"平正"，岂易言哉！屈原名平，又名正则，你看他的诗，那扑朔迷离的后面，其实无非是求平而已矣。有人说，《远游》是一首气功诗。这是有道理的。气功是一种生命哲学，与夫《内经·素问》的道理很相一致。但现在许多练功者，往往见不到这本原的境地，只是一味地迷信宗师。而那宗师又是个什么东西？也许连他自己也很糊涂，所以要跑进山里去闭关。因此我奉劝练功者，在心态上既不必仰视，也不要俯视，只求得一个"平"字，便可受用无穷啦。

姑妄言之

　　近两个月了，因为忙于编稿，没有读一页书，心里便觉得很虚。今夜，连天好雨，日以继夜。因为雨，行路遂难，于是无了造访之人。存了一腔寂寞，于是亦无了编稿之心，读书吧，依旧是没有心思。于是倚在床上，想着心里所想，想来想去，于是就想出了这些年编稿之余的一些感想。这些稿，都是要成书的，于是想道：这其实也是一种读书。

　　于是尴尬就来了。什么缘故呢？因为我的读书兴趣，终竟是愿读死人的书。活人写的书，似乎总藏着什么鬼胎，倒像是要与死人相攀比，阎王爷面前争诰封似的。这也正是我总愿意谈死人，不愿说活人的缘故。这想来是十分世故的。既沾了世故的边，便觉得自己一无是处。鲁迅先生有篇文章，说做人的难，比如"世故"，说那人不谙世故，是一种不好；说那人深于世故，也是一种不好，真是世故与不世故间，"妾身千万难"，可见这尴尬之深。拿活人来说吧，你要是想说他，问题便来了，一是不好说，二是说不好，再而更进一层，是说不得。于是只好不说。

我是深感于这年月的对话之难的。好在私下里尚有二三友，能够毫无顾忌地说话。

编稿，往往把自己编成了一种无奈，大问题不便说，只好从常识和字词句上挑些毛病。今之学者，真是博学鸿词，让人只能仰望。但正因了他的鸿词，则不免于有些浮躁。人一浮躁，便容易说胡话，并欲人与他一同说胡话，久而久之，学问也被弄成了胡说八道。一眼望去，真是十足的"浪漫主义"。这仿佛是人的与生俱来的一种尴尬。一方面，实用是必须的，另一方面，发梦也是必须的。心理学家讲过梦的作用，说梦的形态虽然玄虚，但其作用却十分的实用。所以即便梦臆吧，也无可厚非。

这就涉及到了这样一个问题，即：学问该怎样理解。似乎"学问"一词并不是很妥帖的，它的称谓，应该叫做"问学"，有点波普尔证伪主义的意思。于是问题又来了，其一是凭什么去问？其二是问什么？其三是怎么问？现在的许多学问家，他们的答案在问之前就已经有了，于是他的问本身便类乎做戏，是一种伪问，或者叫作"学答"；一味的只是学，学富五车了，却可怜了拉车的牛。所以还是把"学问"叫作"问学"的好。在今人看来，古人做事似乎常喜欢本末倒置，比如屈原的《天问》实际上是"问天"，比如书序应该放在前面而古人偏放在后面，等等。实在是古怪！然而这古怪里其实是有名堂的。

还有一种学人，恃洋学以自纵（这里用"纵"字更合适），搬了外国的高深理论来，而又不求其体，只求其用，日放言高谈，把人吓得一愣一愣的，以为是文殊菩萨下凡，只有高山而仰止了。这还算好。还有甚者,是胡乱拿了些新名词,漫天乱舞,搅得周天寒彻,而他自己却舞得大汗淋淋,浑身暖洋洋的样子,最后如雀儿跃出蓬间,志得意满,"腹犹果然"。

"腹犹果然"是一句十分传神的话。庄子笔下这类传神之语很多。然而当今做学问的人,欲求得"腹犹果然",往往也成了难事。所以上述的种种责难,实在也苛刻了些。知我恕我!

自称不谈活人,结果又谈了这么多的活事,真是自掌自嘴。姑妄言之,姑妄听之吧。

再读《三曹诗论集》

　　几年前,曾作了一篇书评,是谈陈飞之先生《三曹诗论集》的。今年初,陈先生故去了,那时我还在扬州,待回到桂林,听到先生故去的消息,心底始终有一种怅然若失的感怀,于是寻出了这薄薄的集子,断断续续地读了好久。先生留给我的印象,是一个充满活力的人。他时时激动着,眼睛里溢出那样一种热忱的、带有诗人气质的神采。在我的体会里,他是用生命去感悟曹操的诗的。所以他在谈起曹诗的时候,全无学究气的摘章逐句,而是沉浸在一种生命的印证当中。还是在十一年前,那个冬天特别的冷,先生带着我所在的那个实习组到象州县实习,有一夜我们三五师生围在一盆炭火边,忽然停电了,先生便徐徐地给我们吟《短歌行》。那是真正的吟,而不是诵,有点像唱的样子。吟到"青青子衿"那几句时,先生的眼睛已湿润了,在隐约炭火的微光里一闪一闪的。那时我便觉出,先生心底里是有一种大孤寂的。而真正的学问,正必须发自于这样的大孤寂当中,如章太炎之所谓"大独"。

先生治学,特别强调对作品的证悟,而非普通的所谓理解。证悟是建立在生活实感之上的,由这实感而激活一颗热血的心,进而参透古仁人之心。这给我的教益极深。更重要的是,先生这种证悟,并非一味的空言心性,而是有深厚的学养在支撑着的,因此这证悟遂臻于平实。

我这回读《三曹诗论集》,便显然地感觉到了这样的平实。《三曹诗论集》未足十万字,却是先生十年心血之所集。先生不是那种谋求著述等身的人。他常常说一年写好一篇文章就很不错了,关键在于价值。像他这样注重学术价值者,如今好像是越来越少了。这又教我想起孔子的"古之学者为己"和章实斋"临文主敬"这样两句话。近些年来,这两句话是时时泛在我心头的。这是一种古典的敬意,不由时光的推移而淡化。在我求学期间,有几个师长是令我内心始终怀着深深敬意的,陈先生便是其中之一。他的《三曹诗论集》,脱离了在三曹间强加轩轾的俗套。更重要的是,他以自觉的意识去摆脱用社会学的态度评估文学的积习。这在 80 年代,是难能可贵的。先生是从社会的磨难中煎熬过来的人,对社会的感悟是独到的。而他并不因这样的感悟而变得世故圆滑,依旧揣着那样一颗良知的心,于是便实现了某种超越。

中国知识分子的坚韧,往往正缘于这样的超越。

陆放翁说:"死去元知万事空。"如今这世界对先生而言,已经是一种空了;但先生对于这世界,却始终还在。至少,在我的心里是这样的。他的《三曹诗论集》,我不能说必是什么不朽之作,但实实在在的,却是对活着的人们起到过真正的影响之作。人生如逆旅,世事若浮云。人生在世,倘能给这世界施加过一些影响,亦可谓不枉了。除此之外,还有什么可求的呢? 呜呼先生,伏惟尚飨!

诗该怎么说

年前看了一些研究诗话和词话的书,不知为什么,这种研究似乎总有一种不能神契古人的尴尬。中国古代的诗话词话,与其说是在学力上见功夫,不如说是在悟性上见功夫。当然,有悟性而不废学力,才会有好的诗话词话,但终究是以悟性为主。毕竟读诗是须以诗心去领悟的,倘若一味如汉儒注"诗三百"那样去解诗,那么诗学可真要成为"支离事业"啦。清人讲求汉学的途径,但终究并未单纯的泥古,如方玉润的《诗经原始》,就十分侧重于悟性的态度,不似经学的生硬。清儒中也有十分生硬者,如常州词派的张惠言之流,讲"寄托"讲到了"微言大义"的地步去,终于把"寄托"讲歪了,所以才有周止庵出来,阐明入乎内、出乎外的意思,颇似吕本中补正江西诗派的所谓"活法"。可见说诗一事,悟性是很重要的,否则就说呆了。

去年初冬,去宜州开了个黄山谷的讨论会,论者多由技艺的态度去看待山谷,就是不提山谷的澄澈,这似乎是一种遗憾。其实山谷是真正以纯粹的态度去对待语言的人,所以才把语言做活了。他的诗意,不似李白的歌行式的宣泄,也不似杜甫律体式的整饬。山谷是把诗的语言视为有生命的存在,所以我们每每能够从他"夺胎换骨"的示范里,看出他激活了语言之时的某种极为天真无邪的欣喜。这种欣喜,作为诗心而言是很纯粹的。

　　通常对诗的误解,是单纯从"言志"的角度去看待它,进而为了"征圣"①的缘故,推而广之,更进入"修齐治平"的逻辑轨范,谓之"诗教",乃至更实用一些,谓之"兴、观、群、怨"。这固然是中国诗史的一大特征,不可谓无据。但是,仅仅如此就够了吗?又有些讲究天籁的人,说大块噫气、野马尘埃是天地之诗文,或视风拂水而成纹为自然之诗文,是谓"诗之理",大抵是从道家者流那里演绎出来的。《诗经原始》的"诗旨"章里,摘引了不少这类意思的话。这涉及到一个诗之本原是什么的问题,意趣殊为幽微。

　　亚里士多德在讲《诗学》的时候,谈到过人心的先天形式有两种倾向,一是所谓摹仿,一是所谓韵律节奏。② 这观念的影响颇深远,"摹仿"大抵相当于后来康德的纯粹感性形式之所谓"空间",

---

　　① ［梁］刘勰《文心雕龙·征圣第二》中,提出为文要师乎圣,所谓圣,指古代的先哲,尤指周公、孔子,他们深谙自然之道,"衔华而佩实",而政化、事迹、修身贵文之征也,刘勰认为:"征之周、孔,则文有师矣。"文中说:"是以子政论文,必征于圣","若征圣立言,则文其庶矣"。参见［梁］刘勰著,［清］黄叔琳注,［清］纪昀评.文心雕龙辑注［C］.北京:中华书局,1957:29-32。
　　② 亚里士多德在《诗学》(第四章)中说:一般说来,诗的起源仿佛有两个原因,都是出于人的天性。人从孩提起就有摹仿的本能(人和禽兽的区别之一,就在于人最善于摹仿,他们最初的知识就是从摹仿得来的),人对于摹仿出来的成品总感到喜悦。……摹仿出于我们的天性,而音调感和节奏感(至于"格律"则显然是节奏的段落)也是出于我们的天性,起初,那些最富于这种资质的人使它一步步发展,后来就由临时口占衍生出了诗歌。参见［古希腊］亚里士多德(Aristoteles,前384-前322年)著,罗念生译.诗学(修订本).北京:中国戏剧出版社,1986:7。

"韵律节奏"相当于"时间"。倘若这样的本原论能够成立,那么诗的操作在本质上就不应该是技术性的,而它的外化又无处无非技术。这大约正是诗的难说之处,也恰是诗的无限可说之处。

又有追溯诗心本原的,追到了布留尔的"互渗律"或列维-斯特劳斯的"交感"上去。是否真的有那么遥远呢? 不好说。格罗塞在谈原始人类音乐和舞蹈的功能时,阐发出一种集体的心理,有点类似图腾的作用。但语言本质上是超越的,与音乐、舞蹈不太一样。这一点从孔子闻《韶》和读《诗三百》的不同鉴赏态度中可以见出。当然,孔子不能视为唯一的模式,但确切是一个典范的模式,因此历来有许多人都到他这里来寻求认同。

那么,诗该怎么说呢? ——我说不出。

汉语言是音与象的拓展,所以它的本身常常是能够为人所信仰的。远的不说吧,单说清末桂林词人王半塘,临庚子之变,八国联军入京城,于是与另外两个词人躲在京城的一个角落里。"三人者,痛世运之陵夷,患气之非一日致,则发愤叫呼,相对太息。既不得他往,乃约为词课,拈题刻烛,于喁唱酬,日为之无间。一阕成,赏奇攻瑕,不隐不阿,谈谐间作,心神洒然,若忘其在颠沛颠危中……"①

这是很可玩味的一段话。——临桂词派在清季文坛上的尴尬状态,至今似乎尚无人将它真正地描述出来。

---

① [清]徐珂《近词丛话》。此处三个词人指的是:王鹏运(约 1848-1904),字幼霞;朱祖谋(1857-1931),字古微;刘福姚,字伯崇。其中,王鹏运和刘福姚均为桂林人,为临桂词派的代表性人物。庚子之变后,三人寓居京城,潜心词学,合作《庚子秋词》。

中国文人的偶像

辋川评陶渊明《乞食》诗,说:怪只怪你当时那臭脾气,倘若你能够隐忍再三,折一回腰,讨五斗米,又何至于"叩门拙言辞"的地步。这是典型的中国传统文人的世故。我初睹此言时,对王维的好印象真是荡然无存,心底里只是觉得他俗。东坡先生自作聪明,说辋川之言太过认真,而陶诗并非实况,只是寄托。这真是聪明人作聪明想。东坡一辈子,是始终被陶诗与白香山感染着的。他的一百多首和陶诗,现在看来,终觉拙劣。其实他骨子里,得白较之于得陶,真是多得多。东坡谓柳子厚晚年诗,最得陶韵。这便是很大的破绽。观乎柳子厚晚年诗,效陶体多是做出来给人看的,而他骨子里那点东西,又何尝有一点陶味!所谓"城上高楼接大荒",太过于想望,形式虽好,意思终觉不自然,如何比得上陶令?!

我是很热爱陶渊明的。中国文人,自中古以来,真正的偶像大凡不过几人。先秦的有屈子,观建安至唐初陈子昂辈,屈子的心态真是贯穿始终。然后又有了陶渊明,是另一种理想。如若说屈子是古之所谓"狂者"的话，陶便是所谓"狷者"。近古以来，"狷者"日渐其多，那其中的缘故，多半是由于陶渊明的影响，虽然有追溯得更远的，到了伯夷、叔齐那时代，但终觉隔膜。在唐宋，陶渊明成了偶像。几乎所有伟大的诗人，均受着他的感染。拿李白来说吧，他是如此张扬于一己的人，且在庙堂之间，有很风光的表现，但只要看看他"暮从碧山下，山月随人归。却顾所来径，苍苍横翠微"那样的句子，便明确可以看出陶诗的影响。王、孟、韦、柳自是显的一脉，不用多说，其实像储光羲、元次山之辈，陶的影响也是极其深刻的。

近古以后的文人偶像，尚有杜甫和苏东坡。李白固然令人神往，但他是天纵之才，无可效法，所以不能成为偶像。

观乎这四大偶像，影响及今而仍不失其实际效用的，大概只剩下了陶渊明与苏东坡二人。在这二者当中，苏东坡多让人喜爱，基于一种平常心；陶渊明则是在平常之中又能够叫人仰望的。这二者给人的都不是一种高寒的理想，而是一份顺任的生活态度。我记得尝读朱熹的书札，他的诋斥苏东坡，可以说是近乎恶毒一路的。中华书局编《苏轼资料汇编》，洋洋五大卷，未将斯言编入，可见汇则汇矣，而编则未尽其详。朱文正公戴了理学家的有色眼镜，看出东坡的人品在骨子里就有问题，于是上纲上线，伊于胡底。影响而往，降至王姜斋，也尝持类似的态度。大凡诗人的受诬，多半正由于他是个诗人的缘故。这一点并不奇怪。奇怪的倒是后世许多效陶的人，结果却把陶效偏了。东坡即是一例。

说起来，陶渊明是一个将文学当作生活去履行的人。这较之于后世将生活当作文学去履行者,是两样的态度。对玄学,陶渊明是深受感染的。你看他的《形影神》,便充斥着很明显的痕迹。陶诗对于生死之际的那种敏感,便是玄风的一种结果。玄风开自何晏、王弼,都是从庄子来的,所以始终贯穿着一份庄子的态度。而庄子正是对生命本质极敏感的一个人。这种敏感,甚至到了将生命植入虚无的极端之中去的地步。建安、正始诗始终贯穿了一种对生命的怀疑与绝望。这里面有屈子的原因,也有庄子的原因。陶渊明的可贵在于:他以其充裕的精神力量,平衡了玄思与生存两个方面,给了后世中国文人心理上的莫大的慰藉。读陶可以洗心,蔼如,若沐春风。这是陶渊明精神上比苏东坡高的地方。

东坡虽不足以洗心,但他足可遣闷,所以他比陶令更可爱,是寻常人在寻常生活中的挚友。这一点倒让我更喜欢苏东坡了。

"酒"的钩沉

　　关于酒,古人的文章中是有许多谈资的。袁中郎著《觞政》,是专谈饮酒生活的,自谓"唐人旧有之,略为增减耳"。其实袁中郎并非能饮,其饮"不能一蕉叶",酒量是浅的,他只是善饮。能饮与善饮,是很大的一种区别。范石湖尝自称不能饮酒,而世之解酒者,终不如他。解酒也就是知酒,是善饮的根本前提。酒之为物,是以就人之性情的。《说文》云:"酒,就也,所以就人性之善恶。"这所谓的善恶,段注有个说明,云:"宾主百拜者,酒也;淫酗者,亦酒也。"关于"宾主百拜",可以参看《礼记》的《乡饮酒义》一篇;至于"淫酗",则《尚书》的《酒诰》便是最早的佐证。这里不作一一的征引。究乎酒之所以就人性之善恶者,无非是它可以揭露出一个人的本色。俗语有所谓"酒后吐真言"之说,便是这个道理。酒能把一个人心底的隐秘激发出来,所以古人尝有"使酒不好面谀"和"使酒骂世"之言。所谓的"使酒",大凡可以解作任由酒性所驱使的意思,也就是所谓的"任诞"。翻翻《世说新语》的"任诞"卷,就是从酒事谈起的。建安七子的孔融,多半是一个饮中之人，所以他总是与曹操唱反调，观其文集，以"嘲曹公"、"难曹公"为题者，颇有多篇。其《难曹公禁酒令》一文，便是很典型的例子，他最后得出的结论，是"酒何负于治者哉!"他最终死于曹操之手，绝非无缘无故的。大凡统治者，一旦政权稳固之后，多痛恨饶舌之人，只愿普天之下，尽是唯唯诺诺者。所以一旦有清醒的人，不甘心这样唯唯诺诺时，便只好逃到酒中去。阮籍、刘伶都是这样的例子。刘伶的《酒德颂》是很好的一篇文字，可与陶渊明《五柳先生传》媲美。像阮籍、刘伶，乃至于陶渊明这样的人，称得上是能饮而又善饮者。

然则很遗憾，我们当代人似乎普遍地缺乏一种善饮的心境，倒是能饮者在酒坛上逞英豪，每赴宴，比目均是饕餮之徒，与兽性无二。是不是我们的文化正在退化呢! 陶渊明那种"我醉欲眠君且去"的态度，今天是看不到了。多见的倒是形同表演的灌酒，即所谓的"感情深，一口闷"。我是极反感这样的酒风的，倘若遇到这样的人，我或则承认自己不能饮，以逞他一种获胜的心理；或则干脆就不与他碰杯，从此不相往来。我的原则是：酒必须为人的性情服务，而不能是人成为酒的奴隶。一言以蔽之，适意则止。所谓适意，也就是醉。《说文》释"醉"字，言："卒其度量不至于乱也。"这是很好的一种境界。现代人理解的所谓"醉"，要么是大吐不止，要么是语无伦次地说疯话，要么就是向闹市处撒酒疯。这其实不是醉，而是醒。"醒"者，病酒也。李易安词："今年瘦，非于病酒，不是悲秋。"可见病酒已然是一种不健康的状态，相当于浅度的酒精中毒了。易安词十之六七写到酒，但终非病酒之况，而是所谓"三杯两盏淡酒"。淡酒是有益的。所以我极力主张饮葡萄酒。啤酒需要肚量,白酒需要酒量,均对人体不适,唯有葡萄酒是真正消遣性的,且维生素含量高,于人体有益。当然,少量的药酒也有补于人,但药酒必须讲究个适时而饮。有人生之时,有天地之时,这两者又极相关,参乎两者,再讲究个适度,那就是一件很好的事了。古人已有制药酒的习俗,如雄黄酒、菊花酒之类。所谓"但将酩酊酬佳节",是重阳节的酒俗,饮的是菊花酒。菊花益肝宣肺,有解毒之效。但"酩酊"则大可不必。推考起来,酩酊是属于病酒之类的。《义府》言,酩酊为眠蜓之声转,又转而为懵懂,是不省事的意思,所以并不可取。总而言之,饮酒一事,要在三适:适性、适时、适度而已矣。除此无他。

想起了鲁迅先生

到今年的 10 月 19 日,是鲁迅先生六十周年的忌日。我近来时时想起鲁迅先生。他活着的时候,是倍受着攻击的,因此他时时想象着死后的自己。他临死前不久,做过一篇名曰《死》的文章,嘱咐他的亲人好友,在他死后应该秉持一种"忘了我,管自己生活"的态度。可是鲁迅先生终于不能被世人遗忘,这多少是违了他的心愿的。

人们不能忘却鲁迅先生,是因为他始终愤激的缘故。这样的愤激,是以精神上的彻底清醒为背景的。所以他一生活得很累。为什么呢?就是因为太过清醒了。清醒地活着,这是自己对自己的一种折磨。我每次翻阅他的文字,都刻骨地感受着这样的折磨,以致连我自己,在心的深处也倍受他折磨着。这样的心灵的折磨,在中国文人的行伍里,是极罕见的。

鲁迅先生早年作《狂人日记》,自谓"忧愤深广"。《阿 Q 正传》,显示了他终生的清醒的态度。这清醒实在是很累人的。而鲁迅先生终其一生,始终这样地清醒着,未堕入"狷者"或"隐者"

的常规套路中去。他始终是那样地执著。这正是他令我仰视处。我曾经说过,我二十五岁前,心灵上基本是被鲁迅笼罩着的。然而到了近几年,心灵有一些懈怠的趋向,渐渐地骛于所谓的"闲情"了。今夜在乡间漆黑的夜里,听得远处有狗咬与鹅叫。鹅叫声在静夜里,有一种凄清的幽怀。这样的幽怀,很合鲁迅先生的品格。鲁迅先生是绍兴人氏,古之所谓山阴者也。山阴王羲之,以饲鹅出名。鹅之为物,在粤西地,百姓多用以看家护院的。我小的时候,就曾经被鹅咬过,领教了鹅的不屈与坚忍。瞿秋白曾把鲁迅先生比做狼。我看鲁迅先生对文化的批判,固然像狼;但他对文化的守护,更如同于鹅的。"燕赵有慷慨悲歌之士,吴越多卧薪尝胆之人",这样的坚忍,早在孔子"南方之强"与"北方之强"的论辩里,已有了明确的认识。鹅之咬人,是不看脸色的。鲁迅先生在他《伪自由书》的"前记"里,曾说过一种"创造脸"。这样的脸,我们今天也是习见的。然而,是否还能够"漫应之曰"呢?恐怕难了。

人间真是很无奈的。比如说闭门读书吧,似乎很安全,而其实并非如此。你哪怕将门掩得再死,邪恶的势力仍要侵入进来。我近来是尝到这样的滋味了。这势力可以借着种种"财色"的幌子,无端地侵扰你。而世人的眼里,财色总是战无不胜的武器,即便你再怎样的坚忍吧,人们总会认为你是个过失者,就如同鲁迅先生当年被污"拿卢布"一样。然而更尴尬的是,无论你怎样的申辩,旁人均无动于衷,一味地只是认定你的软弱,给你以似乎理所当然的袭击。这"理所当然"四字,实在很可怕。说起来,世间其实并无绝对的"当然"之"理"，更多的倒是一种"或然"。而"或然"对于人来说，也是极危险的，因为它无可验证。我索性想开一层吧，干脆将自己的所谓"失败"，真实地托出，用以警示于人。所以还是要说的。

然而我又无话可说。

还能够说什么呢？世事既已成了这样的世事，世人也深不可测。唯一能够告慰于自己的，是心底乾坤的坦然。我曾经说过，人常常让我感到失望。说这话时，原是借了爱因斯坦的意思，还是由书到书的。现在懂了，为什么爱因斯坦极热爱人类，而又极厌恶实际的人。

可是，生活是能够逃避的吗？现代人类，隐士已隐无可隐，林泉之地建起了现代化的宾馆，山林被城里人挤成了闹市。在这样的环境里，你已经无权回避，而必须以一种空前的勇毅，去拼搏与挣扎。这是现代人的悲哀，也是现代人的幸运。

想起鲁迅先生，便如同恍然忆起一种良知与勇气。他的精神遗产，是真正能够让现代中国人得以在现代社会中安身立命的大法宝。

瞿式耜之死

　　瞿式耜死的那年,桂林上空据说炸起了冬雷。这在中国古人看来,是怨气郁结而激于上天的一种反映。我不知道这说法是否可信,反正在众多的南明史籍中,关于瞿式耜之死,多半添入了这么一笔。有一首古代民歌说:"冬雷震震,夏雨雪,天地合,乃敢与君绝",将冬雷视同海枯石烂之类。从中国人视四季为宇宙生命周期的观念看,冬雷的出现,是宇宙生了一场病。所以瞿式耜之死,连宇宙也跟着病了一场,真是令人惊泣不已的事件。

　　后人看待这个事件,已经带上了传统的英雄主义观念的俗套。瞿式耜也被相应认作了如同文天祥、史可法一样的民族英雄。这十分正常。但事情并非如此简单。《明季南略》上记载,瞿式耜与张同敞被孔有德拘于囚室时,两者的态度其实有着质的区别——"式耜但大哭,敞则毒骂",所以张同敞在死前吃了许多苦头,瞿式耜则几乎没受什么苦。张同敞是张居正的后人,他能够那样,多半是带着以死报国恩的心态在,所以他的死,慷慨是够慷慨的了,但精神上的内涵,却远远不堪于进一步的玩味。那时桂林陷落在即,张同敞从灵川匆匆赶回,听说守军已尽退,只有留守瞿式耜一人尚在。于是泅入城中,见到了式耜,说:"古人耻独为君子,师顾不与门生同殉乎?"显然,张同敞的慷慨赴死,情由很明确,就是要做一个君子。这固然很高尚,但也有些偏执。

我一直以来,感兴趣的倒是瞿式耜之死。从各种角度来看,瞿式耜赴死时的心态都是复杂的。他绝不是简单地为了成全自己作一个君子,或图报君恩。在他的死难背后,其实深藏着一种大绝望。正是这种大英雄的大绝望,每每令我格外地感动。我曾经比较仔细地读过瞿式耜的《浩气吟》,那种英雄末路的悲凉感是如此强烈,尽管诗中每每以强抒慷慨的心境来聊以自慰,但终究掩盖不住那骨子里的绝望。他的《临难遗表》,在我每次读来,都有一种说不出的心情。那字里行间即诚且怨的情绪,正体现出一种十分复杂的心态。他的赴死,其实不含有多少慷慨壮烈,而是始终一派的从容。古人云:"慷慨成仁易,从容就义难。"这种从容,是理智的选择,而非情绪的冲动。所以才愈发可贵。但在瞿式耜,这种从容并非无由的。

旧读《牧斋初学集》,知道了瞿氏是钱牧斋的门人。这本身便很有趣。牧斋是东林党人,然而并不激切,反倒是有些无行。《三垣笔记》载他降清之后,柳如是在南方,与人私通,消息传到了牧斋耳里,他当时的反应只是叹惋一声,说:"当此之时,士大夫尚不能坚节义,况一妇人乎!"虽能够推己及人,却也颇为无聊。瞿式耜受业于牧斋的门下,从后来的结果反观,是一种极大的反差。看起来,在瞿式耜身上,东林的遗泽是起了更大的作用。但同为东林人士,钱牧斋固然是一种,其类如袁彭年(这人也很可研究);金堡则又是一种。金堡的出家,是从瞿府跨出的。这里面应该有极深的相互影响作用。金堡从那样一个入世的狂者,忽然变成一个隐士,这本身就包含了一种大绝望。这种绝望,瞿式耜应该是有所感应的。但式耜最终没有选择隐逸这条路,而是选择了死,这更体现了他在绝望面前的不存苟且。从这个意义上说,他的死,确是基于一种十分强大的理智作用的。瞿式耜之死,是为了成全一种真绝望,所以无论人家说什么,他只是说"但求一死"。这四个字,说来寻常,但要做到却是极不容易的。相形之下,张同敞之死,实在含着些喜剧色彩,至多也只是正剧。瞿式耜之死,则是真正悲剧的。在中国,这种真正悲剧性的死的选择,从来不多见。而且悲剧应该是分为自觉与不自觉的。自觉的悲剧尤为难得,瞿式耜很大程度上属于这一种。

瞿式耜死在桂林。我不知道桂林人曾经是怎样看待他的死的?在我心里,他的死很大程度上超越了传统的价值,不是简单的坚贞守节,也不是一味的慷慨就义,而是包含了一种自觉的生命的遗憾在其中。

他死的那个冬天,在桂林上空也许真的电闪雷鸣了!

由道家引发的话题

我近来常常在想,只有真正的理想者,才是能够进行真正的社会批判的。他内心必须有了彼岸世界的参照,进而才能够有对此岸世界的改造。由此说来,真正的社会批判,正是社会肌体健康的一个前提,否则便只有无止境的堕落。拿庄子来说吧,他对文明的批判,基点在哪里呢?就在于对整个自然所持的一种泛生命意识。一旦这文明妨碍了生命的履行,他自会站出来对文明加以抨击。所以南怀瑾说:道家如同一个药店,当社会有了致命的病症时,道家思想便会以一种极端批判的态度给社会以疗治。中国的许多革命者,细究他们的精神底蕴,无不闪现着道家的影子。你看毛泽东的诗词,只要统计一下他用典中所采用过的庄子的意象,便可以很明白地看出庄子的影响。鲁迅也是一样的。鲁迅把庄子的精神化入现代的意识,于是有了他那种清醒的、不妥协的思想革命的作为,并且终其一生,毫不苟且,始终直面惨淡人生。这正是鲁迅先生令我深深折服的原因之一。鲁迅早年及中年时期,受过魏晋文的影响,受过尼采的影响,受过达尔文的影响,也受过日本白桦派文学的影响。这一切影响，之所以能够得到他的接纳，是因为他心底里对它们产生了深刻共鸣，达成了一种精神上的沟通。这所谓的精神，放在中国文化中去看，是带了极浓的道家色彩的。

寻常人一谈起道家，总以出世的高蹈之情视之，这只是看到了道家的一面。我常常听到一些貌似博雅者，在议论问题时，每每习惯性地说某某绝意世事者是一个道家。果真如此吗？这就需要认真地辨正了。以老子而言，班孟坚谓其"君人南面术"的关怀，可以说是贯穿了整个学说的。张舜徽先生《周秦道论发微》一书，对此阐述得颇透。对中国文史有兴趣的人，应该好好读读这书。我在读姜亮夫《屈原赋校注》时，见过这样的话：治诗文之学者，倘是治唐以后的，凭其诗人式的感悟，情形尚可；但若要治先秦，则非得有深入考辨的大学力不可，否则便流于虚妄，不得要领。这话说得是十分中肯的。姜先生的《楚辞今绎讲录》、《楚辞联绵词考》等书，均可以见出这种大学力的功夫，我十分仰慕。那么回过头来看，便可以获得一种认识，即在追究中国精神的发源初义时，切不可浮观字面。

就说道家者流吧，倘若真如所言，可以追溯到岐黄的话，那么可以说，这一学派是中国精神最初始的一个学派。孔子问道于老子，即便是传说吧，也可以见出他在当时人看来已然是落于下风。这大概是有据的，章太炎《国学概论》，曾有将法家、阴阳家、兵家等，均视为道家衍生物的意思。钱基博《中国文学史》，亦尝有过类似的看法。绅绎这诸家的神理，太炎先生他们的话，是有道理的。可见道家绝非简单的"出世"二字便可概括的。而近些年来已经被讲滥了的所谓"儒道互补",最后竟被许多人注解成"达则兼济天下,穷则独善其身"的意思,岂不是太荒唐了!

　　参习道家,应该参习它的什么,这是个重要的问题。庄子"形同槁木,心如死灰",真的那么冷吗?不然。其实庄子的心肠最热,所以他批判的力度也就最强。这一点,很有些像鲁迅。道家是中国精神的境界之所在,所以我们读道家,读的就是这个境界。倘一味地在它的言辞与观念里打圈子,便很容易蹈入歧途。

英国美学偶谈

我最早读的一本美学小册子，是英国人鲍桑葵的《美学三讲》，这书我现在已经找不着了，不知是谁借去了。在这之前，其实还读过车尔尼雪夫斯基的《美是生活》，但真正对美学的领悟，还是鲍桑葵。鲍桑葵那种强调美的非功利的、静观的特质，给人一种纯粹美学的感怀。非功利似乎容易给人一种非价值的错觉，其实不是的。人类文化的价值结构与价值指向，有深层与浅层的区别，浅层的是作用于日常的评价活动中，深层的则是由对彼岸世界的观照而来的。人类之所以不断进步，就是有了彼岸世界的观照。

英国美学给我的好感，缘于鲍桑葵。我总觉得，英国、俄国、德国的文化，是中国人比较容易产生共鸣的西方文化支系。拿英国来说吧，我对它的共鸣，是在读了艾·丽·伏尼契的《牛虻世家》之后。高中时读《呼啸山庄》，令我如大病一场，那样的体验，我只有在读《红楼梦》时有过。后来读《牛虻》，并不觉得怎样，继而读了《牛虻世家》，真是感同身受。英国人的那种自我克制与内在执著之间的文化张力，与中国人十分相似。这便构成了我对英国文化的共鸣点。

回到英国美学来说吧。我其实读的不多，认真读的，也不过鲍桑葵、贝尔、科林伍德等几家。贝尔的《艺术》，总教我联想到桐城义法和常州词论的内容，他的"有意味的形式"，与夫"义法"、"意内言外"云云，很是合辙。英国人是注重形式的，维特根斯坦是一个例证，他19岁时移居英国，后来的学术生涯，可以说是一种英国式的生涯，此间受英国哲人罗素的影响甚巨。他早期的逻辑原子主义，后期的语言游戏说，均在泛形式的范畴。哲学家中，维特根斯坦是我最喜爱的人物之一。还有像波普尔的"逐步社会工程"说，较之于其所谓"证伪主义"，其实是更深刻的，而这一说，就很合中国文化的神韵。说来两汉的经学，清代的汉学，名为证实，骨子里还是证伪的。当然中国的证伪与波普尔的证伪尚有区别。但就发现问题这一点而言，却有精神上的一致。

我极喜欢科林伍德。他的认识，与克罗齐有共通处，但比克罗齐看得深。现代美学史将他派入表现主义的队列，固然有道理，但单纯如此却是不够的。他的现代性，在于其学说底蕴上的语言学的色彩。这在现代美学家身上却是共通的，所以并不是他的特别处。语言学的转向，本质上是由本体论转向方法论（或者说认识论。这一点卡西尔是很典型的）。就说科林伍德吧，他在谈到想象的时候，就将艺术与艺术品区分了。实际上，过程才是艺术，而结果就是艺术品。读者也只是在阅读的过程中才把艺术品还原为艺术。因而，美即审美，艺术即表现。这样的认识是很深刻的。科林伍德是一个清醒的人,他有过一段令我十分感动的文字,是在其《艺术原理》的一段补注中说的,谈的是弗洛伊德,我为此专门查到了这书,抄录于下,想来读者不会因为文字太长而见怪:

> 但是这里的"野蛮"仅仅意味着"属于与现代欧洲文明有显著差异的任何一种文明",而野蛮人信仰与行为的"怪癖",只是在差异所在的那些方面似乎对于现代欧洲人是古怪的。所以,用更简明的英语说,弗洛伊德的理论方案是把非欧洲文明和欧洲文明的差异还原为心理疾病和心理健康之间的差异。

我初读此书时,在这段话边上写了"精彩"两个字。这是我当时也是此刻的心情。

一本好书

　　人生的许多时候,会遭遇难堪的误解,而更难堪的是,在您愈要去辩白这误解时,误解反而会愈深。这样的经历,我是尝到过了的。前阵子读了一本书,是广西师大出版社出的《从天香楼到罗汉岭》,写瞿秋白的,便深感于这样的尴尬。我曾经说过,大凡诗人的受污,正由于他是一个诗人的缘故。诗人虽然极端了些,但即使是文人吧,也总难逃这样的处境。秋白是"八七"会议的召集人,他到井冈山的时候,也遭受了与毛泽东同样的处境。长征时,三人小组将秋白与毛泽东的一个胞弟硬是留在了井冈山,结果二人均惨遭不幸。这事,毛泽东是极愤怒的。这教我对三人小组有了新的认识。究竟有什么理由,同是革命的同志,只因了宗派的缘故,竟至于置之死地而后快的地步,为了什么?

　　我曾经读过李辉写的一篇《秋白茫茫》,那种感怀,看似切入,实则还是把人抽象了的。文人的积习,是不善于现实地、具体地去考察人。所谓现实、具体地考察人,也就是马克思、恩格斯所说的"历史感",失去了"历史感",一切考察也就会流于抽象或教条。对于这一点,我是笃信不移的。当然,对人的本质与基本价值的认识又是一个前提,失去了这个前提,便不会有真正的超越与展望。这类哲学社会学上的原理,不去深究也罢,但必须有一个基本的确立,否则便会导致错位。回到瞿秋白来说,他本质上仅仅是一个文人吗?我看不是。他是具有着那时代所特有的政治热情的一个文人。看他的《赤都心史》以及为鲁迅一个文集所作的序,可以见出这一点。他临终时所作《多余的话》,那其中所体现的沉重,也未尝不是一个复杂的文人无法承受这种政治热情的一种绪余之言。固然,秋白是一个纯粹与坦白的人,从纯粹的人的意义上说,他是一个极端可爱的人。但人一旦过于纯粹,其社会化的一面便受到削弱。从来的英雄都不是过于纯粹的,而是游离于纯粹与复杂两向度的。马尔库塞的《单向度的人》,便对人的单向度做了现代意义上的批判(这也是一种文明批判)。为什么呢?因为人的张力正体现在这种多向度之中。在每一个向度里,他都可以是真诚的。失去了这样的张力,人类生存的优势也就不复存在了。汤因比说挑战——应战,正取决于人类的这种张力。张力是什么?张力就是对立统一。从物理学的意义上说,就是两种对立着的力量统一在一个完整的形式上。现在许多人不审概念,滥用了“张力”这个词,也滥用了许多词。这是一种以新名词糊弄人的时髦。读者若一味认同他们,便会误入歧途。

秋白先生的一生,是充满张力的,所以他才会沉重,沉重对于面临着种种挑战而言的人类来说,是必须的,否则就变成了“生命中不能承受的轻”。这样的“轻”,对于人类而言,意味着更深的灾难性。正因为秋白先生充满了张力，于是他才具有了更大的魅力。《从天香楼到罗汉岭》，这书名本身就很好。天香，意味着国色，是运交华盖的一类。罗汉，则是一种护法使者，从某种意义上说是一类武者。这种文武兼备的人，是最矛盾的人，也是最有精神能量的人。武人并不一定是打仗能手，而是一种社会行为的极端者，因为战争是社会矛盾极端化的产物。毛泽东在延安文艺座谈会前，遍观了一回党内干部，发出过这样的感慨：为什么没有一个既懂政治又懂文艺的人？这感慨，实际上就是他在怀念瞿秋白了。应该说，文艺的整顿，瞿秋白肯定是更胜任的。

这本《从天香楼到罗汉岭》，倘若把它视作瞿秋白的个人生命史与心灵史的话，那么它就包含了史考与史论两个部分。在我看来，它的史考部分是有价值的。这种注重实据的考察，不仅是全面的，而且是深入的，对于我们真正理解秋白其人，有着极大价值。史论部分则不免于有些滥调与偏颇。但即便如此吧，也终究不妨碍它能够成为一本极有价值的好书。

对于这本书，可发的感想是多方面的，限于篇幅，就此收束吧。我只想很负责地建议读者，闲着的时候，可以找《从天香楼到罗汉岭》这本书看看。

由文人说起

瞿秋白临刑前,作《多余的话》,自谓本质是一个文人,而成了政治领袖,是一种历史的误会。误会不误会,现在也实在说不清楚。但秋白对于所谓"文人"的认识,却是颇值得玩味的。古语云:"一为文人,便无足观",是愤世的说法。实在"文人"之为物,带有一种边缘性质,他既被"文"所凌驾,便多多少少失去了实际的人的常态,骨子里总含有某种不健全,倘用了"白马非马"的惯例套去,大抵也可以说"文人非人"。因为人的价值,终在于一个"用"字,无论儒者的"致用"观也罢,抑或马斯洛的"自我实现"论也罢,都在这"用"字当中。

文人的无用,历来多有痛切的表达。瞿秋白定义文人,谓为"读书的高等游民"。这种游民性,是言及了本质的。王元化先生《思辨随笔》,有一篇谈游民与中国历史文化的,谈得颇透彻。他引杜亚泉论,谓智识阶级缺乏独立思想,达则与贵族同化,穷则与游民为伍,因而在文化上也有双重性。这种观察是很深刻的。《水浒》将这种游民性写得很生动,一杀了人,便上梁山,然后占山为王,等着朝廷来招安。所以颇有些饱识的人,反对少年人读《水浒》。

中国近古文人的成型,可溯至宋代的苏东坡。东坡以上,当然尚可溯至韩柳的,但终是远了一些。前人有评议东坡的,以为身既在谪,而以文章凌主,颇有欺世之嫌的。王船山的《姜斋诗话》,痛斥了曹子建和苏东坡①,论定是抬轿抬出来的多,自身的实际本事少,虽不免偏颇些,但也并非全无实据的。苏门之中,四学士也罢,六学士也罢,多无用,至多也只在有用无用之间。到了明代那些名士,更不用说了,酸文假醋的东西屡见,且爱结党纠派,喧嚣于朝野。一句话:不自然。

王静安先生论宋元戏曲,为一言以蔽之:自然而已矣!而东方的自然与西方的自然又大异其趣的。中国有山林文学,有田园文学,这是东方的自然主义。其生命观,是将宇宙视为一大生涯的,所以与左拉之流的"自然"不同。沈从文尝区分"生命"与"生活"的判别,是极实质的命题,究其本旨及实践,大抵在于"生命"者多。这便不同了。以东方言,既将宇宙视为生命体,那么生活(实则是人的生活)是被包含其中的。东方的思路,不能以西方的概念去规范。于是东方之所谓"生活",大而言道德吧,是介乎形而上与形而下之间的。所谓在天为道,在人为德。德者得也,人得于道,则谓有德。所以中国人的社会生活往往是与自然生活相

①　王夫之在《姜斋诗话》中,评论说:"曹子建之于子桓,有仙凡之隔,而人称子建,不知有子桓,俗论大抵如此……子瞻诗文虽多灭裂,而以元美拟之,则辱子瞻太甚。子瞻,野狐禅也……"参见[清]王夫之等著.清诗话·姜斋诗话[C].上海:上海古籍出版社,1999:16-17。

沟通的。这沟通有其绝高明处。就看卢梭吧，他的"回到自然"，其实是很无聊的。西方人的作为，往往以有为始，以无聊终，所以多幻灭。在中国，幻灭感不多，多的倒是宿命意识。

然而宿命这一点很可怕，因为它构成了一定意义上的技术性。既成了技术，便可以操作出来，于是有所谓名士了。陶渊明是自然的，但终于被误成了范式，被曲解的多。倒是阮步兵能保持纯粹些。拿阮步兵与宋明之名士相较，可以见出很多意蕴。步兵喜登高，喜称大荒茫茫，喜言无归，是真实的一种宿命，所以也是真自然。宋明的文人名士，喜言山林，言隐逸，言声色滋味之乐，却是假自然，是为了借自然之名以昭彰自己。于是文人的格局，便落于游民之中了。迄于今，由金庸到王朔，这种游民性还是衣钵相承的……

写到这里，自扪这许多年来，我自己脑子里常转动着的问题，也多归于无用。大抵也落入了文人的积习中。——这些无用的话，姑妄言之，姑妄听之吧。我的思维，谈不上据实的判断，多犹在云里雾里，真是"剪不断，理还乱"的。想秋白末了，用了金圣叹的法子，说中国豆腐好吃，举世无双。可深味！

孙犁散文

新时期散文,做得最平实、最从容、也最不浮躁的,以我所见,大抵孙犁是第一人。我先后有他《尺泽集》、《远道集》、《如云集》和《曲终集》等几个集子,开卷读去,每多会心。孙犁是一个性格含蓄的人。他对人间发出的议论,往往潜伏在他那些貌似平和的描述中。他不会一棒子把人砸死,也不会操油滑的饶舌语去调侃人生。他没有张中行那种学者似的圆熟老道,也不似余秋雨式的始终摆出一副架子说话。他只是那样孤寂地待在书斋里,以一种并非学人的心态(学人每易作"载道"想),卸却所有自任的肩负,发出某种真正文人式的感怀。

因了他是文人的缘故,所以他对人间的悲悯是仁者式的,而不是神性的。又因了他的孤寂,所以他字里行间绝少那种振臂一呼的炎炎之论,也看不见那种向稠人广坐处一味喧声的情态。他只是睁着那双静静的眼睛,怀着对人间的既怨且恕的感怀,似乎摇摇头,发出一种无声的叹息——唉!——然后又去埋头工作。

《尺泽集》大约是 1983 年前后做的,那时的孙犁,似乎还带有一点鲁迅曾说刘半农的所谓的"浅"。到了《如云集》以后，面目便不同了，"说"的渐渐少了，"想"的渐渐多了。《曲终集》是1995年底出的。看得出孙犁的孤寂是越来越深了。唯其孤独弥深，对人间的批判也就愈清醒，洞见人世浮华的若烟云感也就愈强。所以《如云集》之后，孙犁便以越来越多的笔墨去清点自己的书斋。实则这清点的背后，不是他打算冒充一下所谓的学者，而是一种孤独的退守。这清点里，含有很深的悲悯情怀和沧桑感。我以为很可读。

孙犁早年的创作，是清浅的，更多具有的大抵在于美学上的价值，而晚年则不然。晚年这些小册子，是心灵与文字融合到了很高境界的一种语言艺术，所以也是好的文学。文学是一切艺术形式中最不纯粹的，像萨特说"介入"，伊格尔顿说"政治批评"，乃至维特根斯坦说的"生活形式"，等等，他们都看出了这一点。但另一方面，仅有"介入"又是远远不够的。像巴金晚年的那些随想，话是真的，介入也是深的，但不艺术，缺乏表现上的张力，所以不能说是好的散文。

孙犁晚年，好像从没有大红大紫过，并且他又孤独弥深。我想这正好也就成就了他的艺术。大红大紫，哪怕你不幸在现实中遭遇到了，也应该用心灵的净水去冲淡它，否则便再也说不成人话了。世事的险象，往往正深藏于辉煌的背后。我觉得我们的文坛往往如同盲人摸象。像前两年，有人忽然说贾平凹的散文也是高峰，我就很不解。贾平凹小说是好的，他是少有的语感颇卓越的叙事的能手。但要论他的散文，却始终有一种矫情。他后期的散文,学了些油滑,仿佛名士气,其实是造作的。他又拾了知堂翁的唾余,大倡"美文",可以看出晚明小品的路数。贾平凹有很好的散文,如《祭父》之类,多是以小说的感觉和笔法做成的。但大量是平庸之作。他的发端,如《月迹》中《静虚村记》之类,放在那集子里看,似乎很特别,其实"静虚村"之类,明显是晚明的路数,姑名之以袁中郎、张大复吧。后来的,有点向金圣叹、袁子才那个方向去。平凹先生是很聪明的,但所师既矫,所成亦不能不矫。我看他早期之《月迹》、《爱的踪迹》之类,实在浮言颇多,套路也呆板,颇呈繁缛之态的。这很类似晚明。袁中郎一意学东坡,当时有人称他是东坡的转世灵童,他颇为窃喜的。但东坡所师法,却广博得多,有庄子之肆,有纵横之辩,有禅之活法,等等,所以才成就了东坡。而中郎只抱定了东坡《志林》、《仇池》,或所谓《格物粗谈》那样一些东西,发扬开去,便在格局上落于下风。贾平凹倡美文,倘是抱定了知堂翁,那便很可悲。袁中郎《广庄》,像什么话呢?——遗产是要坚持的,但必须是在你认定了必须坚持的时候再去坚持。而这所谓的"认定",又取决于你的所见所识。

孙犁在孤寂中,获得了明辨。我不愿说他晚年散文是所谓高峰,因为高峰只能由历史去辨明。但我想说,他交付了自己,而没有牺牲语言。

对于中国的语言,我们要善待它!

读书笔记

以下文字,是我几年前读雅斯贝尔斯《现时代的人》时,在书边记下的一些当时的感想。因近时不再想作"夜读"专栏了,告之于编辑,而编辑不允,遂勉力作一作。无奈又无心情,于是只好抄书塞责了。好在读书时,自己是认真的,是用心投入的,所以对读者而言,此摘录还不算不负责任。须说明的是,我所读的,是社会科学文献出版社 1992 年 8 月版的译本,所标识的页码,均以此版本为准。

第 13 页笔记:

在现代,人只是功能而没有意义,于是他的精神也与这现实的功能角色认同,而不必去追求什么意义,在这功能的位置上,人失去了历史感,也失去了主体价值的定位。于是,价值成了被给予的东西,一切评价活动都如同约定俗成,时尚成为最重要的环节。

第 19 页笔记:

家教的失落——于是不再有真正意义上的贵族气质。平民化可能是人的功能化的结果。

第 27 页笔记：

功能化的生存变成了机械运作，只有体育还残存着一点生命活力的影子。然而这影子也只是一种虚幻，它是当代意识深处那种虚无感所产生的一种补偿反应。

第 72 页笔记：

对历史的同化不是认同历史，而是在历史的背景下认同现实。历史只是一个价值参照物，其作用是帮助现实确立自己的价值定位。在此过程中，历史确有其积极作用。

第 88 页笔记：

当代哲学被定位为人的哲学。它的任务是唤醒人的存在的本体意义，以打破功能化的人的处境，并把人从这种功能化的处境中解放出来。从这个意义上说，人的哲学是一种超越的哲学。这种哲学把人放在首位去考虑时，其研究对象就既是主体又是客体，既是自在又是自为。笛卡尔"我思故我在"①用以证明其"存在"论的基础,那时起就已经是一个开端。只是对于"我思"的理解应该更广泛些,须有一个对于"思"的逻辑转换:一切存在其实都是我思的存在,是与人相联系的形式。人所讨论的存在里无不包含着人的介入的痕迹。这在海德格尔,被称为"敞开",因为只有人是存在论地存在着的一种在者。

第100页笔记:

物质性与功能性是人的形态的双重本质。作者在前面

① 笛尔卡(Rene Descartes,1596-1650),法国著名哲学家。"我思故我在",拉丁原文为 cogito ergo sum。在著作《方法论》(又译《哲学原理》等)的第四章"理性证明上帝与人类灵魂的存在或元学的基础"中,笛卡尔说:当我想一切都不是真实的时候,这个我想的"我"总应当是真实的,并且我注意到这个真理,即"我思故我在"是如此的确实,凡一切怀疑论者所用之最厉害的假设都不能动摇这个真理,故最后我毫无迟疑的即承受这个真理为我所求的哲学的第一原则。([法]笛卡尔(Descartes, Rene)著,彭基相译.方法论 Discourse de la methode[C].上海:商务印书馆,1934:36)又说:由这种事实,即我想怀疑别的事物的真理,就很能明白地与确定地说我是存在;反过来说,假使我停止思想,即便我会想象过其他的一切都实在存在,但我没有理由想我是存在。从我知道我是一个本质,这个本质的完全性质是思想,并且我的存在无需任何空间,也不依赖于任何物质的东西;所以这个"我",换言之,即我之所以为我的这个灵魂,是完全与身体不同,并且灵魂比较身体更容易知道;虽然假使身体是没有了,灵魂将仍不失其为灵魂。(同上,第37页)。他在著作《沉思集》(又译《沉思录》、《形而上学的沉思》、《静思集》)中,提出六个关于哲学问题的沉思,第二个沉思是"论人的精神的本性以及精神比物体更容易认识",他说:现在我觉得思维是属于我的一个属性,只有它不能跟我分开。有我,我存在这是靠得住的;可是,多长时间?我思维多长时间,就存在多长时间;因为假如我停止思维,也许很可能我就同时停止了存在。我现在对不是必然真实的东西一概不承认;因此,严格来说我只是一个在思维的东西,也就是说,一个精神,一个理智,或者一个理性……([法]笛卡尔著,庞景仁译.第一哲学沉思集.北京:商务印书馆,1986:25-26)又说:直到现在除了我是一个精神之外,我什么都不承认。(同上,第32页)在第三个沉思"论上帝及其存在"中,他说:由于我怀疑这件事,我就能够推论出我存在。(同上,第38页)

提到要注意物质的界限，其实功能性也并非无限可能的，它也有个界限问题。——人是过程，是无法确定的对象。

第103页笔记：

人的存在既是现实的，又是超越的。从现实性的方面看，他折射出物质性的功能过程；从超越性的方面看，他又显示出能动性的创造过程。自在和自为——所以人是难的。荒谬！

附识：雅斯贝尔斯，存在哲学论者，他的背景可以从他《关于我的哲学》一文中见出。他好像说过："人是无所不是的。"这与海德格尔骨子里颇相通。其余的，我无法从我的记忆里找到更多的存留。有机会再去翻些书，也许可以谈出更多一些的话题。我受古典（东方的和西方的）影响很深，许多理解或者多是站在别人的角度想自己的问题。所以我常常觉得自己好像从来没真正读懂过任何一本书。可是，什么叫"读懂"了呢？——没有绝对的标准。雅斯贝尔斯曾经发现，大学哲学系里面没有真正的哲学家。这发现曾经是他大肆著述的一个动力。那么什么才是真正的哲学家呢？

也许，只有哲学的使命才注定了哲学的形态！

漫说陶庵

　　今夜在扬州，月色渐明，站在虹桥上，望着瘦西湖的水光，遥想古时楼船箫鼓的景况，不觉忆起了张陶庵。

　　陶庵这个人对我的影响颇大，而我读过他的，也只是《陶庵梦忆》那么一册小书。他究竟该算明末文人，还是该算清初文人，从时间上是不好定位的。但我总把他划入明人中去，一来他的遗民心态很重，二来他的散文，是明代才子的典型笔法。《梦忆》记吴越之地的繁华旧事，骨子里都带有几分凄迷。而陶庵的态度，也多少有点"先前比你阔多了"的痕迹在，无论述赏花望月、品茶看雪、携妓闲游，种种雅事都有炫耀的意思。我觉得这是江浙一带那种旧式子弟的一个通病。其人多小聪明。而每不能成大器，也正是被这样的小聪明所误。凡事唯求人前的体面，对于生命却少了点主张。《梦忆》此时不在手边，无法引述细节。先前是能够背得一些篇章的，现在却已然破碎得很了。

　　记忆真是很怪的事。它将破碎的东西组接起来，就成了另外一种样子。所以记忆往往是最不可信的。生涯中糊里糊涂经过

127

的许多事，一旦进入了记忆里，这些事情就都被认作有了某种意义，并连自己都为这些意义所感动。我想，张陶庵的梦忆，大抵也不过如此吧！

晚明那个时代，狂禅派的流毒可谓深广。一般的文人，都爱以此派的观念自饰。这在陶庵身上也是很明显的。大概狂禅之学，最能够满足文人生活的某种梦想，就有点像严沧浪以禅喻诗，而大为一般诗人所喜一样，旧读黄仁宇《万历十五年》，尝极喜欢。近来觉得，他把那一段历史描述得太沉郁了。我甚至想，黄仁宇骨子里也许更是一个文人，而非一个史家，他是以他的语言态度来做历史观察的。自从史学界大倡"历史即当代史"之后，这样的观察便开始普遍。后来史家们渐渐知拙了，便想着藏拙，于是找出一个似是而非的话题，叫做"文化"，——历史太小了，应该大到"文化"的层面去。于是有所谓"大历史"之说，质其实，也大抵在"文化"之列。然而我对黄仁宇的《中国大历史》终感失望，远不若他的《万历十五年》之能够会通人心。为文者，自古刻意逞其大者，终多不免于小；而着手于小处的，则多成就为大。钱钟书先生《管锥篇》，有什么大志呢？不过像泥瓦匠似的，经营于一砖一石，而毕其功成，则体现了罕有的大气。反之，如晚明竟陵派的诗人，动辄言"长空万古"，到头来却依旧是"空里流霜"。

这样的"空里流霜"，在晚明是很寻常的。张陶庵可能好一点，也只不过"月照花林"吧！日本画师东山魁夷，作画风格很像晚明这种境界。东山散文也做得好，《与风景对话》，是很清峻的。这清峻，拟诸他的画作，不是《冬花》一路，而是《雪国》、《花明》一路。境界虽好,但终嫌单薄了些。日本文化欣赏忧郁,谓为"物之哀",是颇典型的东方式的时间感。其不是跃入时间之流中去游泳,而是将时间之流定格在某一刹那里,去体验永恒。这办法是审美的,却不是智慧的。晚明在这一点上还不太一样,它极少忧郁,而多谐谑,谈不上智慧,却很机智,所以也清新可爱。依旧拿时间之流设喻的话,那么张陶庵就有点像《诗·秦风》的"溯流从之,道阻且长"了……

读书与门径

近读吕思勉先生著《经子解题》，其"自序"有一段话说得好："昔人读书之弊，在于不甚讲门径，今人则又失之太讲门径，而不甚下切实功夫；二者皆弊也。"拿今天的中文系所学来说吧，所谓的"太讲门径"，盖莫外于择一部文学史，一部作品选，由此将三千年文学涵盖开去，而窃地里并自以为谙熟了，座上放谈，也颇能够头头是道了。这是许多中文系出身的学子的不足。再如学了古代汉语，哪怕学的是王力先生那一套教本吧，用来读些寻常古籍，似乎尚可，用以治学问，则几近于浮泛，而必须非回过头来从《说文》参习不可。我是很怀疑近人制订出来的那些古汉语语法的。这并不是语法的虚无主义，而是基于古汉语的语法是否真的如此教条。古人无标点，读书强调句读的功夫，"句读"云者，重在一种语感，其释义的起点，又在于字学的根基。所以清儒示人读书门径，多有强调从《说文》入手的。这是很高明的见解。

古人关于读书门径的指示，其实也有，如强调从《汉书·艺文志》入门者，是颇好的主张，但衍而成为后世的种种"艺文志"、

"经籍志"之类，终于还是太泛滥了。乃至于后学面对着它们繁复的书目时，每有不得其门而入之感。从学科史入门，是捷径，但不一定是通途。读书，通是第一重要的，最怕的是不通（也就是昏）；其次才是博，有了通达之心，才能做到真正的博，否则那貌似的所谓的博，最多也只是类同书蠹；最后才是专精。今人专家多，而通人少，质之根本，还是不会读书。陶渊明"不求甚解"，是一种类似于"通"的态度，但仅仅有通，还不足以为学，非得兼备其余不可。然而通作为一个前提，总是最要紧的。我近来在读一部书稿，感到特别的累，并非这书稿语言的艰深或考辨的繁难而教我觉着累，而在于这书稿的不"通"，令你每读它一段，便替它难过一回，真是如煎如熬。

钱基博著《中国文学史》，是颇有益的一种，我把它视为比当代许多权威性的文学史都好。它是属于那种下过切实功夫而做出来的通史，与夫头头是道的放言高谈，终不类一路。而且文学史的写法，我总觉得今人已然钻入了某种套路里，跳不出来，总是那样一路"时代背景"、"作家生平"、"思想内容"、"艺术特色"之类的板块，没有一种综合的、活的演绎。以此用作中文学生读书的门径，焉能不误导。这样指导出来的读书人，多的是知识的了解，少的是体会。体会云者，我是将它当作"证悟"的含义去理解的。"证"之一字，涉及于"体"，有点像王阳明卧石棺的样子；"悟"之一字，涉及于"会"，类似王阳明的所谓"良知"了吧。"良知"弥天弥地，正是一种通达。

对于今日的许多大学教材，我是极反感且排斥的。记得张舜徽先生早年授"中国学术史"课程，并不自编一套教材，而是拿了"四库总目提要"的总序、类序那四十八篇，用以讲析，诚然，中国学术史也正在其中了。

清人是颇重视读书门径的，以《说文》入门是一派，以"四库提要"入门也渐成一种风气，至晚清张之洞幕僚作《书目答问》，又产生极大影响。张之洞《书目答问》，称精要，但现在看来，还是繁难了些，且有的荐书，也未必典型。近人如胡适、梁启超，皆有门径之述，亦称繁杂。我倒是觉得汪辟疆的《读书举要》之类颇切实可用。另外，像朱自清《经典常谈》这一类书，对初学者来说，其指示的门径也是入微的。近来读的吕思勉这本《经子解题》，亦有入微之效，其不便处，是以文言述成。

但对于白话与文言，我特别同意俞平伯先生的两句话，叫做："白话易晓，文言近真。"读古书，以文言语感作为思维的态度，也许才真正能够进入角色，这是很重要的。

劝君一读"白雨斋"

　　词话之中，我还是最喜欢"白雨斋"。清季词话颇称盛势，如"人间"、"蕙风"、"词学集成"之类，皆是词话史上的典范之作。词话与诗话有些许不同。诗话肇始，是"资闲谈"之韵事，衍化开去，才渐入于批评学的范畴。词话晚出，但一出现便盯准了"评"字一旨，像张玉田的"词源"，分明是有为之作，与夫欧公诗话相形，欧作仿似韵余的消遣，大抵属无为的居多。

　　有为与无为，是两种很要紧的初始态度。总体看来，诗话的可读性就强得多，而早期词话，因为"有为"的缘故，多多少少都有些沉闷，似乎什么都想说，就好像有了某种家法，终究活泼不得。比喻而言，诗话有些像个坏孩子，自由散漫，却是一片天真；词话有点像个乖孩子，内在是守规矩的，人前就不免做态了。像"词综"、"词学集成"这样的东西，读来就极难受。清季，复堂也罢，彊村也罢，柯亭、蒿庵也罢，多不能免于沉闷之态。清人自视颇高，动不动就爱教训人。《蕙风词话》见解是不错的，但还是不能免于此习气。

况蕙风是桂林人，就乡源的角度说，应该说他些好话才是，但他的词话，论词虽能落实，却总少了些白雨斋式的警拔。我觉得，词话之作，论境界之高，当以"白雨斋"为最。"白雨斋"标举"沉郁顿挫"，概之于"意在笔先，神余言外"，玄是玄了些，但识见确是高的。他的许多见解，十分不凡，如对比兴之"兴"的理解与推崇，如论唐诗云李白为正体、杜甫为变体，如批评"才子气"等等，我看都是识见极高之论。世人单拈出"沉郁顿挫"概之，是不完整的。其实"沉郁顿挫"并非什么创论，诗话中早已有"沉着痛快"之说，且"沉郁顿挫"，明显是从常州派的所谓"寄托"，所谓"意内言外"衍变来的。单从"沉郁"看白雨斋，其所体现的最高价值，大抵也只是最深刻地指出了清季词坛的审美趣尚，较之况蕙风的"重、拙、大"，我看白雨斋之"沉郁"更能将当时的审美趣尚说到点子上。

白雨斋评温、韦，评东坡，皆十分推重，这也正是他识见的高明处，同时这也正可见出他心灵相契的所在了。

清季三大词话，"蕙风"最得实，"人间"最得理，"白雨斋"最得神。所以《白雨斋词话》也最清灵可读，它也大倡"风人之旨"，但不像张惠言那么拘泥不化；讲"沉郁"也旨在深厚曲致；讲"词之原"也没有讲到况蕙风那般的"万不得已者"上去。况氏"万不得已者"，与《诗经原始》的"诗旨"章、与《文心雕龙》的"原道"篇是一脉相承的，固然合乎天道，但终究远了人道。文艺的自觉，是愈来愈趋于人道的结果，其发展的进境，也是基于人道的认识的。

我读大学时，尝读李健吾（刘西谓）的《咀华集》，认为中国气派的文学批评就应该是那样的。其实,在一个富有诗话词话这样形式的批评传统的国度里,批评本应当是活的、可感的,只恨当今的批评家们,学了太多的油滑与皮贱,反将批评弄得鬼话连篇,无复人语了。我曾说过,诗话词话可以当闲书读,这不是诳语。无事时,劝君一读"白雨斋"。

一个关于读书的话题

　　近来因为操办一套对中小学生的课外阅读作"指津"的读本的缘故，跑了一些小学和师范，所闻所见的现状，颇令我愕然。

　　我深知课外阅读对于学生的重要，所以在筹划这套书时，抱了一种过于认真的心态，觉得是件有意义的事。但跑了一些学校，见了一些事实，倒教我怀疑起我所认真的事究竟有没有意义来了。原先我总以为，孩子们或者是无书可读，或者是无好的向导去读书。但事实不然，如今首要的问题是，孩子们无暇读书。应试教育的惯性将学生、老师、家长一同卷入了一个无谓的怪圈。这是很可怕的。我们的社会是否意识到了这是一种巨大的智能的浪费呢？素质教育提倡了很多年，"九年义务教育"也规定了好几年。前些天看电视新闻，说上海市今年起取消小学升初中的考试。其实按"九义"的要求，这本是理所当然的事，并不应该成为国家传媒里的新闻。然而怪事往往就怪在它本不怪的地方。人人以不怪为怪，于是怪也就成了不怪，即所谓见怪不怪。不是吗？——既然"九义"作为国家的法规立在那里，应试教育即便不是一种非法吧，也终是不合法理。素质教育肯定要成为未来的一个方向，这是不容置疑的。然而在现实的操作中，我们又总是被应试教育的巨大惯性左右着。人在一种社会行为的面前显示出了无能。

然而问题的所在还不仅如此。课外阅读，其空间原在于课外。于是我又对这"课外"做了些注视。沉重的课业侵蚀了课外的空间，这还仅只是一个方面，也早被许多简单化的舆论谈滥了。年来有不少人在倡导中国式的"卡通"，这很好！但在这很好的背后，我们还应该自问：卡通能代替文字的阅读吗？自从现代传媒革命以来，具象化的技术时刻震荡着人们的感官。这技术固然有它进步、有益的一面，但也同时造成了很深的负面作用。拿阅读来说，具象的观看能从根本上代替文字的阅读吗？文字阅读过程中那种诉诸想象力而达成的形象再造，是想象力与知性的最根本也最重要的一种训练，所以文字阅读是养成健全心智的必要环节。而如今孩子们的"课外"，一是被课业侵蚀着，一是被种种具象化的东西占据着；而另一方面，他们也在阅读。但当代社会提供给孩子们的阅读的读本，也越来越向技术化看齐，印出了大量的图解式的读本。我们往往低估了孩子们的认知能力，低估了他们的阅读理解能力，所以一味地强调要"卡通"，要图解。于是造成了孩子们阅读的另一种现实：阅读量可能很大，而心智上的获益却很少。这构成了一种尴尬，一方面是无暇读书，另一方面又是无好书可读。——我近来是深深感受着这种荒凉感。近年里不少文化人喜言文化快餐，甚至不少人患上了一种快餐癖，津津以自得。然而快餐是不足以养育出真正的巨人的。我们的社会究竟需要怎样的未来公民？我们的城市要有怎样的未来市民？必须有一种良知。只有基于这样的良知，我们才能够实践某种真正的良能。

而良知与良能，往往又很困难。一来应试教育的惯性使得人们多只能被动地顺从。我有一次去已故的陈飞之先生那里聊天，谈及中国现行教育体制的弊端，陈先生很精辟地说了一个字——"统"。入学是统考，毕业是统分，在校期间学的，也都是统编教材，所以没有教育家，多为教书匠。这话说得很痛切，也很实质。我们的教育主管部门的许多领导，虽多是搞教育出身，但当领导以后，浮在上面久了，往往也会蹈入一种新式的瞎指挥。他们不少是专家，有过实际的教育经验，教育理论也说得一套一套的。但不了解今天的学生，不了解今天的学校。所谓科学的管理，往往最后被简单化地变成了跟下面要这个率那个率，仿佛很量化，很具体，也很扎实了。然而学校不是工厂，学生也不是产品，而是人。一味用量化的数率去操作，往往会构成对人的伤害，会妨碍良知的发现与良能的履行。

教师被各种各样的数率羁缚着，回过头又用这些数率去压学生。结果，我们的教育往往很机械。这里面或许还有教师的责任。不少教师素质不高。而素质教育的落实并不是简单的喊过口号、定出方案就能够实现的，它的关键，首先在于教师素质的提高。过去有许多大学者，像叶圣陶、朱自清、梁漱溟、丰子恺、郭绍虞他们，都是教过中学乃至小学的。教师倘若没有自己的对人的设计,他怎么能够造就出卓越的人才来呢？——你要指导学生去进行阅读,而你自己就没读过几本书,怎么行呢？我们的教育,急功近利的成分太多。拿大学生来说,啃教材出身,读杂志出身,读书出身的,三种人就是不同。这里面有一种气的区别,也是器的区别。《文心雕龙》有"程器"篇,可资认识。欲造就"国之器也",必先有"蓄素",然后方能呈"散采"。

我们的孩子们究竟是"学生"还是"学死"？这需要唤起我们整个社会——至少整个城市——的良知。救救孩子！

门外谈学者

前月在邕,购得《马一浮集》,在回程的火车车厢里翻了几十页,觉得他很有些宋儒的趣尚。古有所谓的"学究天人"之说,是很合宋人的口味的。当今之世不同了,讲究的不再是"学究天人",而是"学贯中西"。我一向不甚欣赏纯所谓的"学贯中西"者。"天人"与"中西",我看二者不要偏废,同时也有个体用问题。"学究天人"宜为体,"学贯中西"宜为用。昔者所倡中体西用或西体中用,均不可取。

《马一浮集》倒是有一段议及"学者"与"专家"的文字,谓近世专家多而学者少,并议及"学问",言"学"者为自学,"问"者问人。我看这倒投合孔子的本意。学、问、习三者是分不开的。学是参悟,所谓"博学于文"的意思。习是实践,有点"约之以礼"的意思。"礼尚往来",是作用于行为中的。"问"是"三人行必有我师"的意思吧。古之学者"不耻下问";今之学者每"不齿下问",多欲扮出一脸泰斗状,出言必十分宏博,细究又没有东西。尼采论学者,称每有一种"灵魂饥饿地坐在学者们的餐桌旁"之感,这与雅斯倍觉出大学哲学系里没有哲学家，是一个意思。

学者无学，似乎是个通病了。

这是一个大事，关乎全民族精神境界与素质的问题。——这样提法，可能过头了些，有点像"经国之大道，不朽之盛事"一路了。这不好，离"天人"还差得太远。

在我看来，真学者立身之本宜在"学究天人"上，"学贯中西"是其翼。说到真学者，倒想出福斯特《小说面面观》来。这书我看过太久，论小说的部分已经记不住了，大抵是由时间，到故事，到人物等等那样一个线索。倒是书中有一段关于"真学者"和"伪学者"的议论（像是在导言里的吧），印象很深。他说真学者之学是不可言传的（这倒有些禅意）。又说大多数人都是伪学者（这是一句真话）。后来他又对伪学者采取了一种十分宽容的态度（这态度是现实而又不免有些世故的），并指出伪学者之伪，多有经济上的考虑（这也是实话）。这认识，中国古人倒是很早就悟到了，叫做"著书多为稻粱谋"。但是，伪学者也须是有原则的，不能弄成胡闹的地步去。"盗亦有道"，而况学者乎！

于是，前两年学界就轰轰烈烈地开展了一次求"道"的大讨论，命题为"学术规范"。学魂既难能求真，学理上总得求实吧。不知怎地，学界似乎总喜欢走些极端，一求实，便实到了老实巴交的地步，渐讨论到论文作法之类的问题上去了，后来便是不了了之。我揣测，倘若真有个了时，那么白话的八股制义也就诞生了。这真是很可惜的事情，如果真弄出一个白话八股的程式来，不是又可以养活更多的士子了吗！

学界的事情，真如五里公超雾，看不清楚，也弄不明白。然而"实"总还须求，道不明，无以言。于是查了半天老账，查出个大实货事，叫做"朴学"，总算有点结果了。这回可不会老实巴交了吧。可也未必，比如说吧，"陶令"再实一点，也可以注作"陶县长"的。何况还有一种以虚为实的手段，像崔东壁的《考信录》，考"子见南子"之不可信，引《世家》"次乘"事，辩曰："孔子之圣，必不为夫人次乘。"这有点类似于说：以孔子的人格担保。——终究还是虚的，并不据实。所以考信云者，不免也是虚考而实信之罢了。

也说"天人"

　　近月母病,颇有"时艰"之概。而病又天然,每与天气之阴晴相消长,起落无常。家人看顾,心情也随天气之阴晴而阴晴,日日留心于电视上的气象预报,听到有冷空气的消息,哪怕那冷空气还远在蒙古,家人的神色却已然阴翳了,真是先天下之阴而阴,后天下之晴而晴。久之,旁人皆称我们有"天人合一"境界,并因此颇得了些仰慕云云。我是听说季羡林先生这两年里是时时纵谈着"天人"的妙谛的,不知他见了我这情形,会不会也看出些"天人"的妙谛来。

　　这样的申诉,在我只是一种自嘲。人生在世,尴尬事十居八九,真正纯粹的成或败,我想是不多的。李白说"欲渡黄河冰塞川,将登太行雪满山",像他这样豪情盖世的人,也终不能逃出天地间的尴尬。可见再怎样的美事,也难免不藏着几分尴尬在其中。就说"天人"吧,我看所谓的"合一",大抵也总是人一厢情愿的成分多。天行有常,无涉存亡。若称合一,怕也是用了庄子将

143

人视为"倮虫"的态度倒更好些，千万别误以为天会来与人合什么一。我们的国人常常容易被自己的幻觉所迷惑，好像发现了"天人合一"，便如同找出了一帖祖传秘方，从此可以在下世纪的地球上包医百病了。这样虚幻的乐观是可笑的。

本来，现实的批判可以导致学术的假设，但学术的假设是不能代替现实的。钱穆先生参习中国文化，临死时发现"天人合一"是最核心的东西。这在学术上，固然说得通。可是倘若将学术思维置换到现实中来，就不免迂腐了。在这一点上，我看张世英先生就清醒得多。他的《天人之际》，持论还是比较折中的。而这种折中，虽已进入了问题，却未能走出问题。看来看去，似乎"天人合一"只能是用来审美的，"主客二分"则仍然是作用于生存的。

哲学发展到了 20 世纪，有一种淡化存在论的倾向。也许哲人们已经把"存在"问题移交给物理学家了，而自己则多是在"方法"的层面上兜圈子。哲学家对存在论的轻蔑其实是很虚伪的。因为存在论毕竟是哲学所无法搁置的问题，哪怕再怎么对它缄口不语，它也仍以一种背景状态存在着。迷信上帝与迷信科学，后果很可能是一样的。对"天人合一"，我总在想它的界限在哪里？它究竟有没有一个界限？

生存问题事实上就是一个界限问题。海德格尔谈人，定作"此在"，又因之引入"生存"的概念，是包含了"时间"在其中的。在存在论中谈时间，我想就包含有界限的意思，有点像禅之所谓缘起。如果无视界限，那么"天人合一"实际上就只是一种虚幻的观念,与"广延和无限性绝对同一"的逻辑实体有着相似性,——
一种工具上的相似性!

　　于是阴雨连绵,漫漶时节,不知春之将至。怅望新岁,满心苍
茫!

说说颜习斋

　　总在说读书的怪话，我想，也是颇讨人嫌了的。其实，我读书多是消遣，非纯关乎性命之学。有时扪心自问，似乎我的读书有一种好处，便是全无学术理想，不愿板起脸来，作"高屐大履、长袖阔带"之想，所以尚还能够以一种自嘲的态度去嘲人。倘连这样的自嘲都没有了，那真是一种悲哀。但每作嘲人之笔，终究不好，山谷尝言：东坡文章妙天下，其弊唯在好骂。"好骂"二字，终是极难相处的所在。然而退一步说，关键在于是否该骂，如果只见"好骂"而不见"该骂"，那就太偏颇了。易卜生《人民公敌》，我看过很久了，连剧情都已然淡忘，但剧中的一句台词，至今记得真真的，叫作"究竟是社会错了，还是我错了？"我很爱这样的台词。

　　以消遣的心态读书，便有了一种平起平坐的态度，凭他再怎样的圣人高士，到我这里，也只不过是个闲串门儿的，我只须用了东坡居士那种"上可陪玉皇大帝，下可陪卑田院乞儿"的心态去应会，便裕如了。于是也就每能见出他的一点毛病来。

　　辛稼轩词："醉里且贪欢笑，要愁那得工夫。近来始觉古人书,信著全无是处。"我很爱这几句。疑古的传统,古已有之,汉经今古文之争,便已露端倪,迄清朝崔东壁,更开启民国胡适之、顾颉刚之辈,可谓愈演愈烈。顾氏多疑,不免太过了些,所以后人每疑其疑也。这也是报应。但古书的"全无是处",我还是从颜习斋那里领悟得最深切。习斋是清初人,著名的颜李学派,便是他开创的。李恕谷终究拘泥了些,不似习斋的痛快。我尝读《恕谷后集》,只觉得他书信里还有些好看的。而习斋不同,不说他的"四存"吧,我最爱读的,还是他《朱子语类评》。我有时候颇觉奇怪,像习斋这样气盛的人,却一生恭行古礼,这样的统一,今人是想不通的。但仔细想想,也属正常。今人无信念,浅泛者逐利,高雅一点的,便将自己寄托于虚幻的所谓"个性"里,所以终究是"障"——打不通。假扮疯癫以显"个性",这样的人,我倒是见得多,他们也骗我不得。——我或许是太世故了! 其实,做人的最佳处境是做一个超脱的看客。而我恰在这一点上,终究是做不到。

还是回到《朱子语类评》吧。这书,我极喜欢,它的有些笔法,似乎对鲁迅有影响。骂人,终须历史具体地骂,不能虚妄地去骂。鲁迅先生尝论及骂人,说倘说一个良家妇女是婊子,那就是骂;而说一个婊子是婊子,便不是骂。但世人总以实话为骂,所以只好骂。鲁迅言萧伯纳的"幽默",也述及过这个意思。《朱子语类评》也是骂,有些地方实在也骂得颇过分(如"朱子一日腰疼"那段),但绝大部分确是实话的。习斋见识了明季读书人的无用,查之渊源,查出了朱子来,你想,他能不骂吗? 朱子之误人,在明代已有人察觉，王阳明早年笃好朱子，信其格物之说，便效其法去"格"竹子之物理。"格"了七天，一无所获，从此遂发现了朱子的伪来。到颜习斋，将"格物"之"格"解为"手格猛兽"之"格"，合其习斋之"习"字的用心。这与阳明解"知天"如"知州知县"之"知"，倒是相通的。

颜习斋这个人，我总觉着他心理上似乎还是有某种障碍的。障碍来自哪里呢？——来自礼教。所以他才显得十分的"革命"。有些十分"革命"的人，不解这一层，由中弄出许多实践主义的高论来，我诚心细察过，觉得他们还是不能求是。我想，这尚不至于是一种偏见。习斋言"六艺"，是实践的角度，观其授学，也是颇务实的。但名目与实质，终究还是有别。课业之名与课业之实，我想我们不能只停留于望文生义。习斋毕竟还是个"古人"，尚周孔之风度，所以他的"四存"，终究是伦理中的人事，无须硬把他拔高的。

《朱子语类评》，多痛快语，也好看。文中骂朱子为砒霜，斥"半日静坐，半日读书"误人五百年，指陈朱子堕于庄、禅，我看都不差。唯将读书一事，损得太厉害了。习斋的立足之处，是"习"，这固然可以理解，但指斥读书，却多少流于妄。他多只见了读书无用这一层，而未见其根底乃是读无用书这一层。这就有些矫枉过正的样子，遵行的话，怕也还是会误人的。但《朱子语类评》所语，多能触及朱子的痛处。清初王船山、顾亭林、颜习斋等，在这方面的器识，确属不凡。但到了乾、嘉之后，器局便小了许多，似乎对清初有一种"反动"。其实即便在习斋同时，也不是没有反动的,《方苞集》多有这方面的言论。所以桐城文能笼罩有清一代,似乎正顺应了这种"反动",也不为怪了。

　　阅读颜习斋,须知他的批判多是一种现实批判,而非精神批判。理解了这一点,才能见出他的诚笃来,也才能见出他的局限来。

诗话词话

偶有闲暇,喜读诗话词话。这样的诗学小品,时时翻翻是可以益智的。所以我购存这样的作品也颇多。章实斋谈"诗话",有一段话推崇颇高,谓诗话(词话)通于"史部之传记"、"经部之小学"、"子部之杂家",而归宗"于诗教有益而已"。实斋与当时清儒颇有区别,我觉得他对中国思路的辨章考镜,可以说不甚拘泥,而且是颇有实获的。但他终竟是一学人,而非诗人,所以在言诗之时,比之于方玉润,似终有不足处。方玉润是较能够在诗言诗的一个人,这骨子里,似得益于清儒务实之风。清儒本质,很大程度上已持了一种将经学等观于子学的态度,所以当时所谓"汉学"者,终与经今古文有间。然而,诗教的观念,总还是一项大帽子,压得人喘不过气来。章学诚(实斋)言"战国者,纵横之世也",已是颇创获的了,而终于还是逃不出去。以诗证史,是先儒事;以史证诗,则是后儒事。这一点须看清楚。孟子喜征诗,是"证史"的范例。迄"毛诗"以后,便多沦为"证诗"了。

史之为法,是中国较独特的特征。所以有"六经皆史"之说。

此说并非创自章学诚，哪怕像王阳明这样的人，也已倡此说了的，我记得《传习录》中尝有此议。只不过学诚提倡尤笃罢了。中国的史观，骨子里涉及一个"天道"观。所谓"天行有常"、"天行健"、"天爵"等等，晚周之世，此论是颇流行的。这便暗合了宋儒"理气"之辨中的"理"字。所以中国近三百年学术史，我较认同钱穆先生所持论，以为骨子里还是宋学为核心的。这观念，近几年我读了一些近代文学之作，有了更深切的认识。今年是戊戌变法百周年。百年已逝，现在是谈近代文学的时候了。而且我觉得，治现代文学的专家，所持论断，时不免于偏颇。究其缘故，大抵在于其所治学未能与近代八十年的文学打通。我读大学的时候，近代文学这八十年，是空白的，所以后来的自修，很走了些弯路。

还是回到诗话词话吧。清季诗话似不如宋代之盛。"射鹰楼"是比较躁进的，到"石遗室"，又不免于趋时、蹈虚之迹（虽然也很有些卓识）。去年纪念冯振心先生百年冥诞，有谓其诗似诚斋。这有一定道理。陈石遗晚年是颇尚杨诚斋的，这对冯振先生大抵起了作用。但冯先生诗，只平易似诚斋，而其得于道甚于得于禅这一点，我看还未得诚斋骨体。诚斋有谐趣（关于"谐趣"，王季思先生尝有过很好的议论）。其实，南宋诗人中多有谐趣者，大抵是由"活法"衍进的结果。诚斋也罢，稼轩也罢，这一点是很突出的。谐趣不一定是笑出来的，亦有不笑出来的谐趣。这一点，须有所体认。若展开谈去，便复杂了，大抵其本质在于一种语言的机趣。我看鲁迅就深谙此中三昧。黄山谷于此亦颇有体味，倒是金圣叹之流却是谐趣不大的，他骨子里还是笃实的东西多。

清季，我看词话可称鼎盛。但今人论及，似推崇太甚了。就说名气最大的王静安《人间词话》吧，他那种二分法，恐怕多是便于分析，而并不便于实践的。何谓"二分"？——"理想、写实"，"造境、写境"，"有我、无我"种种皆是。王静安先生，我不敢轻诋之。他在"壮美"、"优美"之外，别分出"古雅"一义，我看是很有创见的。但《人间词话》，我亦未敢轻允之。恐怕《白雨斋词话》倒更好些。但清人书生气重，所论终不免有蹈虚处。如所倡"意内言外"，言《楚辞》为千古词之宗云云，便牵强了些，《赌棋山庄词话》便有过辩驳。又如刘熙载《词概》（《艺概》之一者），似十分玄妙，但细究起来，也多有大言欺人处。——何谓"空中荡漾"？何谓"来去无迹"？怕都是"道可道，非常道"的所在。倒是他分析贺方回《青玉案》言："末句好处，全在试问句呼起"颇得实些。他也是有慧眼的，称"词深于兴"，就很有见地，但进一步又言"要紧""不要紧"，"乱道""不乱道"，便直似蛮横了，确不如白雨斋言"沉郁含意"领会得深。

大抵中国的诗话词话，贵在妙悟，而失亦在妙悟，读者不可以迷信之。然而，用以消闲益智，它倒是很好的。

由冯振先生引出的话

去年纪念了冯振先生的百年冥诞，我一直想写些什么。然而自揣所识既薄，又未尝炙其教泽，话便自然无由说起。今春充当冯振纪念文集的责任编辑，缘此又读了一回冯先生的《自然室诗稿及诗词杂话》，很有限地体悟了一番他的创作心路。于是感到有些不能已于言的东西了。——撑肠成痞，探喉欲吐，这是很不好的状态。师于自然者，必非痞垒之累，而宜是"池塘生春草"，抑或"当春乃发生"的。所谓大块噫气，野马尘矣，——自然者，亦非无文无欲。倘将自然视同槁木死灰，那真是无知透了的。这样的望文生义，是世人不求甚解者的一种通病。如19世纪末，中国人的初识西学，每将西方的法制解同战国之申、韩（像唐才常辈），而较通西学的，如严复之流，便知"刑法兼礼典之义"了。这在前者，可以叫做一种"误读"。

"误读"大概是一种比较普遍的状态。于是，对于冯振先生，我们是否也存在某种误读呢？——大概也是难免的。有些自认很"革命"的人，自己汲汲以求，而又以此腹测于人，以人之不可为为"求不得"，怀揣着《诗·黍离》"不知我者谓我何求"所叹的那样一种以"求"为尺度的绝对心态，大逞一己的快意。我想，这样的"快意"在他自己倒是更可怜的。

冯先生当年大概也许有时可能也不免要被人这样去"快意"一下的。然而人的快意，有时正是历史的不快意。——历史是人格化的吗？不是的。这一点恩格斯早就指出过。然而，被人所叙述出来的历史，又多半是具有人格化的。这便有些尴尬了。毕竟，历史不是抽象的时间，而是由人去经历的。抽象的"时间"在康德那里表述得很充足了，然而历史不是思辨，所以"人格化"或"非人格化"，在某种意义上则是辩证的。

冯振先生，早年师事陈石遗、唐文治诸公，师友门人，多本世纪名士。而先生又是极诚笃执著的人，所以抗战期间，能携无锡国专校体，辗转岭南，以坚忍之力开创局面。这，我想倘若轮到我的头上，是断然做不来的。这也正是我冥敬冯先生的所在了。后人谈历史，是可以轻松的，但若经历历史，则恐怕随逐的多。不是有所谓顺生之论吗！颇得此禅意的，并拉扯进了儒道来，平易是平易了，但以我之愚顽，尚有所不取的。我并不是在实践中否定此论，日常里倒是多履行此论的，——《金刚经》应无所住而生其心，我也晓得一些，但《法华经》乘牛车出火宅的境界，也未可以为非的。海德格尔说"烦"，大抵在于一个"任"字。有角色之任，有道义之任。"烦"是现象学式的表述，这在确定了个体价值的文化圈里，是很实在、很"现象"的。说到东方，大抵就是由来于"任"的。冯先生早年，正是有了这种自任情怀，所以颇能担当。这令我想起永州时期的柳宗元,有那么多的话语,真是到了不能已于言的地步了。冯先生早年的笃志,某种意义上有类于此(但在"失志"上尚有区别)。

有话语的反面,便是无话语。我这回再读冯先生诗,在这个意义上有了些体认。冯先生是诗人,他的诗心,兼涉于自然、家国与亲情。所以我认为他本质是一个儒者。倘非儒者,便不会有其后的困惑。因为"儒"是典礼性的,是入于世的,哪怕是"浮海"、"九夷"之思吧,也是由入世之想而来。我想说的是,像冯先生这么一个笃实的人,在晚年也遭遇了困惑。他是得益于清学颇多的人。晚年,实际上处于一种精神上的无主状态,用时髦些的话来说,便是所谓"失语"了。他在1951到1958年间,未作过一首诗,后来的著述,也很寥寥。这样的失语,有不能适乎新时代的缘故,也有无法承接既有学理的缘故。他毕竟不似梁任公,能"活学活用"。他是有自己的坚持的。这样的坚持性质如何,尚不好说,但在他《自然室诗第三集自叙》中,是透露了些消息的。他说:"盖自解放以来,深以思想改造为先,风花雪月之怀,穷苦牢愁(即牢骚)之感,既无补于民生,竟有伤乎习俗。无病呻吟、呕心觅句、文人自命,又何足观!(注意,这是叹句)薄而不为,理固应尔。"——其概可鉴。我们不能否认实践中的某些失误。想想陈寅恪,有些遗憾是很可叹的……

我在想,冯先生的心路历程,对于我们检讨历史,是有真正价值的。冯先生晚年积极要求入党,真是矢志不移,这或许是他寻找话语的某种关键环节吧!而他终竟是无语地仙逝了,留下的是某种悬浮似的遗憾。

　　学人的死去,是不能真正入地的。总会有许多悬疑,平泉远流般地在人心之中淌过,并一直淌向某个未知的方向……

谈"才子气"

才子这个词,似乎是相对于公子而来的。公子必有门第,而才子无须。所以才子是宋以后才愈发兴盛起来的,以至公子也须向才子靠拢,如晚清"四大公子",陈寅恪的父亲散原先生是其一。其实散原老人的后来,是有些孤介了的,终不妨是公子。

世称晚明文,多有才子气。三袁自不在例外,像张大复、陈继儒(眉公)等等,也很典型。其实到了清初,如袁枚、李渔、金圣叹,甚至郑板桥辈,这习气也还是在的。

晚明文,我读得颇多,领会也还有一些。所谓当时的"才子气",其实可找到两大渊薮,一个是苏东坡,一个是王阳明。倘无这两个人,这才子气便不能如此明目张胆,东坡,我是很爱他的。这个人,虽然心气上过于活泼,但说来终还未流于浅薄。像朱熹、王船山那样指斥他,其实是不太公允的。但如林语堂那样供奉他,也未必是好事。东坡就是东坡,他是耍嘴皮而不耍心机的。山谷说他"好骂",这就大有看头。"骂"之一字,我看是始于庄子的。东坡好庄、禅(《五灯会元》列他为居士),但他其实并不能禅。他貌似"随顺"，哄了一些人，但终究不能"缘起"。《圆觉》所谓"得无所离"，他怕是远未达到。至于王阳明，晚明王学左派一流的人物如袁中郎等等，是少了些诚笃的。归纳起来，多活泼而少诚笃大抵便是才子气的一种通例了。《白雨斋词话》言及才子气，有十六字说得好，谓为"尖巧新颖，病在轻薄。发扬暴露，病在浅尽"。这是到了晚清时的归纳。孙犁近来有言及"才子气"的文字，说"才子气"大抵是一种流氓气，便是当代的阐发了。孙犁，我看是1949年以后最好的散文作手。我读他晚年文，是很入心的，恐怕才子们看了，会心有不屑，但这终不能妨碍孙犁的真知。

"才子气"者，大抵在汉代已然有了，世人言扬子云"露才扬己"，便很有这意趣。扬子云确实是有才的，这一点无须怀疑。他比诸后世的才子，终还有区别。晚明才子，便着实有些轻薄了。从陈眉公到钱牧斋，那种刻意于所谓"布衣宰相"的心态，看来是颇讨人嫌的。说透了，他们的骨子里是失了些风度的。

"风度"一词，大概显于魏晋。魏晋风度是后世才子们多所仰慕的。但考究起来，风度原自"气质"。"气"之一义，是难以说清的，于是实一点，便谓之"风"（区别于国风之风，虽有关联，但只是借个幌子）。"风"又实一点，便是所谓"质"，或者谓之"骨"。这里面的书袋子，就不必去甩它了。古者之风骨，是不能表演的；今者之风骨，是可以表演的。我总觉得中国文化之有意思，便在于这历变上。中国文化给人一种交友的感觉，而不似西方文化是拜师的感觉。这所谓拜师感，须在神文语境的层面去反观，不能习惯性地就中国经验去理解。于是近古中国的"才子气"，须自明一种"俗"的观念,尽管晚明的才子们貌似特别清雅,但看透了,还是俗的。

中国读书人喜言雅俗,而不喜言真假,为什么呢？因为雅俗是可以装扮的,而真假是赌着本钱的。

我希望今天的中国人都能以真假为尺度,而不是以雅俗、贵贱为尺度,这也许才能复现出真正的人才来。至于所谓"才子气",见多了,便悟出那实在是一种大无聊,取譬而言,是所谓的"大头苍蝇"。

再谈小品文

  晚明小品，所谓清新雅致，后世诋誉间有之。诋之者大抵以为"清"而至于无物，"雅"而至于缛饰，未尝没有道理。誉之者则称其标显个性，性灵摇曳，亦非言之无据。所以轩轾明文，论固难一。而晚明之所以成为靶子，是因为它被白话小品拉了来借题发挥的缘故。周作人大树袁中郎，无非是想拈出"个性"二字用来倡导。真正拿了袁中郎的全集来读，其实还是可以看出他辞官、卧隐、历游都是杂有不诚实处的。但是，无论如何，中郎的文字毕竟好读。好读的原因，终不离乎"浅率"二字。可是话说回来，印刷术一发达，文章由贵乡典供就成了日常生活的清玩，其"浅率"不也是自然的趋势吗？即便是后来大反这"浅率"的桐城人物，其文字也未尝高古如往的。像《方苞集》，读起来也十分流畅平实，可谓浅而不率。所以不率者，是因了他始终端了副憨世正人的架子在，有点像今天的余秋雨先生。当然，端不端架子并不能作为判定文章高下的标准。我们看上古之文，出言多指于大事，好像是端架子的，但却不失其高明。我想，"古之学者为己"，所以你尽管可以说那不是一种个性,但骨子里,它还是一种率性,可以谓之率而不浅。《中庸》说"率性",是"道不远人"的意思,这也关涉着"为己"的本旨。晚明文也有谋求不"浅率"的,像竟陵派的钟惺、谭元春,他们造出如"水地霞天"、"无日无之"这类所谓幽峭的句子,看似精巧而实则雕镂,王船山尝刻毒地喻之为"青楼淫咬",倒是很形象的。但平心而论,钟惺的隐秀轩文还是比谭友夏高一筹的。

有一种撒娇的语言,并不是甜腻酥柔一路,而是望似一副好骨骼,玉树临风的样子,实则手一抵之,便化了,仿佛一具精镂而出的小冰人。世人是很容易迷恋这样的语言的,因为它看上去并不黏滞,所以可谓之"清",嚼之而无所硌于牙,亦颇仿佛于"妙",既清且妙,便似乎很超逸了,真是何等雅致!不能简单地断定它好或不好,至少它的撒娇,还近乎高明,大抵相当于名妓的冷艳一路,是把青楼营造成闺阁的样子,真是发纤秾于简古,寄冶艳于圣洁的。晚明文喜称"淡"、"静"、"致"、"趣",大凡是这套把戏。略勾其貌,盖可以二语蔽之,谓:自高于林泉,自远于人间。袁中郎《锦帆》、《解脱》,喋喋不休的,大抵也不出此二者。还有一种所谓"致"者,最是便于用来表演的好道具。因为"致"的本义,有"直指本心,不立文字"这样一层意蕴。"致"者,至也;至为死法,致为活法。不解这一层,不足与言"致"。谭友夏《再游乌龙潭》,叙游时风雨大作,雷电震眩,从游的"姬"们都已吓得不成人样了,而这时间,"客之有致者,反以为极畅",真是高深得可以,在"姬"们面前显足了他的雅致了。有趣的是,将谭文拿来与柳宗元游小石潭"以其境过清,不可久居"相比照,柳子简直就是一俗人。

这种晚明小品的"个性"与"雅致",检乎其时种种别集,可谓俯拾皆是。若张宗子《西湖七月半》(李流芳有一篇《游虎丘小记》与之旨尚极似)、《湖心亭看雪》(舟人言"未有痴似相公者"诸句)之类,皆称典型。至于陈眉公、张大复辈,更无须多说。但话说回来,晚明的这种"雅""率",是否真的值得极端痛诋呢?——恐怕还须一分为二地看。其用以学习,则容易害人(尤其易害爱写散文的少年人),那"率"里面是有某种"毒"的,其流毒所致,易使人处人生若作"秀"想,于是处处装扮,不明乎己,整天一脸帅呆了的感觉。但用以消遣,它还是可堪游憩的所在。鲁迅当年说小品文须如投枪匕首,是太把它抬高了,有点像魏文帝要求文章须肩负"经国之大业,不朽之盛事"一样。但鲁迅是站在历史的高度说话的人,不可以就事论事视之。但我也有另一种史的意见,那就是前文说过的,因印刷术的发达,文章之成为案头清玩,其实是有其必然命运的。力强之以为典供,未必不是一种苛求,但倘一任其清玩下去,自甘于斯,则也是某种堕落了。

小品之文,我还是爱苏东坡,他的那些尺牍、杂著,真是可爱极了。后人称赞这路文字,多爱搬了黄山谷来作配,合称苏黄,像明代的何良俊,其"四友斋丛说"多引山谷之言,但遍读一过,山谷的高明,不过是骂人家俗罢了,于己则高雅自命。山谷尝评东坡文,说:东坡文章妙天下,其弊唯在好骂。"好骂"二字,是山谷给东坡下的断语,我看山谷是有点恶人先告状的意思。我细读过《山谷题跋》,他的这个陋习,是可以从中证得的。东坡跟他不一样,东坡有一种顽童性,常怀作乐想,是太聪明的那一种人。——

每个人心底都藏着某种虚荣,东坡文常常能把你最内在的那点虚荣演示出来,让你会心一笑的时候,更多的不是笑他,而是笑自己,也就是所谓的自嘲。这境界便很高了!山谷张口便骂人家俗,其实呢,他自己也未见得雅到哪里去,他的雅多是在技术层面的,固然也不乏语言上的机趣与智慧,但终难入心。我看他倒是临死前赴宜州前后的那点日子诚实些。深究起来,我觉得东坡的长处在于他始终保持着一种对日常生活的兴趣。所以他的理想是"上可陪玉皇大帝,下可陪卑田院乞儿"的。尽管他时时在日常生活的窘境中作表演,但你仍能感受到他的诚实。

谈起东坡,我总想到王羲之(右军)。魏晋文章,固然有孔北海、嵇中散那样疾愤一路的,但也有王右军杂帖那一路的。我觉得,东坡文便得右军杂帖气度,而鲁迅先生恐怕受嵇中散传染得深重些。嵇中散一面今天与这个绝交,明天与那个绝交;另一面又写出《家诫》那样貌似世故圆滑的文字。实则他骨子里,何尝有过片刻的世故?嵇中散是有戾气的,而王右军则将这戾气化作了一意的叹病称衰,真是好玩极了。由此反观于晚明文,那种清雅实在是有些轻浮了的。余光中曾谈散文四种,一是花花公子式的,二是浣衣妇式的,三是学者的,四是现代的。晚明文大抵多在"花花"层面。而现代散文究竟是怎样,余光中演示了一些,我读来还是感觉他只不过是一种聪明些的"花花"罢了,不足为法。可见,小品文实在很难。

我想,小品文还是要超越了雅与俗,深与浅,文与野这样的判断和趋从,而采取真与伪的价值审视去从事,才会有益处。否则,很难真正拥有一个健硕的未来。

忆《陶庵梦忆》

余弱冠时,得购张宗子《陶庵梦忆》于坊间,展玩之,多所心契。既尔,屡读而屡咏蹈焉。斯慨也,未尝白于人,而人每褒《陶庵》者,大无类乎《西湖七月半》、《湖心亭看雪》诸篇,盖以为集中之上上者也。九品之评,本无定限,依人而起限,斯文固多所浮沉。而浮沉云者,或因人而异,或因事而异,或因时而异,未尝有以定则焉。今之硕慧,每因其癖,道则立于极,以为定则,且喋喋滔滔,以服人口。此斯世之习尚耳!予观夫世之风习也久矣,亦欲以自拔,而植壤甚肤,未可以自树立,拔则无可柢,殆若苗秀,两间而无所寄焉。斯境也,其类夫张宗子之撰《梦忆》者乎。

吾言《梦忆》,两间无寄之自遣耳。虽欲自遣,而无所适。于无所适处以自适,此陶庵之适也。适与不适,盖世之治乱使然。屈平无适,遂适乎"怀沙";长沙有适,而适于"鬼神",亦何所适,何所不适?及张宗子,适皆杳然,固无所适,乃适于"梦"也。

所谓"梦"者,依于平常以为森然也。或曰:平常者何?森然者何?曰:有生之地,谓其平常;得无所离,是为森然。人生天地间,森然其本而平常其用乎!《老》云轮辐,宣有无之教;释言《圆觉》,揭离执之本。今人其有以参证者乎? 吾观之,多未有以参,因无以证者耳。其去张宗子也亦远矣!

尼采:他的起点

树感觉到它的根比它所能看见的多。

前阵子买了几本尼采的书来读,多是他后期的作品,即"道德的谱系"那一时期的。其中还有一部他早期的小册子,是《历史对于人生的利弊》。这是尼采最早的著作之一。

尼采对我这年龄的人来说,具有一种精神童话的意义,我不把他叫做精神导师,而称为"精神童话",是因为在我看来,童话对一个人的知性形式的长久影响力,远大于导师的作用。这有点像马尔库塞所论——审美对感性改造进而达至社会改造——的作用一样。我的求学时代,尼采是一种精神童话,每个精神爱好者都在热读他的《苏鲁支语录》和《悲剧的诞生》。那里面是有年轻生命的心声的,那种大独的创造和否定一切的激情,无不令人力量膨胀。多年以后我才知道,这种膨胀的力量可能是一种精神财富,同时也可能是精神陷阱。但人的一生,倘不多多少少经历一些或大或小的陷阱,他的一生肯定是单薄的。——关键是必须从陷阱中最终走出来。苏鲁支精神——力量的膨胀和大独的穿越——这就构成了我的"尼采童话"。

后来我才知道这样的尼采是不完整的。一个直接面临的问题就是:历史和生存的现实。——作为一个尘世中的庸众,也许我们最终都不得不承认这样一个事实:人在历史面前是无能的。这个事实并不能成为我们从此对自己无所坚持的借口(我知道很多人是利用了这个借口去做恶的),但它确实是一个事实。这种在历史面前的无能感,实际上是对那所谓"力量"的一种否定。于是,我们便对"超人"发生了质疑,进而逻辑必然的,我们就面临了人性问题。这里出现了一个端口,那就是"人性"。我们只要是系统地阅读尼采,就会发现,在尼采那里,"人性"的现实含义是与历史相关的。这才能理解他后来谈"道德谱系"的用意。在这个层面上,《历史对于人生的利弊》才具有了指导性的意义……在尼采看来,现实人性的诸多劣质都是历史粘附的结果,所以超越这样的"人性"才是人的出路。在这里,实际上还存在着一个潜在的命题,即:历史是应该被超越的。也就是说,超越人性在某种程度上是对超越历史的另一种表述。在施受关系上,历史是受者,作为主体的人就是这里的施者。这也正是尼采的始终不懈的历史批判的立场之所在。看不见这个立场,就可能走进尼采的陷阱。他的抽象的"生命",由此而变得既是概念又不是概念了。有一个"人的理想"始终在他的心幕上晃动……然而那理想如何在大地上立足,又成了他永恒的困扰。这一点鲁迅与尼采是共同的。近来有人把鲁迅称为"温和的尼采"。我想,这与鲁迅的始终不背离

"历史"是相关的。当然,也与鲁迅由魏晋出有关联。——中国人既然已被认定是经验性的民族(这一点我也很犹豫,因为又有可能构成口实),那么,历史的记忆应该是坚定的[可是不然,我们习惯于忘却(所以鲁迅要人"忘记我")]。所以我们还有鲁迅(这里已经是三层转换)。但,——尼采呢?我们忘却尼采可能也太久了……

其实我不打算在这里具体介绍《历史对于人生的利弊》这本书。我希望有人真正去读它……

我只抄下它的一句话:"树感觉它的根比它所能看见的更多。"

最后的诗情

一、元和十年

　　元和十年（815），是柳宗元一生之中极富戏剧性的一年。人生的喜剧和悲剧在这一年的春天轮番落在柳宗元的身上。这样的遭际，是足以让一个人脱胎换骨的。宪宗皇帝在中唐之世，算得上是个中兴之主，他在削藩问题上的成功，确实给老朽的大唐帝国注入了一针强心剂。尽管史书中费了不少篇幅记录了宪宗皇帝纳谏的事迹，但时势移易，宪宗皇帝已不可能再度成为一代明君。自"安史之乱"后，唐朝的皇帝再也不能心平气和地治理国家。他们无不患有一种同样的心病，那就是对文人或武人官员抱有一种深刻的疑惧。代宗如此，德宗尤如此，宪宗也如此。拿宪宗皇帝来说吧，他对王叔文党的忌恨，实在贯穿了一生，后来对李绛的态度，也时时闪现出这样的疑忌的影子。所以元和十年，当朝中有人建议对王叔文党作量移的时候，宪宗皇帝又一次在他内心这种深刻的疑惧中动摇了一番。这年正月，柳宗元奉诏赴京。

他在贬谪永州那"种漆南园待成器"的十年里，韬光养晦，内心却无时不期待着的，就是这么一天。我们至今也还可以从他北上途中所作的几首诗里，看出一种"漫卷诗书喜欲狂"式的惊喜，以及这惊喜后面藏着的那种踌躇满志的态度，这也正是诗人不同于政客之所在，无论是一得自喜，抑或是一失自怜，他们全都会溢于言表，竟没有丝毫的自敛工夫。这种情况在同为"八司马"之一的刘禹锡身上，表现得格外突出。他的"玄都观里桃千树，尽是刘郎去后栽"那样的诗句，很有一点"得志便猖狂"的意味。不想这却正犯了官场大忌，令许多保守的京官（这里面可能也包含了皇帝）又想起了王叔文当政时期，这些王党人物每以伊、周、管、葛相推许，目天下无人的往事来。这在文官集团中，是极易遭人忌恨的。于是谏官们上书皇帝，指斥这些人的所为，新账加上老账，终于使皇帝回到了原来的"逢恩不原"的立场。从宪宗皇帝下诏书召这些司马回京这件事上看，宪宗皇帝应该是一度动了起用他们的念头的。但到了这一刻，谏官、宦官，还有朝中一班官僚们的纷议，又动摇了皇帝心里那一度萌生的念头。这原本不奇怪，宪宗皇帝早年对王叔文党的忌恨，可以说深植骨髓，因为在他嗣立太子和监国等一系列大事上，王叔文都曾经百般阻挠。何况宪宗皇帝本就是个多变的皇帝。

于是，元和十年三月，新的任命下来了，柳宗元被任命为柳州刺史，官级是提升了，可是迁谪的地方却更加僻远，完全进入了化外之区。在当时的人看来，这一回柳宗元是彻底被贬入了蛮夷丛中，无复生望了。这是一桩很明显的含有恶意的任命。让一个姓柳的人去掌管柳州,作出这样安排的人,他心里一定产生了某种微妙的快感。我们不妨替他把潜藏心底的那句话说出来吧:这一回,要教你姓柳的死得其所。——这种"得其所哉"的念头,含有一种十分刻毒的捉弄人的意味。同时任命的由播州改任连州的刘禹锡,也暗示着一种与柳宗元相连的意味。

此刻,柳宗元心里的感受我们完全可以想见了。这是一种凉水浇醒梦中人的情境。这曾是一场持续了十年的梦。在永州,柳宗元始终沉浸在这样的梦里。那时候,他无论是作田家语还是学屈赋言,均不是本心,只是那无边大梦的一种曲意寄托。学陶谢、学庄骚,其用心全是为了向世人表明自己的存在,是用文学来"占时名"。然而在元和十年三月,柳宗元终于真真切切地感到,他这种刻意的自我存在的表现分明被漠视乃至遗忘了,这对一个向来致力于经世致用的中国文人来说,真是莫大的悲剧。如果说,永州那十年,柳宗元尚有余力去排遣这份悲剧的话,那么到了柳州时期,他所能够做的就只有承受这悲剧了。他既已被朝廷所遗忘,那么,他心灵剩下的唯一出路,就是对这遗忘本身的遗忘。于是,元和十年,柳宗元的精神世界里,渐渐开始了一种新的自我超越。在南下赴任的途中,他与刘禹锡在衡阳分手,两个人同病相怜地作了一番唱和。其中一首诗里,柳宗元写下了这样的诗句:"十年憔悴到秦京,谁料翻为岭外行。……今朝不用临河别,垂泪千行便濯缨。"最后一句,隐含了一种清白在己,无关世用的思想。他正渐渐从梦中醒来。

元和十年,王朝也多事,正月,吴元济反了;那边,李师道也在猖獗。六月,为宪宗所信任和倚重的武元衡居然在京城的"上班"路上为贼所刺。武元衡案惹得京城官员大为紧张。夫子气极重的白居易上书说:堂堂京城出这等事,丢脸呵! 于是也被宪宗皇帝贬斥了。这时的柳宗元,却已在南国的柳州城楼上,遥遥地观瞻着京城里的纷扰了。从正月到六月,柳宗元经历了人生的大喜与大悲。从通常意义上说,喜剧所铸就的,总是人的世俗智慧;只有悲剧,才能把人引向哲学智慧的高度。在永州,人生的初步悲剧,已经砺练了柳宗元的哲学上的智慧,今后,这种智慧更要与他的生命紧紧结合起来,化作一种无涯的诗意了。

二、诗人柳完元

柳州柳刺史,来自永州的柳司马。然而这两副面孔之间,却各自显得如此陌生。在永州的柳司马心底,世间的一切仿佛都可以凭心智去经营,他虽然官居低微,却有着一副在众生面前的高姿态。这样的高姿态,使得他内心充盈着无数高妙的议论,并且他又是这么一个不能已于言的人。他要对这世界发表他的议论,他还深信世界会倾听他的这些议论。于是,在永州,柳司马更多地选择了散文来表达自己。他热衷于骚、赋、论、辨、说、对、记、传这样一些文体的采用,作为散文家的色彩盖过了他作为一个诗人的色彩。柳司马那时候多么像是一个演员! 他心底深信许多观众在注视着他,于是他十分努力地把自己塑造成为心目中的那个角色,作出种种表情,将真实的自我掩藏起来。他用自己的身心演绎出屈原、陶、谢等人的表情来，让古人去诠释他的心迹。这种诠释是他所需要的。因为那时候，柳司马的内心深处还十分渴望着外界的理解与响应，也需要从传统中寻找到一种价值的自我确认。为了这，他甚至还卖弄一些玄虚让世人去猜解，时时显露出一种索寞自知、谁与心期、无话可说的高深状，仿佛多么了不得似的。其实这只是一种表演上的高明，并非他自身的高明。这使得永州的柳司马更多的是一个文人，其次才是一个并不纯粹的诗人。

然而，在柳州的岁月里，柳刺史的内心已然没有了议论，剩下的只是苍茫一片的感怀。那些论、辨、骚、赋、说、对之类的文体，忽然在他笔下绝迹了。人生的磨难既已把他推到了真正无话可说的境地，于是他也就无颜再扮出那种无话可说状的表演。在柳州，柳宗元只写了一些祭文墓铭、几篇记、几封书和一篇《童区寄传》等，此外就是做了30多首大多很有质量的诗。除了诗以外，那些散文篇章多半属于应酬之作。几乎可以这么说：在柳州，柳宗元真正发乎本心的创作，只有诗。这最后的诗情，使得柳宗元终于成为了一个比较纯粹的诗人。所以，如果说永州时期我们看到的是一个"文人柳宗元"的话，那么在柳州，我们所见到的，就是一个"诗人柳宗元"。

这种由文到诗的转变，正是本文的兴趣所在。

元和十年六月，柳宗元初到柳州时，在一首题为《登柳州城楼寄漳汀封连四州》的诗里，他传达了这样的心迹：

城上高楼接大荒，

海天愁思正茫茫。

惊风乱飐芙蓉水，

密雨斜侵薜荔墙。

岭树重遮千里目，

江流曲似九回肠。

共来百越文身地，

犹自音书滞一乡。

　　这是一首很典型的柳州时期的诗作。诗中的"惊风"、"密雨"对自拟的"芙蓉"、"薜荔"的侵袭，还带有一点怨天尤人的意思。但诗的整体情境却十分沉郁。苏东坡在贬谪时，曾经赏爱柳宗元诗（他对柳文颇微词，对柳诗却不然）。在评论柳诗时他曾这样说："发纤秾于简古，寄至味于澹泊。"这话放在永州时期，是十分中肯的，但放在柳州，就未必尽然。柳州时期的柳诗，正以不再简古淡泊为特殊面貌。这在柳宗元，不啻是一个超越——既是对自身情感的超越，又是对文化的超越。

　　让我们暂时回到永州吧。那时候，柳宗元乍然告别了政治上的事功，于是发心转向文章事功。他实际上成了后称"古文运动"的一大主帅。唐代古文运动，说到底绝不是一个单纯的文学运动，在很大程度上，它实际上是一场文化运动。这场运动的核心精神，是"明道""师古"，它开启于后者，便有了宋代理学思潮的勃兴。我们至今还可以从永州时期柳宗元的几封书信中，清晰地看到他在文章事功方面的这层立意。这些书信如《答韦中立论师道书》、《报袁君陈秀才避师名书》、《报崔黯秀才论为文书》等等。我不打算对其中的文字作详细的引述。从这些书信中，我们可以看到一个永州时期的、爱发议论的柳宗元。他一面标榜着"避师名"，一面又喋喋不休地大做诲人语，教人明道、师古的途径，俨然是一个老师。这种脾气，贯穿在他永州的十年里。所谓的"简古"，所谓的"淡泊"，其实都是他"师古"所得来的一种结果。这种态度，用之于文尚可，用之于诗，就免不掉一种致命的毛病，那就是：不自然。明代的胡应麟在这一点上曾经看出了破绽，他说："'千山鸟飞绝'二十字，骨力豪上，句格天成，然律与辋川诸作，便觉太闹。""便觉太闹"这四个字，真是道破了柳宗元永州诗的困处。那"闹"的原因，就是诗人太过刻意。这种刻意，说到底是以文人的态度在作诗，所以经营得过火了，一言以蔽之：凿痕太重。这实际上正是柳宗元自身的局限所造成的。以他永州时期的心态，也不可能逾越这种局限。

　　只有到了柳州，人生的浮沉荣辱使他恍然窥破了人世间的是是非非，他一下从社会家国的视野中跳出来，走进了个体人格的真实悲欢之中。这时候，他终于得以把文化的使命、政治的事功、家国的理想等种种担子，从积郁重重的心头渐渐卸却下来，成为一个比较自然的人。永州时期那"明道"的大任，他已经无心再肩负。既然没有了这理念上的负担，情感的取向便不再系怀于政治上的得失（这实际上来自诗人对政治的绝望），而是转向了对人的处境的抒发。这在柳宗元，是一个根本性的转变。这种转变从他作于元和十四年春的《答杜温夫书》里，我们可以看到一种很独特的表现。这封书信语言上含有一种明显的尖刻。然而正因了这尖刻，它才是一封真正本色、率性的书信，没有丝毫一本正经的拉架子作派头的道学气。作者显然已经真正的以凡人自任了，所以他不愿作"周、孔"。这种态度比之于柳宗元早年那种每以伊、周、管、葛相推许的旧事来，是很奇妙的对照。有趣的是，在这封书信里，柳宗元又表达了一种迥异乎前的文学态度。这是很值得重视的。他说："吾虽少为文，不能自雕凿。引笔行墨，快意累累，意尽便止，亦何所师法？"——这里不再有"文者以明道"、"未尝敢以轻心掉之"那样的郑重其事，不再有"文以行为本，在先诚其中"、"其归在不出孔子"那样的师古训诫。《复杜温夫书》中的这种态度，是理解柳宗元柳州时期诗歌创作的一个门径，也是对他永州时期的一种超越。这种超越，也许破灭了一种理想，但却完成了一个诗人。有意思的是，从上面所引的那段话里，我们几乎看到了一种与后来公安派文学主张相类似的态度。这意味着一种精神上的解放。一个人，在他原来所执著于斯的那种生涯陷入绝境的时候，他反而看开了。于是他就能够从原有的坚持中超越出来，进入崭新的状态。这种状态，我们说，是更加感性的状态，也正是最接近于诗的一种状态。由此我们才得以看到柳宗元在他生命的最后阶段所焕发出来的那最后的诗情。

三、最后的诗情

柳州时期，柳宗元的诗歌创作更多地转向了七言。七言诗无论如何都是一种更为丰腴的诗歌形式。尤其是七律,它那种完美无瑕的内在格局,让人想起似乎只有在考试制度严格的磨砺之下,这种文学形式才能够如此精密地形成。困难在于,一方面既要有精密的形式,另一方面又要让诗人在这形式中获得尽可能大地发挥余地。这个矛盾就使得七言律诗成了一种最适合用来抒情的形式。因为抒情的跳跃性正好被那形式的精密性所整合,于是形式反而增强了情感跳跃的可能。的确,七言律诗是最不适用于叙事的一种诗体。

在柳州,柳宗元更乐于采用七言来表达自己,其中七律与七绝占了二十首以上,是他柳州时期诗歌总数的三分之二。这是迥别于永州诗的。五言诗在这个时期突然减少了。应该说,柳宗元"师古"最成功的诗作(这可以使人联想到韩愈),正是他的五言诗。在柳州,他忽然舍弃了这份功业,这本身就是一种新境界的开拓。同时也表明,他正从永州时期的政治情感、文化情感中走出来,进入现实情感。因为他这时候必须面对自己的悲剧命运,不再有梦可做了。

这最后的诗情是如此悲凉。他再也不去刻意地淡泊和简古,而是转而化作了郁结。柳宗元的柳州诗,最集中的风格就是这种郁结,而不是所谓"淡泊"、"简古"、"幽峭"、"冷峭",或别的什么。这郁结的背后,藏着诗人对人生的一种大迷茫。他开始深刻地感受到了生命的无归——"荣贱俱为累,相期在故乡"——于是他又更加频繁地抒发思乡之情。故乡是他无归心灵的最后的归所,因此可以说是一个抽象的归所,是心灵别无出路之余的唯一退路。

思乡是无归情感的一种代码。这种无归,还使得他再也不能与自然和谐地相处。于是自然也就时时刻刻提醒他、刺痛他,——你是个陌生人! 柳州的山水使他颇难以亲近。我们几乎无法判断究竟是柳宗元心里排斥这处山水,还是这处山水在排斥柳宗元。这种状态使我们想起永州的愚溪,真是奇妙的反差。愚溪是柳宗元硬要去拥抱、去感染的一处山水;而柳州则是柳宗元刻意去疏远、去陌生的地方。尽管他在柳州种了一些树,挖了几口井,施行了一些仁政和教化工作,但他始终不喜欢这个地方。——这是一种十分尴尬的处境:故乡回不去,壮志不得行,君王不见信。他所剩下的还有什么呢? 只有一腔郁结之气所化生而成的诗情罢了。这诗情化作文字,于是有了"一身去国六千里,万死投荒十二年"这样的感慨,有了"岭树重遮千里目"、"欲采苹花不自由"那样的迷茫。我们细细品察柳宗元诗,可以看出柳州时期他的内心深处始终笼罩着一层重重的迷茫。——"荒山秋日午,独上意悠悠","宦情羁思共凄凄,春半如秋意转迷","城上高楼接大荒,海天愁思正茫茫"——这是一种无法表白的情愫。这样的迷茫,是永州时期所没有的。

人生的迷茫,是因为发问太多的缘故。屈原《天问》,是千古迷茫之宗。在永州,柳宗元自认对宇宙人生有着高明的解释,所以一口气答屈原《天问》而作了《天对》,并有《天说》、《封建论》那样的文章铭世,主张何等明确! 当命运把他推向了柳州,这一切都成了泡影,人生的悬疑又浮现出来。他的困惑在于,他无法理解自身的悲剧。从他贬谪永州那天起,他就一直试图理解这悲剧,然而永州的十年多时间里,他只将这理解变作了怨天尤人。然而这怨天尤人的结果,只是元和十年春季的那么一场乐极生悲。在柳州,他依然试图理解这悲剧。这一回,他基本上不再怨天尤人,但还是无从理解这悲剧的症结所在。他无法认识自身的局限,却把一生的荣辱押在了宪宗皇帝这个宝上。可是窜谪柳州的经历,到底还是对他的心灵发生了些作用。那场乐极生悲的经历,终于使他多少清醒了一些,他隐约感到皇帝是靠不住的。这种感觉他并不愿意承认,因为一旦彻底承认了这一点,他就再也没有别的可依靠了。尽管如此,情感的世界却容不得半点的自欺欺人,——这结果,就是他最后的诗情里所时时渗透出来的那份迷茫。

这已经是一种超越。柳宗元的价值或许在于,传统中国文人内心深处的一切旧梦,他几乎都做了一遍,但最终又都被一一勘破了。在没有梦的人生里,他渐渐地将会找到自己,进而发展出一种独立的人格来。当然柳宗元并没有完成这一步,但他确已走到了这人格的边缘。至少,在他的文学观念里发生了一些小小的革命,他也开始认识到应该按照自己的意志去进行创作,不必尽作古人的传声筒。他开始认认真真地为柳州的老百姓做一些实事,以伸张自己的一点理想。尽管这一切并不纯粹,也并非基于一种深刻的自觉,但已经十分难得。他同时代的人中,韩愈也罢,刘禹锡也罢,都没有能达到这一步。

这最后的诗情,寻常看去,一片迷离,有什么可以寻求的呢?——让我们静静地观赏吧!真正的好戏,必须在十遍、百遍的观赏中,才能够有所领会。

关于《宜州家乘》的几个问题

前两天偶尔看了回《宜州家乘》,觉得有些意思以前没整明白。今天周末又翻来看了看,把自己看得有点学术起来,便找了《山谷集》、《山谷年谱》、《续通鉴》和些医书啥的参读,随手记下几个问题,算是装回逼……

一、两个时间问题

《宜州家乘》亦作《乙酉家乘》。山谷乙酉年生,乙酉年死,得寿适满一甲子。如果我是他,干脆自号"黄乙酉"算了,叫什么山谷、涪翁啥的,多难听。《家乘》所记,即山谷平生的第二个乙酉年事。山谷崇宁三年五月抵宜州,至四年正月始作《家乘》。对于此种缘起,一般论者多以山谷长兄(以族兄弟序则为七兄)黄元明赴宜探视,致山谷情绪转好为判。此固为一情由,但亦不可不考虑崇宁四年对元祐党人的迫害渐趋弛缓这一大背景。崇宁二年是元祐党人受迫害最为严酷的一年——三月,诏"党人亲子弟毋得擅到阙下"（也就是不得随便进京上访的意思，很像今天），"其应缘趋附党人罢任"；四月，诏毁三苏及苏门四学士文集；九月，诏"宗室不得与元祐奸党子孙及有服亲为婚姻"，并首立元祐党人碑；十一月，诏"以元祐学术政事聚徒传授者，委监司举察，必罚无赦"；十二月，诏"臣僚姓名有与奸党同者，并令改名"（这条是够神经的，比今天黑暗）……如此连连追迫，至崇宁三年五月，黄山谷终于贬抵宜州，一个月后，朝廷将元祐党籍姓名"颁之州县，令皆刻石"，至此，今天所见到的通行的元祐党籍碑遂遍竖全国（桂林还存有一块）。由此可以想见当时的政治紧张气氛。

　　然而仔细揣摩一下历史记录就会明白，至全国范围刻立"元祐党籍碑"，实际上也意味着元祐党案的终结。此事已经让皇上烦心不已，希望就此了结，所以在刻碑诏书中有一句"自今不得复弹奏"——这话的潜台词很丰富，相当于说：这事儿从今天起不要再纠缠了。当然，政治高压的氛围在基层还要持续一阵子，但是在上头，实际已经开始松动了。这种松动到了崇宁三年冬，即便在基层应该也变得普遍可感。也只有在这种环境下，才可能有黄元明的宜州之行。倘若没有政治上的松动，黄元明作为萍乡知县千里迢迢跑去探望他的元祐党人弟弟，岂不有"趋附党人"之嫌吗？这要在崇宁二年，他的官怕是立刻就丢了，更别说宜州官员还胆敢对他蜂拥谒见……所以，黄元明赴宜州跟元祐党籍案的政治松动是紧紧连在一起的，无法割裂开来谈。而这种松动，也正是黄山谷作《宜州家乘》的真实背景。后来的事实也证明，到了崇宁四年九月——也就是黄山谷辞世的那个月——元祐党人即得

181

到了皇上的赦免。这是第一个时间问题。

第二个时间问题是关于《宜州家乘》六月无记的问题。我看过不少论者都认为，《家乘》内容在五月二十日到五月二十四日以及整个六月都无记录——可能是未记，也可能是佚失。实际上六月是有记的，应该是五月十九日之后到六月二十五日之前这部分连续时段的内容都佚失了。现存二十五日到三十日那几天的内容，应该是六月的，不是五月的。这从干支纪时的序列关系上其实很容易推导出来。先看二十五日到三十日那几天的干支，分别是庚寅、辛卯、壬辰、癸巳、甲午、乙未，显然是连续的。"乙未"的后一日，依序当为"丙申"，而《家乘》的七月初一这天也正是"丙申"。因此，这六天全都是降雨记载的内容应该是记于六月末，不是五月。那天看《临桂县志》，见"崇宁四年夏六月，大水，平地水深一丈"这样的记载，时间正好也在《宜州家乘》内容多佚的六月。这场水灾会不会也波及到宜州呢？有可能的。——桂林北靠越城岭，宜州北靠九万大山，纬度相差也不大。夏天大面积的暖湿气流到来，在这种地方最容易造成强降雨。降水过量，乃成洪涝。此事未查《宜州志》、《庆远志》，待考，但从《家乘》的记载看，崇宁四年六月的宜州，确是降了不少雨的——至少在这点上，我们可以看到某种气象上的吻合。

二、山谷的病

《家乘》二月二十日记："日苦心悸"，论者多据此断定山谷患有心脏病。这揣测显然依据不足。山谷笃佛，日常多茹素，患现代意义上的心脏病风险是不大的。而从《家乘》所载丸药看，山谷常服者为平气丸、顺气丸、定志丸之类，皆以健脾理气安神为主。平气丸、顺气丸在《圣济总录》中皆有载，而这部医书的编成，距山谷死后不足十年，应该是当时流行的常方。不妨分别看看："平气丸"主脾积痞气，心胸痛闷，组方如下：槟榔1枚（锉），乌梅1两，京三棱（炮）半两，青橘皮（去白，焙）1两，缩砂（去皮）半两，巴豆（去皮心，别研）2钱，胡椒半两。证中的心胸痛闷应该是中焦气结导致心阳不足造成的，所以其方重在导气下气，而非温阳补气。"顺气丸"则主理气通便，组方如下：木香2两，青橘皮（汤浸去白，焙）1两，人参1两，赤茯苓（去黑皮）1两，大戟（用河水煮，去皮，焙）1两，郁李仁半两，麻仁半两（与大戟、郁李仁同别捣细，入药内），甘遂（麸炒微烟生，覆于地上候冷，出火毒）1两，大黄（锉，炒）2两，诃黎勒皮半两。另在卷八十中还有一剂同名方，主治水气。——我总觉得山谷晚年可能身体时有浮肿，是脾湿的一种表现，所以方中多用青橘皮、茯苓、大戟、甘遂这类利水药物，而《家乘》所载山谷用药也多重健脾理气。"定志丸"在宋初的《太平圣惠方》中有载，主要功能也是益气利湿的。所以我估计，山谷的病主要是脾湿气虚，证在中焦，而非上焦，更不宜径断为心脏病。至于"心悸"，应该是脾失运化导致的气虚造成的。

《家乘》倒是有一则略可佐证这种判断，是四月十五日所记文字，云"予病暴下，不能兴"。——"不能兴"就是起不来床的意思。那么"暴下"是什么呢？这概念在女子即为"血崩"，在男子应该是指痔疮发作沥血不止。北宋这两位大文豪——苏东坡和黄山谷，都患痔疮，都有"暴下"的毛病，记得在东坡年谱中见到过东坡病暴下的记载，怪误事的。黄山谷谪黔州时，苏东坡给他写信说："数日来苦痔病，百药不疗，遂断肉菜五味，日食淡面两碗，胡麻、茯苓数杯，其戒又严于鲁直。"——这是两个人在交流控制痔疮的心得体会呢。以中医的观点，痔疮多是湿热内积造成的。脾不喜湿，湿重则伤脾，脾虚则湿滞……其证还是与中焦有关。所以山谷之疾，根源应该在中焦，若以"六淫"辨证，则伤在于湿。湿加上热，脏腑必备受煎熬，危及生命。从这个观点出发，《宜州家乘》反映出来的山谷多不喜雨这种情绪，也就可以理解了。——上述这番中医分析，就是个瞎分析，我自己也吃不准，写出来，是希望得到中医方家的指正。

三、关于弈棋

《宜州家乘》所记，山谷崇宁四年三月之前多与人弈棋，棋友有区叔时、袁安国等人。这一现象殊可玩味。因为这件事情对山谷来说，有一种自食其言的性质。这得翻翻旧账，回到绍圣四年（1097），山谷第一次被贬并谪居黔州的时候，他是立过誓言从此以后不再弈棋的。《山谷别集》之《书博弈论后》云："涪翁放逐黔中，既无所用心，颇喜弈棋。绍圣四年八月丁未，偶开韦昭《博弈论》，读之喟然，以为真无益于事，诚陶桓公所谓牧猪奴戏耳，因自誓不复弈棋：自今日以来，不信斯言，有如黔江云。"可谓信誓旦旦。仅仅过了七八年，怎么就违心背誓了呢？——显然，到了崇宁四年，山谷的内心对仕途已经彻底绝望了，不复有事功想。古之士人重事功，既耽于弈棋，必于事功无益，故山谷言"无益于事"（此"事"即"事功"之"事"），乃誓戒之。及谪宜州，盖知生涯已无事可为矣，遑论"有益""无益"？故破罐破摔，复又弈棋。参证其词，崇宁三年《虞美人》云"去国十年老尽少年心"，已示心死；崇宁四年做《南乡子》词，有"万事尽随风雨去"一语，堪称道破此中心迹。——"万事尽去"何谓？谓"无事"也。故山谷由黔至宜心态变化，即由"益于事"而至于"无事"之变化，此一语蔽矣。

四、范寥来后

前述《家乘》记三月前多弈棋。三月之后，即不见载弈棋之事。是否三月之后棋友故散，无人与弈了呢？也不是，至少在七月二日这天的日记中我们还能发现"袁安国送梨亦可啖"，十三日也有"区君（可能就是区叔时）送梨及蕉子"这样的记载。可见，棋友是在的，只是山谷心不在焉了。

检《家乘》三月，十五日范寥来；一个月后即"病暴下"；又一月后，"李元朴置酒郭全甫之东轩"……此后日记有三十五天内容中断，期间应该喝了不少酒。至七月，一个月中记饮酒凡十次，可谓三天两头聚饮。八月，党明远死，消停了几天，之后又记有人两次送八桂酒，多的一次达"十二壶"。——可以这么说，范寥来后，黄山谷饮酒的频率是越来越密集了。范寥（即范信中）是游浪子，说他任侠也行,说他任诞也不为过。关于此人,自古及今很多人都谈论过,这里就不赘述了,但有一点是可以肯定的,那就是:范寥的到来,使黄山谷的生活方式发生了不少改变。我想说的是,这种生活方式的变化,虽然使黄山谷的心情得到了某种释放,但对山谷的健康来说,肯定是不利的。所以我前两天的博文说,范寥到宜州后,带着黄山谷瞎玩,终于把山谷玩死了。你说乐极生悲不生悲?

关于中医与科学的思考

《思考中医》这部书是悄悄热起来的。那时书出之后，没有什么大的宣传造势，我也因为忙于别的事情，到处出差，连原先心里计划好的想针对这本书去做的一些话题，也没有能够做。但是，市场传来的消息却出奇的好，一版半个月就脱销了，然后连着是二版、三版……后来凤凰卫视的梁冬看了这书，在他的节目里做了一期介绍，这书也就更多的为人所知了。

近来得到一个消息，说梁冬忽然辞职，拜邓铁涛老先生学中医去了，并说此事跟他读《思考中医》受到的触动有关。这事儿我想了好一阵，觉得怪有意思的。我把这消息告诉给另一个朋友，问他有什么感觉，他信口说道："觉得是传统文化的感召力……"这答案，在文化人听来自然是很文化的。但在这"文化"泛滥的年头，它不免也显得十分空洞。因为据我所见，近二十年来，文化界有两个始终时髦的后缀词，一个是"文化"，另一个是"美"。简直弄到了在任何一个名词或者是形容词后面加上这么个"后缀"，就可以创出一个新兴概念甚至是新兴学科的地步。所以"文化"似乎只是在事实中才是坚硬的，一旦进入语言，就变得十分空洞。

但梁冬辞职这件事，看上去似乎还真跟传统文化有关。他甚至让我感到了一点殉道的感觉。

我们的传统文化在今天这个时代的处境其实是蛮可怜的。就说中医吧，解放后，好像给它的地位挺高，又是"中西医结合"啦，又是"中医药现代化"啦，似乎是跟西医、现代化平起平坐。但背地里使了一招黑手，把中医的魂拿掉了。拿掉了魂之后，再给它一个名分，好像是当家作主的样子，其实呢，不过把中医当成一件玩偶罢了。所以我当初刚联系到《思考中医》的时候，刘力红寄了第一章来，我仔细看了，看得有点感动。后来见到刘力红，我第一句话跟他说的是："你心里是有气的。"他当时笑而不言。我说的"气"是什么意思呢？首先是气愤的气，然后才是志气的气。后来我又接触过两三个中医人士，都感觉到他们身上有这种"气"，可见不是个别现象。我把这叫做"传统的愤怒"。

我们的传统在今天是愤怒着的。而且，它也有愤怒的理由。

前阵子见到吕嘉戈，他是老中医吕炳奎的儿子，现在也在搞中医。他谈了很多吕老先生生前的事，多是一些为中医的命运抗争的事。吕嘉戈认为，要复兴中医，首先要复兴中国文化。他也正以此为职志。但我总是觉得那前景很渺茫。中医的被打压和被损害，不仅来自观念，也来自制度。这就很可叹了。因为有些传统行业是已经失去了竞争力的行业，比如昆曲、京剧，所以说它们是国宝、是国粹，要保护和大力普及它，这没什么话可说。但"保护"的潜台词是什么意思呢？大家想过没有？我想了很久，后来想明白了，——所谓"保护"，其实就是把被保护者化石化。所以，说要普及、推广京剧这话，其实是很可笑的。因为它在现代生活中确实已经没有竞争力。何况只要是"宝"，也很难推广，比如说熊猫，它是国宝，没错，但你假如来个推广，让八亿农民家家猪圈里都养上几头大熊猫，那它还是宝吗？还要你去保护吗？但是中医不一样，它是在今天的生活中仍然具有竞争力的一个传统行业，可你偏不让它去自由发展，一下要拿这个去"结合"它，一下又要拿那个去"化"它，横竖就是不让它做它自己。这也就怪不得传统会满怀愤怒了。

《思考中医》出来后，我比较注意中医的话题。我看见网络上很多关于中医的讨论，看了半天，发现在中医问题上的两种观念的冲突，其实是"科学文明"和"传统文化"的冲突。否定中医的一个最大的理由，就是认为：中医不科学（或者说中医不是科学）。而对中医如何不科学，则只有些简单的论证，或者干脆不论证。这是很可怕的。我不是一个反科学人士，但我确实感受到，"科学"在当代生活中的确具有某种霸权性。谁给了某些人无需论证地去否定一件事实的权力呢？好像就是所谓的"科学"。我说它是"所谓的科学"，意思是他那个心态里藏着一种莫大的迷信——对"科学"的迷信。这种心态其实很不好，在它孔武有力的面孔背后其实很卑微，它把科学绝对化了。

其实，是不是绝对意义上的所谓"科学"有什么关系呢？如果我是中医界的人士，我就干脆承认：是的，中医就是中医，它不是科学，但它有用。——我看，对于实际生活来说，"有用"比什么都重要,名分反而是很虚的。就像你跟一个古代的人,各各拿了一把尺子去量一块布。他说那块布有一丈,而你量出的却只有七尺……谁对谁错呢？实际上,这里面没有是非问题,只有尺子的问题。但我们今天的问题可能更严重,这种严重性在于:我们自己手里没有尺子。这种手里没有尺子的情况到处都存在。西方的先哲,那个叫黑格尔的人不是说嘛,中国古代没有真正意义上的哲学。这话让不少国人很生气,但回到书房里翻了一遍古书,在那"没有哲学"的指控面前又实在理直气壮不起来,结果一面肚子里生着闷气,一面偷偷摸摸地去古书里抠出一堆勉强能够称为"哲学"的字句,隆重的端将出来,说:"喏,这不是哲学吗？"可是,尽管嘴里硬,心里毕竟还是虚,所以把"哲学史"三个字,改成了"思想史"。这本质上还是在别人那名叫"哲学"的一袭长袍跟前的捉襟见肘。西哲强调的是"真理",也就是逻辑的终极确定性,因为这是他的哲学中的神。所以他看中国文化时,就看出了你没有本体论,或者是把本体搁置了起来。站在他的立场看,这是有他的道理的。老子说"道可道,非常道",劈头盖脸就表了一个态:本体问题不用去谈它。——不是这样吗？但我们如果把这话换一种表述:终极确定性是不可能的。那么,问题是不是就会变得明晰一点了？

科学是从哪里来的？稍微辨析一下你就会发现,科学其实是从神学来的。在中世纪欧洲人们的心目中,"自然"其实是上帝给出的一个巨大谜面,它的谜底里,蕴含着创造的秘密(在当时,"创造"这个词是有一个神学创世论的背景的)。也正因为如此,圣灵的信仰、泛神的信仰才可能被理解为一种更纯粹的神学态度,进而从教会神学的霸权中突破出来。第一批科学先驱们,他们正是为了揭开神的谜底才找到科学的。所以早期的科学多含有一种神学精神。欧洲漫长的中世纪,持续了千年,它的遗产其实至今犹存。这个遗产倒不是对神的膜拜本身,而是一种目的论的宇宙观。这个东西,很好,也很坏。好的方面是它始终能够建立起一种精神的超越性,或者说,是拥有一种深刻的彼岸关怀;坏的方面,则是它在一定程度上会影响思维和观察的开放性,进而,可能就会以技术的形态而妨碍自由价值的履行。所以,科学也是双刃剑,对科学我们一方面要怀有一种价值认取,另一方面也要怀有一种认识防范。欧洲近现代文明其实始终有一句心照不宣的话没有坦率的说出来,这句话就是:理性即神性。人类觉得"理性"本身就是被自己所驾驭了的"神性",由此才会形成自己就是自然的主人这样一种想象。因此我们常常会在拥有技术的时候自大起来。其实,当我们把技术视为控制世界的手段时,也许犯错的正是我们自己。技术实际上从来就不是捆绑"自然"的枷锁,它只是一个通道,是人与自然联接的一种方式。但人类对待技术的这种错觉是怎么来的呢?恐怕还是从对科学的态度中来的。科学深处那种"理性即神性"的观念,很容易使科学本身成为一种迷信。

也许,就是这种科学迷信在剜割着中医,使它生不得死不得。

我看到过一种很极端的观点,说中医就是伪科学。这个论点里面,除了科学霸权的心态之外,其实还有一种很有趣的心态,那就是他把科学等同于"真",进而只有一种唯一的判断,就是真假判断。真假判断又衍伸为是非判断。

我认为,实际上的判断有两种,一种是真假判断,一种是结构性的判断。结构性的判断只确定问题在结构关系中的位置,而不确定它的真假。其实,一切判断都牵涉到一个主客观的构成。人不可能对世界进行纯客观描述,知识本身也不例外。这就是真理的相对性吧。但在人对宇宙理解的可能性上,我觉得这里面似乎有一个必要条件,或者说是一种先天条件,那就是:人自身就是自然的一部分。所以人的主观描述本身始终有一个存在论的基础,这个基础就是"此在性"。此在也是一种在者。我把这视为一种基础。作为理解的"可能性"的基础,其实康德早就谈过,他认为那是时间和空间。我觉得康德最高明的地方就是他始终把世界看成是"形式",而不是定在。人类的知识说到底永远只是形式,是人与世界联接的本质形式,而不是纯世界本身。中国古人喜欢讲天人合一,也是说的一种形式。这话固然很高深,但它其实是一句废话,它既是"真"的,也是"假"的,因为它没有说明任何东西。在庄子那里,人是"倮虫",这才跟"天"合了一。说明什么呢? 说明人是自然的一部分。而这,其实是一个不存在问题的问题。

拿科学来打压中医,用管理技术的办法来管理中医,这行为背后,都包含着某种野蛮性。

在今天,站在科学的对面替中医辩护,其实并不意味着就是要反科学。我甚至悲哀的觉得,这都不是一种对中医的内在价值的辩护,而是一种对中医权力的辩护。我曾经在牟宗三的一篇文章中看到过这样一段话:"当年甘地领导印度人向英国争取独立自由的非暴力方式获得举世赞美。一位基督教传教士告诉他:'你这种革命方式完全符合我们基督的精神。你为什么不信仰我们基督教呢?'甘地的回答很简单:'我既生为一个印度人便应当信仰我们的印度教;既然我可以根据我们印度教的信仰决定我这种合乎你们基督的精神的革命方式,那我又何必改信你们的基督教呢?'这才叫做真正的民族精神。这才叫做真正的文化智能。虽然只几句平常的话,却是从他真生命中发出来的。他完全不属于任何外在而毫无意义的假借与攀附;他只紧抓着他作为一个印度人的'应当',以他自己民族文化的精神与智能肯定他的人格与事业,并以他个人的人格与事业肯定他自己民族文化的精神与智能。"——什么是"民族文化的智能"?我觉得,这一点在今天显得十分重要。

中医是中国文化的产物,它的判断方式,在我看来是立足于结构性之上的。结构性潜藏着无限的可能,所以它又是指向于"可能性"的。中医没有一剂可以永远吃下去的药,药方必须随时斟酌增减。《思考中医》里面有一句令我十分欣赏的话:"开方就是开时间。"这话实在很妙!佛教不是讲"见机说法"吗,说的其实是一样的道理。于是,确定性也许很容易陷入"法执著",或者叫做"法障",而可能性呢,在我看来它反而是更开放、更有机的。在中国古代,"自然"这样一个观念是很有意思的,它不是现在所谓的"环境",也不是理性层面的所谓规律。"自然"在中国古人那里,实际上表述的是一种纯粹的蒙昧精神,完全没有物化的痕迹。所谓"自然",所谓"太极",所谓"道"……这样一些范畴,是不能够论证也无须论证的。我们也可以把这种精神称之为对本体的搁置。我认为,搁置并非否定,不是不关怀,也不是忽视它,而是把它供起来。这种搁置只是存在论的一种特殊态度,并没有一个是非问题。蒙昧这个词被贬义化,是近代以后的事情。贬义化完成之后,蒙昧被赋予了某种人格色彩,进而成为了愚昧的同义词。近现代中国的启蒙运动,实际上都是人格化的实践,有很浓重的历史主义色彩,它失落的是本体关怀这样一个本质。把自然化的蒙昧精神变成一种人格化的愚昧态度,这在精神上是存在着堕落性的,至少是自我矮化了。

蒙昧精神的本质是什么呢? 我觉得这在我们今天很有反思的价值。在我看来,蒙昧精神是古典时期的人与世界建立的一种信任关系。蒙昧精神的反面,是智巧,道家所谓"绝圣弃智"就是对反自然行经的批判。而这个批判的反面,它的肯定性的一面是什么呢? ——并不是"愚昧",而是回归体验本身。

如果我们承认,还不能把医学等同于物理学的话,那么"体验"在医学中是否应该有它应有的位置呢? 这个问题,我无法回答。

奥古斯丁

中秋下了三天雨,也就看了三天书。我一直没有能够很好地了解一下奥古斯丁那种感觉和论证方式,这三天就了解了一下。早年喜欢读西方哲学,自以为懂了不少,后来一旦束书不观,就发现啥也不懂。原因其实很简单:你不了解基督教神学,就永远也不可能理解西方哲学的发问背景和潜在话题。而一旦你对神学有所涉猎,再回过头来看哲学,便会顿时发觉很多问题一下就变得清晰多了。奥古斯丁属于一个能让问题变得清晰的枢纽性人物。这个非洲人实际上指引了欧洲一千年以上的思维路径,后来的加尔文、笛卡尔乃至马克思身上,都可以看见他的影子。可以说,加尔文的预定论,笛卡尔"我思故我在",马克思的阶级斗争都没有跳出奥古斯丁那种思维方法。

这回看的是奥古斯丁的《上帝之城》,不是细看,是跳着看。以往我只是看过一些介绍性的文字,很容易把上帝之城和地上的城理解为彼岸与此岸的关系,或是某种时间性的两端,二者或许能够缔结某种连接,这连接就构成了一个线性的历史,——这种内在的思维复述其实是很拙劣的,太技术性了。遗憾的是,几乎所有的人都很容易堕入技术性的思维套路里头去,因为技术性的思维传递是最简便的。然而思想并不如此简便,因为思想从来就不是能够为纯然的理性或逻辑所置换的。简单迷信理性和逻辑的人,只能成为哲学教授,不可能真正成为一个思想者。奥古斯丁有一种极其深刻的体验,他对这种体验做了这样的归纳:上帝在我里面,我在我的外面。——真正能够具有这样的精神体验的人,即便在今天的 21 世纪也为数不多。谁说西方文化里面没有内省(或是我们常说的所谓"内观")呢?你去看看俄利根,或看看依纳爵的《神操》,从头到尾是一套多么细致的内观训练的程序。这里面存在着另一种人观,如果说文艺复兴的人观只是人性的一种道德暴动,那么,以奥古斯丁为代表的早期天主教的人观,则更接近于人性的一种内在冥想。究竟哪一种人观更人性?这其实是不易说清楚的,因为人性本身就不存在一个能够说清楚的理论。我们今天所坚信的那个"人性"其实是带有极大迷信成分的,正如我们今天的所谓文明心态实际上都含有对古代的极大偏见一样。这种偏见究竟含有多大程度的真理成分其实谁也说不清楚,但几乎所有的人对自己的偏见都异乎寻常的确定无疑。支撑这种"确定无疑"的,与其说是一种判断,不如说是一种傲慢——技术化生存的傲慢。

因此我常常对"蒙昧"的蒙昧性产生怀疑。这里没有结论,但至少可以得出一个问题:奥古斯丁的人观与后工业时代的人观哪一者更接近自由?——这个问题其实可以成为思考的前提。在这个意义上，奥古斯丁的历史观实际上是建立在他的人观之上的。因为上帝之城和属地之城本无所谓实在与否，它只是在属灵的人和属欲的人这种界定之下才得以界定，"城"只是人所做的不同的工。我们可以把奥古斯丁关于这两类人的界定引申到马克思对于两个阶级的界定上去，它们是异曲同工的。在奥古斯丁那里，自由就是人性的本质。这个本质是上帝放置进来的——也就是所谓"天赋"的。如果不仅仅从信仰出发，我们大可以这样去理解：奥古斯丁之所以要借用上帝之手来放置这个人性本质，是为了把人性与永恒沟通。我情愿把上帝看成"永恒"的一个代码，——人的理性走到无法言说的地方，那个地方就是上帝。我们今天的文化蔑视永恒，其实并没有卸载掉永恒问题，而只是将它搁置起来。这种搁置的内心动力不是智慧，只是轻狂。

奥古斯丁对属灵的人有过很好的描述。他说这类人在地上没有家园，他们只是过客或浪子，他们只有在凝聚起来的时候才找到他们的家。——这很可能就是很多人将天主教会解释为"上帝之城"的一个原因。但是从奥古斯丁的叙述看，教会肯定不是属灵者之家，因此也肯定不是上帝之城。我们或许可以套用佛教的一句话来复述奥古斯丁的意思：即心即城。除此之外很难说得清楚。奥古斯丁在描述属灵者的状态时，始终都不是空间性的。甚至可以说，他对空间本身就怀有一种天生的怀疑主义立场。在我看来，这也正是内在性的本质。他正是一个极其内在的人。

读经

　　周末那天我在看《旧约圣经》中的那个《但以理书》，看到巴比伦倾倒之后，累了，所以就眯了一小会儿。这个时间不长，到即将醒来的时候我做了一个梦，梦见一群人推推搡搡地要奔向一个什么地方，忽然有人叫我——我看过去，是一个高个子的陌生人，表情凝重，眼神里流出启示之光，似乎想告诉我什么。这时人群还在推搡，他无法到我近前来。后来他大叫一声"这个给你"，并隔着三四个人向我递过来一册书本样的东西。其实我已经处在即将清醒的状态，我知道自己是在做梦，也知道即便接过来那东西其实也是虚空，所以就犹豫了一下。但是那人的眼神告诉我，我必须接下那份东西，于是我伸出手去，接住了那个东西，与此同时，身子从床上坐了起来，就彻底醒了。

　　我坐在床上想了好一阵那本书的形状细节，记起它封面的某些斑驳和厚薄程度，然后就越来越不清晰了。我遗憾这梦不能再延续一会儿，好让我打开那书看看里面究竟写了些什么。接下来的整个晚上，我都在想，那里面究竟有什么启示呢？我不知道。

于是我继续阅读"但以理书"。下面，轮到但以理做梦了。天空四风陡起，刮在大海之上，四兽从海中来，有口说夸大的话……然后神对但以理说了一堆关于末世的预言。预言必须封藏起来，直到末时。再然后呢——我们就来到了末时。

"但以理书"和"启示录"是我喜欢看的《圣经》的两个章节。"但以理"的启示贯穿在三个梦里。巴比伦王的两个梦是静态的，但以理的一个梦是动态的。王的第一个梦中，巨像足趾是半铁半泥，就像我们今天遍及大地的钢筋水泥楼群，那貌似强大的骨子里究竟蕴含着怎样的危机？我以前写过一个恨不得用水泥把大地糊起来的校长，其实我对他没有恶意，我只是讨厌水泥。但在今天，迷信水泥的人很多很多。过去南宁市有一条臭水沟，叫朝阳沟，那个市长并不考虑如何清淤治污，恢复水沟的自然状态，而是浇铸了一大堆水泥，把整条朝阳沟盖了起来。——"盖起来"其实是一件很有气概的事情。比如说，如果邕江也严重污染了，同样可以考虑用水泥把它盖起来，那得成为一片多大的广场啊！或者把漓江也盖起来，开车在上面高速穿越，顺便看看两边的山，多省事！

那天我跟我侄儿在乡下走，累了，就找个地方坐下来，坐了很久，他问我：什么时候走呀？我说：急什么，反正有的是时间。但是，据预言家们说，时间已经不多了。"启示录"有一节，叫"巴比伦倾倒"——我第一次看见这标题时，愣了好长一段时间。这句话如此干净，又如此牛逼，文人们已经写不出这样的话了，因为他们都变得太过装饰。像女人总要涂脂抹粉一样，文人们总喜欢让词与词之间永远处于一种打情骂俏的状态中。这就是盛世。——只是但以理说：盛世的时间也不多了。一只手在墙上写下字迹，然后巴比伦就轰然倾倒。倾倒得如此简洁，连故事都来不及发生。我喜欢这样的历史感觉，一点都不拖泥带水，多干脆！

自末世"国学"大昌以来，高人们都倡导读经，仿佛忽然有了家教似的。其实他们骨子里都还只是蛮横，没什么家教。——读经，不仅要读"五经"，读佛经，也要读《圣经》。否则，中国视野会渐渐变成一种自我凝视的一厢情愿，其宿命只能是意淫了。

想念书

一

　　近来对职场之事颇感无趣。人心怪了,事也就显得无多大意义,因为它总是要走向另外的方向。今晚胡乱热闹了一番回来,通了两个嬉皮笑脸的电话,然后便开始抽象地想念一本书。其实我这两三年基本不买书了,偶尔检一检旧书来看,也只是看它个旧,浑无创发之想。有时候也觉得,像我这样一个靠做书糊口的人,自己却不买书,实在有些说不过去。但是天下究竟还有多少可买之书,这也是个问题。索性还是看旧的吧,懒得费那脚筋脑筋去书店挑选。在这方面,我与稼轩大概有点相忤。稼轩说:"近来始觉古人书,信着全无是处。"这固然是大话,某种意义上也是实话。一些根本问题想明白之后,书就变得没什么用了。可是从另一面说,稼轩大概还勉强算是一个军事家,多少懂得些军事上的事。而古代的圣人则很少有懂军事的。比如说孔子吧,他就自称"俎豆之事则尝闻之矣,军旅之事则未之学也"。设想稼轩如果

201

见到了孔子,又能请教什么呢?

那天在外地跟人聊天,我忽然说颇有退休之想。人问:退休了做什么?我说什么也不做,就把先秦诸子的书胡乱看一看就好。人便夸我有志气。这使我很高兴。其实先秦诸子的东西,以前也看过好几子。我的子书,主要就存了两种,一种是《诸子集成》,一种是《二十二子》。有时很喜欢看后面这一种,因为它没有任何标点句读,完全是白文。看白文是件很有意思的事情,它会使你的阅读变成一种极其缓慢的揣摩,往往能揣摩出原书中本没有的意思的意思,仿佛古人老在说胡话似的。前阵子与少艾对言,我荐他说:读点《管子》吧。他以为我有什么深意,其实只是因为那阵子我自己就在读《管子》,没有什么深刻的意思。《管子》有句话说:"卑也者,道之室。"这话说得很好,因为很实用。其实类似的意思《老子》也说过,但说得太高明,反而不实用。我有这种经验:心处于卑位时,道在里面的生发就多且速,一旦心被一种虚幻的尊荣所包围,人就跟裸奔似的,自以为很猛,其实啥也没有、啥也不是。我们常常是自己看不见自己的。从这个意义上说,每个人其实都穿过皇帝的新衣。

今晚怎么想念起《管子》这本书了,真是奇怪。

二

道家的知见,从一开始似乎就跟水有关——这是我的感觉。《老子》所谓"上善若水",已经成了很多人常挂在嘴边的大话套话,实则往往是说着水话、揣着火心。这也是一种言不由衷。《韩诗》说过:"蹈深不疑,似有勇者。"这话我倒是觉得更实用些。"勇"这件事,其实与他人无关,完全是属于自己的内力。

《管子》一向被认为是杂家者言,跟《吕览》仿佛。这个结论,我没做过研究,但从《管子》的内容看,大抵有这样的气质。梁启超做过一篇《管子评传》,对管夷吾甚为推重,那当然也有借题发挥的意思。梁启超这个人,我一向喜欢他,不在于他有多么精深,也不在于他有多么博大,而在于他的思想始终都是活的、生动的。他不仅是一个文明的思考者,还是一个制度的思考者。这就十分可贵。中国的传统知识分子,很少有制度思考的一面。近一二百年,制度思考的渐渐多了起来,但往往又沦于单向度思考,不能与文明思考打通。这二者之外,当然还应该有另一种思考,否则难以平衡,这里就不说它了。梁启超主要把管夷吾视作一个大政治家,这是有道理的,当然也有他的实用性。章实斋谈上古史研究的一些原则,说过"古者官师一也"这一条,自然是中肯的。所以,在管夷吾身上剖出政治家和思想家来,并没有多大意义,反倒容易堕入当今学者惯性的那种言筌。——逞言筌之快,是今天学术的一大毛病。你去读读书经"虞夏"部分的那些文字,就可以体会到制度与文明的一些本原关系。

《管子》有一个"水地篇",我印象殊深。上古也有一些上古的套话,这个不须太过苛责。里面说过一段关于五味跟五脏关系的话,跟今天常识的那种关系不一样。这个很有意思,他大抵是依水的准则而分出的。到末尾,他依水而论人,说不同流域的人如何心性有所不同。比如说,山东的水躁动而曲折,所以那里的人粗笨而好勇(这是管夷吾说的他自己治理的国家);广西的水浊重而又渗透力强,所以那里的人愚顽而蒙昧……这些论断多属负面,自然会让那些地方的人不满,但倘若换几个褒义性的同义词来理解,也不是没有道理。——在中国古代,"地理环境决定论"其实是一种普遍性的思想原理,在这个意义上,"读万卷书"和"行万里路"才能够等量齐观。这是基本的道理。

虚无

永恒和虚无是一对姊妹概念。——绝对有，就叫永恒；绝对无，就是虚无。二者哪一方更强大？大抵是虚无。今天的中国生活开始进入一个面临虚无的时代。现在才刚刚开始，往下会越来越普遍。这个时代来临之前的三十多年里，中国人几乎所有想象力都被物质主义所攫取，活进了一种本质动物化的处境中，食槽理想（或者叫猪的理想）弥漫周遭，人们竞相追逐，尽管作用巨大，但注定将是短暂和速朽的，不会在历史上留下任何精神成果。虽然这种食槽理想是一个无法回避的过程。

永恒和虚无本质上都是一个时间性的问题。从生命觉悟上说，时间是一种存在论层面的统觉。没有这个统觉，世界便无法连缀起来——这很大程度来自康德的教导。而连缀起来的世界又立刻成了人的巨大的压力——这一点康德没有做出有效的教导。这是悖论。有时候我会感到人的宿命中永远都铺着一层悲剧的底色。他们的喜剧说到底也只是逢场作戏罢了。在这个角度看，人生本质是悲观的。世界作为人的压力，不是指生活压力，而是指的这样一种感知：当世界越来越被时间性连缀起来的时候,人就越来越被搁置在外,从而变得流离失所、漂泊无常。我们的空间确定性跟我们的时间觉悟是对立的——这是一个宿命,十分可怕。

这些问题通常被称作"终极关怀"。终极关怀总是充满困境的,而它又是生命解脱的唯一出路。因此这事儿很麻烦。比较投机取巧的办法是:选择迷信。迷信是抗拒终极关怀的最好的安眠药。我们中国人在面临终极关怀这个困境时都更容易倾向于选择迷信。由此也产生了很多迷信的掮客,比如说净空老和尚,他最坏的地方就是怂恿人去迷信。而这恰好是背离佛法的,因为佛法的本质是让人觉悟,而不是凭仗迷信来达成某种自我开脱。尽管迷信确实回避了虚无。

我年轻的时候读列宁的《哲学笔记》,领悟到运动的本质其实是时间,进而在读《纯粹理性批判》时才能比较好地进入那个先天感性形式的"时间"。这种时间感,它不是经验的,因此时间在认识论中的作用才变得独一无二。中国文化中的时间感则主要是经验性的——这是很大的区别。中国人不是用"时间"这个工具去亲近虚无的,而是用"体悟"。所以体悟在中国文化中的地位意义非凡。它具有一种丰满而又内在的实践性的本质。我们用体悟去面对虚无时,伴随着自我的交付,因此才能步入"静虑"之境。在这之后,虚无会反馈你的交付,回到你自己,更新出一种大我。——这就是超越。我总觉得,尼采想要得到的东西很可能就是这个。

病中瞎谈

以前读鲁迅的书,最喜欢他那些说怪话的杂文。他这人,真是一个说怪话的高手呵,那怪话说得,能让你浑身痒痒没处挠去,——你知道,痒痒是介于抚摸的快感跟刺激的疼痛感之间的一种感觉,所以它对人既有诱惑性又有排斥感。比如说他的《病后杂谈》吧,劈头盖脸就出怪招:

生一点病,的确也是一种福气。不过这里有两个必要条件:一要病是小病,并非什么霍乱吐泻,黑死病,或脑膜炎之类;二要至少手头有一点现款,不至于躺一天,就饿一天。这二者缺一,便是俗人,不足与言生病之雅趣的。我曾经爱管闲事,知道过许多人,这些人物,都怀着一个大愿。大愿,原是每个人都有的,不过有些人却模模胡胡,自己抓不住,说不出。他们中最特别的有两位:一位是愿天下的人都死掉,只剩下他自己和一个好看的姑娘,还有一个卖大饼的;另一位是愿秋天薄暮,吐半口血,两个侍儿扶着,恹恹的到阶前去看秋海棠……

　　如果不是他自己就是个时常生病的病夫,注定想不出这样的怪论。所以我还是坚持认为,鲁迅的文字是有病的,也是有毒的。不管脑瘫的言论检察官要不要再去告发我,我还是这样认为。

　　碰巧近来我也在生一点病,所以对鲁迅就颇有心得。我发现,人一生病就会自觉不自觉地去想些不实惠的问题,与经济效益一点关系都没有。大病的便会想生死,小病的就想秋海棠,不大不小的病大概就只能想想人类精神或历史之类的问题了。我近来就蛮"精神"的,脑子里弥漫着基督教的事情,好像自己就要"称义"了似的。这两天又对历史发生了兴趣,便想了想历史的问题。我发现,近来的历史是被一种话语陷阱构织着的。大约十几年前吧,西方有一种论断,认为历史会在这个人类阶段终结。理由是"民主"和"自由经济"会成为人类最终的生活模式,进而导致全球化,往后的历史就不再有新的意义发生了。我看到这论断时,第一个感觉就是这家伙昏了头了。——"民主"对历史而言究竟能不能构成一个必须的尺度,这本身就是一个大问题。如果它不是必须尺度,那么"民主"与"历史"何干? 它又如何能终结历史? ——现代社会对"民主"的高估,可能是一个普遍误区。

　　我以前跟人讨论,说"民主"不是饭,它只是筷子。如果把"民主"视为历史本质的终极意义,那实质上就是把历史工具主义化,也就是说,那是一种工具主义的历史观念。那么,非工具主义的历史本质是什么呢? 我想还是世界意义问题。洛维特有一本书,叫做《世界历史与救赎的历史》，是从神学角度来谈历史的，里面倒是涉及到"终结"问题。所谓的"终结"，就是普遍的救赎。——这不管是不是在说梦，但从"救赎"与"历史"的关系而言，这立论倒是成立的（"成立"与"实现"是两码事儿）。这背后有一个基论，那就是"天国"与"地国"的合一。这是他们全部追求过程的本质。这里面的历史问题才是意义层面的。

有两种历史的态度：进步论的和还原论的。后者在 80 年代的一本著名的书中被大大批判过，后来的那个叫《河殇》的电视政论片也是持的这种批判立场。但实际上，整个 20 世纪的中国，这种立场都是一以贯之的，那就是"进步论"。这种进步论的渊源，据被论证是从基督教来的。而新教只不过是进步论与人义论的一种结合，或者通俗一点说，是进步史观和民主政治观的一种结合。这样一厘清，现代的很多问题就看清楚了。

这里面其实有一个很重要的问题，那就是"人性"是不是有限的。也就是说，人性的领域是不是有一个界限，——如果人性是绝对的和无限的，那么人的历史就不会有终极。当然，近现代的教育基本持人性无限论的立场。但是，这是对的吗？这几年来我一直在怀疑这个问题。

妈的，由他去吧，爱咋咋地。

说古

　　五经之中,《尚书》其实最好玩。比如那些大圣贤们说话,来不来先发出"都"那么一声,听上去酷似京剧舞台上路见不平的白面小生。可是你仔细一盘算那圣贤的年龄,发现他差不多都是一百岁的糟老头了。从这么糟的老头嘴里发出这么嫩的声音,让人有一种神经兮兮的感觉。我估计,至少尧、舜这两位圣人,个性都蛮兮兮的,属于比较好玩的那类人。《尚书》这个名字起得也好,用白话准确翻译出来,基本上就叫做《中央文件》,什么典呀、谟呀、诰呀、誓呀的,都是中央文件的一种类型。所以你如果是一个体制内的小头目,打算组织大家学中央文件,不妨就从《尚书》学起。

　　《尚书》的"虞夏书"这个部分可能是最重要的,因为上古三代的档案主要都在这里了,《史记》搬用的也多是这些文件。《全上古秦汉三国六朝文》里面,虽然也录有不少上三代的文字,但那些文字看起来,怎么看都不像虞夏时代的口气,倒像是秦汉以后的。什么原因呢? 原因就是那些文字读起来一点都不神经。我有个经验,用来判断古文献似乎比较管用,那就是:神经是检验三代的唯一标准。——这个经验也许很不科学。但是科学这种手段,放在文学中常常是没用的。皮锡瑞谈到《尚书》辨伪的时候,对宋儒根据语气来识别古文尚书之伪这一点,就大大地肯定过。可见文献辨伪的道道,自有它一套功夫。其实我想过这样的问题,比如说崔东壁《考信录》那种推论法,胡适说他是"先信而后考",这当然也说到了一些要害。但是对上古之学,有时候"信"是难以回避的。比如我们考订很多上古资料,往往都要以前四史是否采用为一个标尺,尤其以《史记》为标尺,——这是不是一种"信"呢? 当然是。因为史迁的确见得早、见得多,如果不信他,你还能咋地?

"虞夏书"有一种气息,我觉得特别好玩,这气息概括地说,就是既十分阔大又十分婆妈。这一点很难达到,因为这才是真正的"圣"。当然上三代也有恶俗的东西,像《甘誓》那种骂骂咧咧的泼劲儿,心态已经大不同了。但是《尧典》到《禹贡》这部分,总的还算好。去年清华大学报料说,他们不知从哪弄到一堆楚简,里面就有秦焚书之前的《尚书》原文,吹得闪闪烁烁的。主持整理这些古简的是李学勤。这使我对这堆楚简的价值是不是像他们吹得那么严重就有了怀疑。因为李学勤这人,我总觉得悟性差些。而且我们近年受这样的忽悠也不乏其例了。比如说《上博楚竹书》,前些年吹得人一愣一愣的,以为里面真有什么大大颠覆常识的东西。后来看披露出来的《太一生水》《孔子论诗》的内容,也不过就那样。所以我对把持考古界资源的那些霸主们说的话，多半都要在心里先打些折扣。否则过后发现了，容易觉得人家是骗子，这就有辱人家的人格清纯了。这样不好。

学术是天下公器。但现时代的风气是公器私用，所以你不能简单相信那些"公器"的幌子。何况学者们通常比尧舜禹要聪明得多呢！

在上古三圣里面，禹是最装逼的一个，比较严肃，个性化的风格少些，远不如尧、舜好玩。所以桂林有尧山、有虞山（虞就是舜），唯独没有禹山。可见桂林人心眼是雪亮的。——这地方，贼呀！由此你可以想见活在这么一个城市里得多费神。禹最有名的是《禹贡》。这是最早的地理读本，后人下的功夫最大最多，但问题也最多。举个例子吧：比如说"随山刊木，奠高山大川"这句话，且不说那个"随"字被后世学者们"订正"得有没有道理，单看有一种最普泛的解释，把"刊木"解释成爬到山上察清地理后在树上砍一刀做个记号这种说法，就知道他们是够恶搞的了，简直达到了尧、舜那样"神经"的境界。——我想大禹还不至于这么笨！至于怎么去读《禹贡》，我哪知道！

前两天写到了"三统"。三代有没有三统呢？我的答案是"没有"，但三统又自在其中。以前看古书，一看到"揖让"这两个字就觉得好笑，仿佛有一种假模假式的感觉。毛主席有一句诗，说"人猿相揖别"，你一看就知道毛主席那种思维方式是不科学的，所以他才能写诗。如果你很科学，人家写一句诗说"一轮明月照桂林"，你看了一定觉得别扭，注定要改成"一轮明月照桂林、阳朔、灵川等地"才舒服。这就不诗了。所以你如果实在是一个太科学的人，最好就不要去看上古文献了，免得遭罪。

上古的空间不是人间。人间怨气重。怨也没有办法。谁叫你在人间呢？

贵格派有多贵

那些人三三两两地走过来，进到一所房子里，围成一圈，稀里哗啦地坐下。并不说话，也没啥礼仪程序，——好像是彼此之间发生了什么特复杂的债务纠纷，打算凑一块儿扯清楚，但是那纠纷实在太复杂了，一时不知该从哪扯起，所以他们都静默着，一脸严肃，面面相觑，仿佛都在生着啥闷气……忽然一个人站起来，絮絮叨叨地不知说些什么。说着说着，浑身就颤栗了起来，一抖一抖的，而且越抖越厉害，有点像抽风，声音也渐渐变成了哭腔，显然是气功中的那种自发动功的作用。也许是气场的感应，这之后很多人也都抖了起来，有的在哭，有的像老处女忽然被激吻之后兴奋得不行、捂着胸口仰面而叹……看上去，跟气功痴迷者们的聚会没什么两样。

——这是我想象的早期"贵格派"信众灵修的样子。其实我没有见过这一派的人，我对他们的所有了解，都来自于文字资料。这个教派的创始人叫福克斯，他写有一本《日志》，还有《书信集》。你看他的《书信集》的时候，会觉得这个人的思想很干脆痛快,不像加尔文那么啰里八嗦的。这派人被认为是反教运动的一种代表,他们反对教会的组织程序,反对简单地、表演式地去行圣礼,也不认为耶稣的宝血和肉跟红酒和圣饼有什么关系。他们甚至不愿意把教堂称为"教堂",而称之为"塔屋"。我觉得,这是一群基督教自由主义分子。比如说吧,他们不认为在教牧者的引领下有规有矩地去礼拜圣神是一种真实的信拜。福克斯书信里有大量的这类自由化的言论,比如说这一封,我抄一段下来:

> 一旦有人说,瞧这是基督或瞧那是基督,千万不要步入,因为基督就在你里面。他们是骗子,是敌基督者,他们想让你偏离你里面所受的真正的教导。你里面有尺度,神的光在里面,在你里面有隐藏的珍宝;神的话在你里面,你就是神的殿。神说他住在你里面与你同行,你又何必进到偶像的殿呢?——真的教会(圣徒)在神里面。仿造的教会在没有神的教会里面。诱惑者在世界里;敌基督者,撒谎者在世界里……

最后面这一句"真的教会(圣徒)在神里面。仿造的教会在没有神的教会里面。诱惑者在世界里;敌基督者,撒谎者在世界里……"基本上包含了他们的行为立场。说实话,我比较喜欢这一派的基督徒。他们认为,所有教会中的那些信仰仪式基本上都是假的。真的信仰以及归属,只在于你是否确然接收到了圣灵的降临。接收到了圣灵的作用,浑身会有反应,比如颤栗、痛哭流涕什么的。这意味着你的重生,意味着你跟圣灵的结合,也就是跟耶稣合为一体了。本质上说,我觉得这就是另一种层面上的所谓"道成肉身"。——神的三位一体,"圣灵"是它最活的、最具精神创化作用的一个环节。如果少了"圣灵"这个扣,我估计基督教早就没了。也正是在"圣灵"这里,"人"的解放找到了最大的靠山,这使得那些实现了内在自我解放的人信心满满、九死未悔,足以把俗世的种种纽带斩脱,而成全那个属灵的自我。这是个人主义的真实基础。早期贵格派就是这样的一个群体。

这个派的信徒现在主要住在美国。很多迷信美国精神的人都认为,美国的个人主义是西部开发形成的。我年轻时候读过一本书,介绍的是美国的一个很重要的历史学派,叫"特纳学派",他谈的就是这个理论。但后来,随着阅读的扩展,我才明白美国的个人主义其实是基督教个人主义的衍申物。而基督教个人主义,跟我们今天对个人主义的理解(比如说个人放任主义)是有天壤之别。这一点,在贵格派身上表现得最明显。今天中国的个人主义,是一种肉欲的个人主义,它缺少一种灵的光照,而只是在物质一己的汲汲以求中挣扎。在萨特、雅斯培、罗维特等人的笔下,那种现代社会本质的虚无性就基于此。所以我一直觉得,对基督教个人主义的认识是非常重要的。

——你说贵格派有多贵呢?它就像气功那么贵,像颤栗那么贵,像上帝附体那么贵,反正挺贵的。

《百年五牛》百年窘

我时时有这样的感觉:民国人物比我们今天的人要牛气得多。大概在那时代,真正碰上了一轮王纲弛纽的乱世,士人心里似乎都很明白,自己要做自己的主,因为不再有人给他做什么主。所以那时候的人,仿佛都有一种自手打造新世界的自信力在。惟其有了这种自信力,其精神气格才大有不同。与之相比,我们这时代的人则娇气得多。每每见到的所谓"个性",也多是这"娇气"的产物。——所谓娇气,其实就是任性有余而自信不足。

《百年五牛》写到的五个人,严格地说都可以算作民国人物,无论待在战场还是待在书斋,他们身上,都有一股子风云气。这种风云气,我们在今天的人身上很难见得到。

作者梁由之先生,我并不认识。最初读到他的文字,是在"天涯"网站的一个论坛里,读的恰好是"五牛"中的鲁迅。因为见识狭窄的缘故,"五牛"当中,我稍微了解一些的,也就是鲁迅。他把鲁迅选作第一"牛",我以为是有眼光的。最初他在网上写的文字,稍嫌简略,后来结成书的定稿,就丰富多了。但即便那样简略的文字,我也还是看出了他判断上的自成一格,迥非人云亦云或刻意标新立异的浮泛起哄。比如在当代时髦的"扬胡抑鲁"的问题上，我以为他的叙述立场就十分到位。——像鲁迅这样一个人，岂是若干"主义"（无论是共产主义还是自由主义）能够框定他的？所以倘要拿"主义"的是非来宣扬或否定鲁迅，最终的结局也只能现出那"主义"自己的小来。这是什么缘故呢？我想，原因就在于：鲁迅的判断始终是建立在直接体验之上的。他从来不背离体验去做空头的议论。所以当你拿胡适去照鉴（或审判）鲁迅的时候，除了说明你的感觉出了问题，别的什么也说明不了。梁由之叙述鲁迅的时候，也抓住了这种体验。

当代的学界乃至思想界，常常是一个伪问题层出不穷的帮会团伙。独立思想最好的办法，就是不搭理它。从这个意义上说，我觉得鲁迅这个老瘦的病人实在是蛮有力气的，竟然跟那么多的团伙都缠斗过。换了我，早就累死了。——所以他才是"牛"。牛的第一个特点就是有力气。当然，世上更多的牛是有力气、没脑子，俗称"蛮牛"。鲁迅不是这样的牛。他或许是《出关》中载着老子先生的那头牛，或许是《法华经》中引众人出火宅的那牛。反正他是够牛的。

可见，要做牛的上品，脑子是至关重要的。梁由之选的这"五牛"，文一个武一个的，似乎没啥标准。但只要通阅一过就不难发现，其标准是很清楚的。这标准就是"有力气有脑子"。我们大抵可以用八个字概之，叫做"独立精神，自由思想"。我当时在网上读的两牛，是鲁迅和蔡松坡，都有这个特点。后来看完"五牛"，确信所见不虚。张季鸾、陈寅恪都很典型。比较让人吃不透的是最后一牛的选择，也就是林彪。可惜这一牛还关在棚里。

编辑是一个很尴尬的职业,这也是我很少写跟我职业有关的所谓"论文"的一种原因。通常的情况,从跟作者谈选题到最后出书,一开始往往兴致勃勃,到最后常常会觉得对不起作者。这本《百年五牛》就是个例子,责任编辑邹先生算是给折腾坏了。因为最后那一牛,由于众所周知的原因,终于被斩尾,不能释放出来。你大可猜测那有关的斩尾原则或许具有兽医的背景,必定认准这头牛罹患了疯牛病,所以必须羁押乃至销毁。——我们不懂禽兽的道理,也只好作俗人的打算。俗人的俗气就像是钱钟书的字,谓之"默存"。

　　我本人对林彪并没有特别的好恶,但我痛恨对历史话题的简单封锁。历史并不会因为你定了调就变得清晰的,也不会因为开放了讨论而变得模糊危险。你匆匆盖了棺,不见得"论"就能够"定"。州官所谓的"放火"其实也就是百姓常说的"点灯"——你不明白(或装作不明白)这里面本来的一致性,硬要把事情弄得对立起来,这才叫自寻短见呢。可惜,这样的短见当今遍地都是。但你不能因为自己短吾短以及人之短,就断定人家不会长吾长以及你之长。这叫做什么呢? 叫做器量太窄。而所谓器量窄,说白一点就是骨子里没一点牛气。所以我总觉得当今的很多霸王们心里其实是很虚的。可悲的是,越是心虚,就越要装出气冲斗牛的样子,动辄称"我是专家,我是学者",仿佛真理的买办,何必呢!

　　在这没有牛气的年头,看看这本《百年五牛》,算是给自己的病体服一剂补药吧。

买书余事

这两三年已经很少买书,觉得书店里的书,这这那那的都差不多,没有特别可买之处。近来一直出差在外。客旅之人,每有不便,比如昨天偶尔想查点资料,就犯了难处,想来想去,只好跑去书城,结果资料还是没有查到(可见书店的书有多没用),自己倒买了一本书,是巨传友的《清代临桂词派研究》,7月份刚出的新书。其实我对这书名很有些不舒服,主要是觉得"清代"两个字很多余,好像在"清代"之外还有个"临桂词派"似的。一看书名就知道这书会写得挺啰嗦,昨晚一看,果然比较啰嗦,除了词人交往兴会的部分梳理得确实不错之外(当然也有强作抻扯的人事),其余部分都看不出多少心得。尤其在理论阐发部分最不得要领,时常是废话连篇。——好像当今的学人都很"婆心",碎嘴叨叨的,其去"八婆"也亦不远。这也是没办法的事。

买这书的原因,主要是因为我上大学时对王半塘怀有一种既切身又遥远的兴趣。我读书的那所破学校,就在他的坟墓对面,整得这一校里的人马,一个个都跟兵马俑似的,看上去特木讷耿直。因为耿直惯了，所以心里就总记挂着这个人，遇见跟他有关的文字，都会用心看一看。看得多了，就跟得了魔障似的，盯着这么个老家伙，眼光就有点挪不开了。这可咋办！

其实王半塘算不上什么大人物，事功泛泛，词写得也较一般。捧他的人，除了类似于我这样的似乎出于本土乡愿之心者外，另外一批就是想为清词树碑立传的人。这个叫巨传友的作者，估计就属于后者。当代治古文学的人士，大凡有两大宏愿：一是要证明宋诗不输于唐；二是要证明清词可比肩于宋。——我看怀揣这两大宏愿者，基本都是吃饱了撑的。不过话说回来，历来做学问这种事，有几件不是吃饱了撑的？当代当然更堕落，多半都是为了吃饱而去做，然后再拿来撑己撑人，一看就像是要过饭的。钱钟书以前讽刺唐诗研究界的人，说他们往往是读了几部《唐会要》，于是"撑肠成痞、探喉欲吐"……我觉得他说得很到位。探喉而吐出来的东西是什么呢？基本就是秽物。所以世上的学问文章，九成左右都是垃圾。当然，制造垃圾本身也是一种工作。项鸿祚说：不为无聊之事，何以遣有涯之生。这话，王半塘曾表示说：真是说到我心里去了！所以，王半塘估计也不会否认自己无聊。

在我看来，王半塘最可玩味之处，不在他的事功，也不在他的词学，而在于他那种独特的乱世心态。这种心态，也许至今都还左右着我们。

为什么《野草》

　　前天贴了一段谈《野草》的文字,其实是我近来要出版的一本"读《野草》札记"中的一个片断,有点做广告的意思。我给这书起了一个颇具悬疑色彩的书名:《怀揣毒药　冲入人群》。估计下月会印成,谁若好奇,就去买吧。

　　世界是经不住想的,想到终点,也就没有了世界。所以思想常常是生命的毒药,你吸食成瘾,不过是为了追寻血脉中那一时的潮声灿烂,但真正的灿烂其实是追不到的。明知有毒,决不放弃。——你如果活到了四十岁,也许就会知道:所谓灿烂,只不过如一个倦客身上的惯性的激情。也许世间本无激情,只有惯性!……谁知道呢? 台湾有个叫周梦蝶的诗人,我很喜欢他的诗,他抒发庄子的《逍遥游》,写下过这样的诗句:

　　　　不是追寻,必须追寻

　　　　不是超越,必须超越

> 云倦了,有风扶着
>
> 风倦了,有海托着
>
> 海倦了呢? 堤倦了呢?

这几句诗,写得实在很好。——"云倦了,有风扶着//风倦了,有海托着",因此我们才相信世界。但是,你并没有找到那个最后的"不倦",所以也无法证明自己不是迷信。然后你寻找,像鲁迅写的那个《过客》,有神秘的声音在心里回响,鞭子似的抽笞脚筋,所以不懈地往前走。有一天,筋断了,或者没断,但是完全干枯,很适合用来充当另一根鞭子……不必追究鞭子会抽向谁。正如你不必陶醉于自己的足迹深沉。野兽的足迹向猎人透露消息,结局是死亡。其实《过客》就是倦客呵!

你去看鲁迅的照片,他回到中国后,一直到死,始终是一脸倦容。《野草》其实也是一本倦书。

> 周梦蝶还有几句诗说:
>
> 枕着不是自己的自己听
>
> 听隐约在自己之外
>
> 而又分明在自己之内的
>
> 那六月的潮声

苟信民主，绝对怀疑

今天在网上看到自己五年前写的一个题为《关于李泽厚》的短文，是当时的一点小感想。这文字，我自己都没有存底，今天看到它，才想起些什么来。写它的时候，我所供职的出版社正在再版李泽厚的几本书。我那时做复审，所以那阵子都在读他，读的时候有些感想，就写下了那几百字。今天既然又看到了，就复制下来，存在这里：

近来编李泽厚的一些书，还是有感想的。我早年读李泽厚《美的历程》、《中国近代思想史论》和《批判哲学的批判》，近来又编或审了他的《己卯五说》、《华夏美学》和《美学四讲》。我想，他的主要思想，大抵在此了。

就美学而言吧，李泽厚似乎得益于康德颇多，近年又多吸收了阿恩海姆，都是应征于他的所谓"积淀"而来的（或者叫作"内在自然的人化"）。但依我的看法，李泽厚最大也最深的教益，其实是来自马克思。我在他的书里，时时能见着马克思的幽灵。我不知道为什么会有人认为他是不合于马克思主义的？大概一种思想一旦成了"主义"云者，便意识形态化了，便有了角色感，于是便不能不在人间有某种自期或自任。——这实在有些不自由。

康德是认识论的。这是一个好的入门。我觉得自笛卡尔以来，对本体的阐释如此众多，其背景其实正是基于认识论的。"本体"之趋于"认识"，是理性趋于工具化的必然环节。——对此，我们要有一种基本的辨识。所以我对于"现代"或所谓"后现代"，多少有一种见怪不怪的感觉。

李泽厚具有一种恩格斯所说过的那种"历史感"（其实应该是来自黑格尔）。所谓"历史感"，就是一种动态分析的立场。《资本论》第一卷谈商品，第二卷谈流通。"流通"谈的就是动态，这正是马克思的精髓。马克思从 1844 年手稿中的"人化"范畴的关注，进入到后来另一个手稿中的"交往关系"范畴，其实是有其逻辑的必然的。后来哈贝马斯也谈"交往"，我觉得就没有那么真诚，还是玄虚了些。李泽厚的窍门是，把康德和马克思糅合起来，于是就成了他的"人类学本论"这样一个基础，并且他在此基础上更关注于"心理本体"——这就又跟阿恩海姆搭上界了。哲学中人好像都有一种心结，我把它叫做"本体心结"，好像不本体就不踏实似的（仔细想想，不本体还确实难以踏实）。我这回坐火车从北京来,车上遇到一个人,看着一本叫什么"曼陀罗"的书,于是逢人就做他那泛生命论的宣讲,说宇宙中到处都有人,只不过地球的人是水做的,太阳的人是火做的,别的星的人可能是气做的。乘客中有的觉得他在说昏话,我倒不觉得他纯然是昏话,关键是他的"昏话"背后,有一种"本体心结"。这就还不失为诚笃,尽管其中有许多妄想。

李泽厚也是有他诚笃面的。从精神意义上说,他确实对一些历史上的精神成果(比如康德、马克思)消化得挺好,所以能说出些自己的东西来。尽管他90年代后便不再进步,而多重复自己。但我想,他终归还属有益,较之那类浑日冥冥说梦话的所谓"学者"好一些。

我受李泽厚影响其实挺大的。我上大学那阵,他的书风靡天下,而年轻时读书又多爱赶时髦,所以就顺势读了不少他的书。写上面这则短文时,是我最后一次较集中地读李泽厚,当时还是读入心了的。我一向对李泽厚能够熟练(而不是生硬)表达出来的那种"历史感"抱有好感。"历史感"这个东西,究竟构不构成规律性的意义我们且不说它,但我总觉得,那是一种内省性的东西。心理学的早期方法主要靠的就是观察加内省,人类的历史认知,很大程度上也是靠着内省而形成的。但是,历史所构成经验的那部分和历史所构成心理的那部分,还是有所不同。我觉得李泽厚关注的似乎一直都是后者,所以他强调"心理本体"这个概念。

李泽厚还提过一个关于社会发展的"四顺序说",也可以看作是他给中国发展列的一道公式:经济发展—个人自由—社会正义—政治民主。我觉得这个顺序是颇有道理的,但也有太大的有限性。这个公式里,其实渗透了他的历史观的色彩。今天想起这个"顺序",心里忽然感觉到,在个人自由和社会正义之间,似乎还有点什么东西,而且是很麻烦的东西。比如说:多数人的意见和少数人的权利之间的平衡问题,技术上很不好操作,稍一疏忽,就会滑向"多数的暴力"上去。我并不迷信民主,而且对某些目的论式的民主说教是颇为反感的。本质上说,民主也是一种服从,并不如想象的那么解放。身为中国人,我们现在心里的尴尬是:如果连民主也不相信了,那么似乎就找不到什么方式去活了。所以我心里一直有一种很机会主义的态度,那就是:苟信民主,绝对怀疑。

《咀华集》

李健吾早年写过一本书,叫《咀华集》,用的是"刘西渭"这个笔名。这书我在读大学期间曾经买到过,读得倾心极了,后来借给一个叫张谦的男同学(这么写是为了区别于一个同样叫这个名字的女的非同学),他赖而不还,于是我就没有了。去年在北海见到他,询及此书,他说自己历年来走南闯北,也不知整哪去了。——可见,他也没有了。这书让我很想念。

这么多年我被借去很多书都没有还回来,但只有两本我是时时想念的,一本是蓝公武译的那个死难读的《纯粹理性批判》。因为难读,所以读得很认真,在书边做了很多旁注。现在常常希望看看那些旁注,回味一下早年的思维经历,可是却了不可得了。另一本就是《咀华集》。中国现当代的文学批评,我还没有见过比刘西渭做得更好的。这种不好的原因,骨子里可能都是一个问题,那就是:他们架子太大。

《咀华集》的具体内容,我现在记不住什么了,印象中,他评巴金和沈从文的篇章,似乎特别出彩。虽然对内容已无记忆,但它那种贴近文本和文心的感觉,我只要一想起来,心里就能感受到。——这种忘记了具体内容却依然能够体验其独特语言形态的情况说明,《咀华集》确实做到了可以独立存在的地步。这是很难得的。而这在我,就成了一种实在的想念的凭据,而非只是书名的记忆。

我总觉得,想念是要有凭据的,比如说,你号称特别想念仙女星座,那多半是一种幻想,并没有实际的体验在支撑。——幻想其实并没有想别的,只是想念你自己,或者说,它本质上是一种自恋。而想念不一样,想念是一种无器质交流,也是一种对象化的情绪。很多年里,我一看到文艺评论类的文字,脑子里就会想起《咀华集》,仿佛习惯性地拿了后来的情感去跟初恋比较一样。这种比较不一定客观公允,但其结论肯定有其道理。

这里面,似乎也暗含着一种常识:审美无是非。是非只在于——你那种行为是否真的是在审美。

有些事情真是有如神助,前些日子在北京,忽然想念李健吾的《咀华集》,这两天在武汉的书店里,竟然就见到了它。是复旦大学出版社出的,把《咀华二集》也收了进去,价12元。买了一本回住所,这两日空闲时就拉拉杂杂地看看。

此番看《咀华集》,如逢失散多年的老朋友,心情同当初自然不一样。但有一种感受却是一贯的,即:还是觉得它写得好!不只是见解的好,甚至也不是思维的好,而是一种品质上的好。这种批评品质,当代十分少有。出版社写的"出版说明"中说:"李健吾是中国迄今为止最具文学性的批评家。"这话有点倒胃口,至少是一句废话。——什么是"最具文学性的批评家"？文学批评，倘连文学性都不具，那是什么？难道还有"最具哲学性的批评家"或者"最具文化性的批评家"吗？"哲学性"和"文化性"，当代文学批评家笔下倒是常常贩卖着，但我更愿意对这种贩卖作这样的命名：他们只是从文学里面寻找坐证哲学或文化学理论的材料。——我不承认这属于文学批评。

文学批评不是替理论背书。所以好的批评恰好是那种能够揭示理论的不足的批评，用李健吾的话说就是：有颗创造的心灵运用死的知识。"新批评"中有一个概念，叫做"诗的破格"，讲的是创造性的诗歌对语言或意象的颠覆性再造。那么，批评能否成为一种"理论的破格"呢？

李健吾有一个基本的批评立场，认为批评应该具有一种独立的品质。它是可以独立存在的。这种"独立"的依据是什么呢？是人性和人生。用李健吾的话说就是："批评之所以成为一种独立的艺术，不在自己具有术语水准一类的零碎，而在具有一个富丽的人性的存在。……一个人性钻进另一个人性，不是挺身挡住另一个人性。头头是道，不误人我生机，未尝不是现代人一个聪明而又吃力的用心。"这些观点，就在开篇的评论巴金的文字中确立下来了。后来巴金对这篇评论做了一些异议，李健吾又写了一篇《答巴金先生的自白》，更完整地说明了这种批评立场。

不幸，李健吾的这种批评立场，简直是跟当代批评实践背道而驰。当代批评的主要面貌，恰好跟他的主张反过来，多是一堆术语的零碎，而没有富丽的人性。——这就是当代批评文章难看的原因。在我看来,术语恰好是最无能的一种能力。术语的本质是什么呢?就是为了节制笔墨而契约出来的一种临时的意义规定。所以术语背后其实有个知识圈子问题。但是术语并不是全能的。它在一些庸才手里,甚至成了为掩盖自身无能的一种语言手段。李健吾在评萧乾《篱下集》中有一个很妙的比喻:"一个名词不是一部辞海,也不是一张膏药,可以定点一个复杂的心灵活动的方向。"——句中所谓"名词",在这里的语境下就是"术语"的意思。这种话说得真是干净而又通透,读来十分爽心。

《咀华集》中,对"批评"本身的认识,出彩的地方很多。他评论沈从文《边城》,第一句话是"我不大相信批评是一种判断"。——单这一句话,就可以见出他批评品质的不凡。因为当代批评家的一个主要误区恰好在这个地方,他们认为,批评就是做判断。判断就要决是非。是非难决怎么办呢?就拉大旗做虎皮,搬来一套套的大理论把人炸晕。这么一来,生动的文学就被他们斧削成私房中的用器了。所以文学评论家多半成了文学的屠夫。李健吾说:"沈从文先生从来不分析。"——这是他评《边城》的立论的核心。我觉得,这其实也是在说他自己,他就是一个时刻节制着自己的分析的批评家。那种在分析上不知节制、滥施理论铺张的批评家,往往极容易沦为文学恐怖分子。

《訄书》

　　章太炎这人很好玩，骨子里挺拧巴的。通常人们说，他早年革命，晚年保守。我也闹不清是不是这么回事。因为对他实在了解有限。联想到严复，也受到过同样的评论（比如周振甫的观点），而史华兹认为并非如此，因为严复的判断性立场前后其实都很一致。我以前看《严复集》，也有这种感觉。比如他晚年的不赞成仓促废除君主，其出发点就不是僵化的"保皇"那么简单，也不能简单等同于保守。他的深刻性在浮浮躁躁的中国似乎很难被人理解。

　　但是章太炎是很牛逼的。因为他小学的功夫好。这在清代，是一项最要紧的资本。以前读曹聚仁笔记里章氏那个《国学概论》，仿佛很佩服章氏，因为他对那么多领域都那么有心得。这显然比一般的抄书匠要高明许多。有无"心得"，是我判别学人高下的一个指标。很多学者混了一辈子，都是在舔古人的屁股，拿古人的屎当自己的饭来吃，我称之为"学蛆"。好在今天已经进入科学时代，蛆也被证明是具有高蛋白的了，所以"学蛆"们多半都活得很自豪,也很威风。

章太炎的《訄书》不好读。它的初刻本,连鲁迅都说不太好懂,我的水平比鲁迅差得天远地远,更是无从懂起。但似乎总放不下这书,断断续续地读了若干年,中间也许一两年都不碰它一碰,但终于会有个时候,又翻了它出来,有一搭没一搭地读几段。后来想了个偷懒的办法,就是以重订本为主,其中未见、而初刻本有出的篇目,圈出几篇来,像"尊荀"、"明群"、"独圣"什么的,使劲儿把这些篇什读一读,就算是读过初刻本了。而较系统读过的,其实也只是重订本。

重订本的好处,是纲目比较清楚。比如"四原",也就是原学、原人、原变、原教,是一种"纲";其下篇篇,算是"目"。知道了这个构成,再去读《訄书》,就比较容易得其大体了。

研究鲁迅的人,往往喜欢拿章太炎的"大独"来说事儿,以证明鲁迅的"个人主义"的某种渊源,其实大谬。太炎的"大独",跟鲁迅的"个人无治主义",完全不是一个界面的范畴。我总觉得章太炎是不太有"个体的人"这样一种意识的。你看他的"原人"那几篇,都是在"群"的界面上说解,何尝有一点"个体"的意思在里面? 所以章太炎在认知的本质上,确实不是"独"的,而是"群"的。关于"独"和"群"的话题,梁启超也很爱谈。晚清这些风云人物里面,梁启超谈"群"恐怕谈的是最多的。而且梁启超也喜欢谈论"大群""小群"、"大独""小独"这样一组概念,似乎跟章太炎很相似。其实谈的不是一个意思。

梁启超对西方精神的理解,比章太炎到位得多。大概因为他是新会人,受西风的熏习比较早,而且又做过李提摩太的秘书。我有一个感觉:梁启超对近现代中国思想、政治的影响,至今都远远没有估计够。现在电视上,往往喜欢拿他《少年中国说》的一段话来自我打气,听起来总让人觉得很牵强。其实梁启超的东西,还是《新民说》最完整,而且其中的很多论述,至今也还在现实认知的水平之上。比如说,你要是打算做一个世俗生活中的启蒙精英,只需把《新民说》读一遍,差不多也就可以去骗一骗人了,因为大多数"精英"大致也就如此。

章太炎基本上就是一个夫子。他谈原人、原变,现在看起来都有些隔靴。倒是他谈"原教"谈得有些意思,隐隐约约的似乎总有一种泛神的主张在里面。这也可以跟他的"平等"观和"公"的思想联系起来,从中你可以看到某种对文化权力的辩护。但一进入到习俗礼仪层面,他的滥调就又多了起来。

两汉魏晋之学凡五变。这是章太炎在原学部分所总结的,对或不对,我也不清楚。原学可以视为他对中国学术脉络的一个梳理。这里面有一个有趣的跳跃。那就是,在他谈完魏晋五变之后,纵身一跳就跳到了北宋,然后把学术衰败的原因一推就推到了两个文人身上。很多论者对此都颇不以为然。我看,这确实是太炎目光敏锐的地方,很不一般的。

文人的感觉,晋以前是一种嘴脸,唐是一种嘴脸,宋以后又是一种嘴脸。我们今天生活中的文人,基本上都是宋以后那种嘴脸的产物。

神叨

这两年总有些宗教人士劝我皈依,有佛教的,也有基督教的。不知他们看中了我什么。其实我对宗教信仰这件事是很矛盾的。我不太能够接受一种"人格神"的概念。但也不能否认,人格神对带入信仰而言确实是一种方便法门。反过来,我们也难以认证一种"自然神",因为我们所确认的所谓"理性"其实在终极意义上也难以认证。

我觉得,人和神的相处,其实一直关系紧张,有点像一个更年期的母亲跟一个青春期的儿子相处的感觉,而且那个"更年"和"青春"似乎特别漫长、没完没了,仿佛永远"更"在那儿(或者"春"在那儿)了一样。在"人""神"相处最和谐的时代,人类精神恰好走到一个泛神论兴盛、理性主义开张的时候,——这个时代可能是最和谐的。那些人心里没有权威,但却充满敬畏,聪明而又单纯,所以他摄持生命的分寸感就特别合适。后来只有在一些特别牛逼的人身上,我们才稍许能够看到一些这样的影子,比如说爱因斯坦。我一直很喜欢爱因斯坦,觉得他的神情里永远都有一种丰腴的天真。用我们今天的大白话说就是：这人长得忒干净。尽管他的穿着和容表看上去总是那么邋里邋遢的，但本质中总是透着那样一份干净。

近来又看了看托兰德那本《泛神论要义》，他们那个"苏格拉底协会"其实是蛮有意思的。在那篇"诵文"里，乱七八糟地夹杂着很多东西——既有宗教式的团体灵修风格，又有古希腊广场哲学家式的激情浪漫，也有点自由主义式的人格理想……反正你会觉得那群人特单纯、特乐观、特各色，也特好玩。

泛神论把人的精神视线从"神"移向了"自然"。这可能是它最重要的功绩。我总觉得，泛神论的观念其实一直影响到了今天，时代层面的变化只是表面的，根本性的思维样式变化不大。爱因斯坦本质上就是一个泛神论者，所以他对知识和信仰两端的交付，具有一种恰如其分的节制。也只有泛神论者心里，才能真正拥有一份"高贵的单纯"。所以泛神论的事情，其实是挺有意思的。

爱因斯坦最喜欢看的书，就是斯宾诺莎。以前学中国现代文学史的课，学到郭沫若时，老师总是说：他早年怎么怎么受泛神论思想影响……但什么是泛神论，没有一个老师说得清楚，他们说来说去，也就是在"一切的一，一的一切"里面兜圈子，然后再胡扯一下斯宾诺莎啥的，说得你始终稀里糊涂。其实我也没看完过任何一本斯宾诺莎的书。他那种几何证明似的写作方法，让人不得不怀疑他是在"恶搞"。那本《神、人及其幸福简论》，比较不那么几何学，所以我看得也多些。以前看的时候，看来看去也没看出啥幸福感来,反而看得自己很不幸。——能够让人从一本谈论幸福的书中看到不幸的地步,可见他有多恶搞。

　　斯宾诺莎骨子里其实也是有一点"存天理,灭人欲"的感觉的。他划分出来的三种精神形态,是"意见"、"信仰"和"知识",一般看到他把信仰划到比知识的位置稍下一级的阶梯上,是会觉得蛮奇怪的。这主要是因为他对知识的界定有所不同。在斯宾诺莎那里,知识不是外在于人的,也不是单纯被"认识"到的,而是人感受和参与事物的无限性所获得的确定成分。信仰只是把你导向这种参与。简单说吧:信仰是通向知识的桥。所以信仰反而特别关键。二者的关系很复杂,一方面知识是信仰的认证结果;另一方面,信仰其实也时刻在审视知识。信仰基本上是思想存在物到实在存在物的过渡环节。因此,斯宾诺莎的"知识"有双重的从属,它首先是属于人的,同时又是属于神的。——这种合一就是人所能达到的圆满。斯宾诺莎所谓的幸福,也就是这种圆满。

　　这里面其实就埋藏着他的泛神论,在某种意义上说,也就是他所谓的"特殊的天道"和"普遍的天道"之间的关系。特殊天道是运动的,但没有无限性;普遍的天道是无迹可求的东西,是无限和静态的,就像个永远不死的老祖母,温情无所不在。这二者重叠在事物上。从这个意义上说,"一的一切"和"一切的一"才有了阐释依据。用斯宾诺莎自己的语言来表述,就是"产生自然的自然"和"被自然产生的自然"——前者是一,后者就是一切。

　　普遍天道和特殊天道重合成世界这个观念,其实影响至深。我们今天的科学对世界的表述在样式上也没有超出这个命题,只是语词上有所变化，叫做"能量绝对守恒"和"物质绝对运动"。——我总有一种感觉：现代与古典之间，确实有一条深深的沟，但这深沟并不太宽，纵足一跳就可以跳过去，没有想象的那么遥不可及。

"苏格拉底协会"那帮人，固然比斯宾诺莎清浅得多，但精神上是一脉相承的。那书里有一段话使我对什么是"社会"有所领悟——从近代意义上说，那就是社团和协会的统称。梁启超在他的《新民说》里面就十分倡导这个东西，把它视为造就新人的基础条件之一。可惜，中国的党派和宗法势力的惯性太强大，所以近代意义上的"社会"始终没能很好地发展起来。

连"社会"都没有，你拿什么来"和谐"呢？所以和谐社会的提法其实是蛮奇怪的。就像一场没有对象的恋爱，最终只能是意淫——用宗教的概念来比喻：这还是人格神论，不是泛神论。

又是胡适

我不喜欢胡适,始终一贯。哪怕在很先进的自由主义人士又把他搬出来当镇宅之宝的今天,我也依然不喜欢他。这种不喜欢,倒是跟"主义"没多大关系,主要还是觉得他始终是一个语言庸人的缘故。他给我的感觉,基本是无聊时瞎起哄、有事时和稀泥的印象。你看他写的那些文章,絮絮叨叨,婆婆妈妈,就知道他骨子里实在很庸。

周末在看钱基博,看到他的《十年来之国学商兑》一文,都是转述裴匡庐言论的。又看到了对胡适的一种非议,是从旧学角度看的。挺有意思。那时胡适也想自充一下国学大师(这就是他喜欢起哄的个性的表现),列了一个《国学入门应读书目》,并且标明:这是"最低限度"的。结果裴先生一盘点,发现这个书目"已逾万卷"。照他这书目读下来,肯定就是专家了,岂止是"入门"。

所以裴先生便怀疑,这些书恐怕胡适自己都没有读全。因为胡适本人在谈论一些国学问题时,往往言不及旨,如果真读过那些书,不至于如此无常识。于是裴先生议论道:"今日学术界之大患,几于无事不虚伪,无语不妄;且愈敢于妄语者,则享名亦愈盛。……大抵夸而不实,高而不切,欺世之意多而利人之心少,自炫之意多而作育之心少。"——这段议论很妙。而且今天的情况,也是大同小异。

胡适引领的时代,也只能是这样的时代吧。

印顺

　　近来身体颇不适,饭量小,烟量大,思志昏沉,估计是过年期间,勉强喝了几回白酒造成的。我寻常不喝白酒,觉得白酒入腹,每能颠倒五脏,最是能作兴积业的。但适逢过年,也不免应酬一下。昏沉间忽然很想念佛,思思虑虑之间,仿佛总能听见背景深处有一片隐约的梵唱似的。于是检了《印顺集》出来,胡乱翻翻,其实算是一种温习。

　　之所以说是"温习",是因为这书我在十年前曾经很入心地读过。那两年负责做一部大型文献,老是往扬州跑,短则住半月,长则住个三两月。适逢冬天,长江中下游一带的天气冷极了,这时候我避寒的去处,就是去泡澡堂。走了这么多地方,也就是在这一带,我比较喜欢下澡堂子。这是有缘故的,比如说:北方,所有的屋内都很暖和,没必要专门跑到澡堂里去避寒;南方(比如两广一带),本来没什么澡堂,后来有几年不知发什么神经,忽的一下冒出一大堆澡堂,流光溢彩的,总给人一种把自己放在聚光灯下去裸体的感觉,所以我也很不喜欢。有时候我觉得,两广的澡堂,似乎总在刻意地表达着某种暧昧，——这是很奇怪的！本来，脱光身子洗个澡，虽然谈不上多么"光明"，但却是最为"磊落"的一件事。把这种"磊落"暧昧化，就好像硬是弄块牛皮癣往你身上蹭一样。

扬州的澡堂则大不同，大概因为它很寻常，所以也总是很平实，不惊不乍地蹲在那儿，既不抛媚眼，也不乱龇牙，始终和蔼得如刘和珍君一般。当然也不免有几间"豪华"的、流光溢彩的那种，我倒不怎么去。通常的，是隔个两三天，就近找间安安静静的澡堂子，花个十块钱，领了牌，进去。先会有人把你带到属于你的那张榻上，他会用一根长长的竹干子，把你的大衣挑到高高的屋梁上挂起来，然后给你奉上一壶香茶。至此，他的服务算是结束了。你只需自行更衣，先入大池子泡澡、蒸沐，把身上寒气全部洗净了，再出来冲淋，之后，回到你暖房的榻上，消遣那寒冬中的温暖时光。

澡堂的可爱，就在这回到榻上之后。这是一段彻底闲暇的光景。很多人会在这儿待上大半天，睡一阵、聊一阵，聊一阵再睡一阵。这样的屋内很暖，有几根大的蒸汽管子从屋顶穿过，释放出很多热量。这种热比暖风机舒服得多。如果你晚上去，会比较嘈杂，最好是中午去，待到傍晚再出门觅食。白天的时光，澡堂里通常都很安静。这里当然也有包间，那自然更安静了。但我只去过一次包间，似乎我更喜欢几十张榻子在一起的大堂那种感觉。榻跟榻之间，有床头柜隔开。屋子很高，采光通常都很好，一派暖洋洋、亮堂堂的，让人觉得活着特值，一点跳楼、抹脖子的念头都没有。

我读《印顺集》，就是在这样的澡堂子里读完的。近现代这些释林大德的著述，我从印顺那里得到的收获最大。读完印顺之后，我基本上就不怎么读佛书了。就这么一晃，十年就过去了。十年而不目佛，可见是又回到了世俗谛（也许本来也没怎么达到过胜义谛）。而印顺给我的启发，本质上却是在"胜义"层面上的。我觉得他讲"性空缘起"讲得特别好，给我的受用也最大。也许他本是一个"论师"类型的高僧，有点像龙树、无著那种样子。他的精进，体现在著述上。有的人认为著述不算是一种修为，好像只有"言语道断""不立文字"才算得上高深一样，——这实在是痴僧群里的一种偏见，也是当今遍地妖僧胡作非为的一种借口。

以修为而著述，或以著述为修为是有很大区别的。印顺大概属于后者。有时候人们往往喜欢在"声闻"还是"缘觉"上扯皮，其实，两者都未必可靠。因为后来的种种，把所谓"缘"弄得有点太神秘化了。印顺说过：缘这种东西，不可思议。——我觉得这比较老实。你一思议，就不免执着。所以，求缘不如求法。印顺的态度是一种"佛法"本位论的，即不求佛，只求法。所以一些妖僧幻示所谓"神通"而惑众，声称自己就是现世佛或所谓"佛子"的时候（比如妖人李洪志之类的），按印顺的态度去判断就只有一句话：依法不依人。这实在是举重若轻，而且直点死穴。用大白话来说，印顺基本上就是反对个人崇拜的先驱。我有个经验：凡是卖弄神通、神神叨叨的人，你基本上可以扭头就走，睬都不用睬他。因为那肯定是个骗子。

也有把印顺说得很不堪的，认为他把佛法搞成了学问。——其实，是不是学问都不要紧，关键是看他的立心。心在法，就是法；心在学，则为学。比如像梁启超、汤用彤，你读他一百本论佛的书，你也体会不到佛法的温度，只会在求法路上徒生荆棘。印顺这种佛法本位观，对我也很受用。他是倡"人间佛教"的，实际上就是在"缘起法"上的一种建设。葛兆光有一段时间也研究现代佛学，从王文会到太虚、印顺，大概研究了不少，我十年前编他的"自选集"，编得一点"法喜"都没有，可见葛兆光也就是个滥学究，而非求法者。——所以"求法"和"求学"是看得出来的，而且很明显，并不会因为形式上的相似而混淆。

说起来，我跟印顺可能比较有缘。因为在十七八年前，我最初读佛书的时候，读的第一本高僧著述就是圆瑛法师讲释的金刚经以及他的禅学论集。圆瑛讲经的风格是比较恒钉，他讲三无漏，讲的倒是平实。我最早学参禅，就是照着圆瑛指示的法子去参的，当然，什么也没参出来，后来也就不参了。直到最近我才知道，印顺的受戒师傅，就是圆瑛。而我年轻时代读佛书的经历，基本上也正是以圆瑛始，以印顺终。这是蛮巧的。——忘了是苏东坡还是袁中郎说过：岂有参得透的禅？当时觉得，这话说得实在好。后来才明白，这其实是一句讨便宜的话，文人骨子里的轻浮，在这句话里体现的最深。

我们这个时代，从轻浮来说恐怕是空前的。在这一点上，印顺的以著述为参的做法倒是含有某种极其可贵的诚实。

清人学问

　　今天查《国朝汉学师承记》，找那个喜欢用古字给朋友写信的人是谁，结果翻了好一阵也没有找到。很多书都是这样，以前读的时候，只是当闲书读，脑子里只记得某本书里记载有某个人做的某件事，但没有把它资料化地标记出来，等到了想引用时再去查，就会花上数倍的功夫，结果也不一定能找到答案。——这也就是不为了做学问而读书的通常后果。虽然我也并不特别后悔于这样的后果，因为我也没有刻意的志向要做什么学问。

　　清儒的书，我最喜欢读的，还是颜习斋和戴东原。他们的好处，一个是干脆，一个是干净。颜习斋是个笃质之人，所以他的立言总是很干脆，没有一点粘粘糊糊的缠滞状。《四存》且不说，就说他《朱子语类评》那一类文字，读着真是刻薄极了，也痛快极了。颜习斋跟桐城派的方苞似乎吵过很多架，彼此都说了些过头的话，但总的来看，两个人本性其实都挺淳的。两个淳质之人满怀热情地吵架，这便大有看头。

　　有时候我觉得，现在倡导国学的人恐怕还是先踏踏实实过了清代这一关的好。否则望文生义,放言高谈,除了徒逞一时之快以外,估计什么结果都不会有。20世纪以来,对清代学术是有偏见的,一方面认为他们是饾饤学问、落于小道;另一方面又把他们疑古的思路作为大旗高举起来,借题发挥。所以你再去看看民国时人的那种路子,无论胡适还是顾颉刚,总觉得他们有些跳梁。

就我的阅读感受而言,清儒学问,还是戴东原和章实斋最为平正。像戴东原那种方法,作为学术理性来说,已经到了很高的境界。他并非像我们通常所想象的,只会搞点考证考据。我觉得他在厘清思维这个层面,也许是更卓越的(这一点上,章实斋也一样)。他的很多范畴辨析,即便拿到今天看也很高明。比如他说:意见不是义理。这就很重要。我觉得比通常哲学史教材喜欢强调的所谓理气一元的观念重要得多。柏拉图也说过类似的话,叫做:意见不是知识。这是在方法的界面划出的一种原则,而我们在日常生活的思维活动中,往往正是在这个原则问题上最容易发生混乱。

我最早看戴东原,是他的《屈原赋注》,好几年后才看到他的《孟子字义疏证》。《孟子字义疏证》当然是最能见出他思维的清晰性的一个作品,但我更喜欢的,却还是《屈原赋注》。比起王逸的注来,《屈原赋注》最大的好处就是干净,不琐碎。我最烦读那种獭祭条陈式的注本。《屈原赋注》就很好,一点都不獭祭,而是注重整体的说解。这样读起来,你就很容易得其大旨。姜亮夫后来做的那个校注,也有这个好处,不知是不是受了戴东原的影响。

现在的论文提倡所谓的"学术规范",强调一大堆表面形式性的东西,把文章全弄得跟街面上那种扯是拉非、碎嘴叨叨的妇人似的,一点境界也没有。有一次有个学报约了我一篇文章,我就寄了一篇过去。后来他们又要我给文章加注,我说,我懒得加注,你爱用不用。这自然会弄得彼此都有些不愉快。所以我最恨写所谓的"学术论文",也基本上不写。

今天的情况最可怕之处可能就在于:伪形式凌驾了真问题,所以伪学泛滥。在这一点上,清代那些科举上不太成功的民间学者,比今天的大多数学人真是要"求真务实"得多。

守法

是夜,醒于丑末寅初,复读虚云年谱,有些感动。这老和尚,到了晚年,似乎已经无意去证成佛果,而是成了一个护法。他其实是藏了黄金白银的,愿望是能够去修缮光孝寺。估计是禅林内部有人告密使坏,所以在1951年,在他112岁的时候,当地公安及群众组织围捕寺僧,动刑拷问,查缴这笔财物。虚云也被打个半死。换了常人,也许就此也便死掉了,不想虚云竟能活过来,又活了8年。伤好后他就北上进京,去组织了中国佛教协会。目的,只是为禅子争得一点空间。

我读体光和尚开示录的时候,曾对人说:体光一辈子都劝人放下,但末法乱世,始终是无缘放下,他厉害处在于,既然放不下就索性担起来。——这也是一种菩萨行。所谓"火中生红莲",是心治,也是行治。体光是虚云的弟子。他的这种"担起来",也是跟虚云学的。

虚云临死前心里有某种凄楚,有一次说法,最后说:"我空手来,空手去,尽力为大家。管此闲事作甚么?和尚当家每每办到不能收尾时,又要我来管一管。我这老牛犁田,犁一天算一天,心中苦楚,说给大家知。我一场辛苦,别人不以为恩,反以为仇,缘结不到,反结了冤。这也无非前因所招。我说这些闲话,大家好好向道上办,不要被境界转为是。珍重珍重。"——这时他已经快120岁了,算是道别。

体光只活到80多岁就死了。这也没什么。孟子说"寿夭无二",所以说并没什么。体光到了晚年,这也看不惯、那也看不惯,性情很可爱,骂禅林比骂俗世要多得多。为什么呢?因为现在这个禅林太俗了,所以俗世他反而比较原谅。他也骂密宗,认为他们喜欢搞鬼搞怪的,着了魔了。我也不懂密宗,所以我也不敢骂;但哪天我开骂了,我也不怕他们来咒我。我总是想:这个时代,能够缘觉就不错了,你还整天想去求声闻,那多半跟去凑很多晚会的热闹似的,听的大抵是"假唱"。

依法不依佛,是佛祖自己指示的。当代很多"上师"们却说:皈依他,他就能包你登入净土。——这样的鬼话,你拉倒吧,骗谁呀!

鲁迅有什么用

　　上个月人们忙着纪念鲁迅,看了很多文章,自己也一直想写点起哄凑热闹的文章,可是终于写不出来,觉得自己特不鲁迅似的,只好鲁肃了。鲁迅本姓周。我小时候的印象中,姓周的人,最好的是鲁迅,最坏的就是周扒皮了。后来自己也劳动挣钱糊口了,才知道当周扒皮也不容易,半夜了还得起来学鸡叫,起得指定比长工们要早,不容易。鲁迅是也想半夜叫的,所以他喜欢鸱鸮。所以他也有点烦人。他写《野草》那段时间,总是躲在夜幕下诅咒,很瘆人。

　　我读鲁迅很早,最初的时候大概是刚上初中那会儿,有一天父亲抱了一打书回来,是鲁迅那一套小册子。我那时是一个地道的闲人,母亲总希望我能够考试不及格休学,所以没有什么压迫。我也就胡乱地看闲书。鲁迅对我,就是闲书。我很喜欢他那种语言组合方式——寻常我们觉得不应该搭在一起的词,他就硬给搭上了,然后就有一种古怪而又生动的感觉。实在佩服他。我那时也希望自己变得更古怪些,这样在人群中就有了些凸显似的,所以就喜欢他的书了。——如此地接近鲁迅，是很邪门歪道的。所以尽管读鲁迅很多，但我从来就不是所谓"鲁迅精神"的继承者。因为自己是个懒人，因此觉得鲁迅其实也是懒人。懒人有懒人的向往，比如喜欢写字，但又不喜欢中规中矩地写字，只希望任性乱写，不像现在的生活中，总要写那么多的总结，打那么多的报告，填那么多的表格，等等——何必搞得那么程式、那么文牍呢？这是中了鲁迅的毒。

鲁迅说他是有毒的，而他的继承者都回避这个，并且为他辩解。其实鲁迅就是有毒的。当然他首先认为世道人心本身先有毒，所以他提供的药引，是在人生态度上；而他的毒，也恰好在人生态度上。现在很多人都在阐释鲁迅，希望找出他思想遗产中的神圣的东西。其实，我觉得他的最大遗产就是他的话语形态。他提供了一种平台，是话语的自主发挥的平台。只要你走进这个平台，你就会惯性似的突破体系，进而在半夜发出叫声。这就是我觉得胡适在智慧上并不杰出的原因。胡适一辈子，也引领过，也抗议过，但他的思维本质，还是个循规蹈矩的人。我读胡适不算深，但体会他的语言也不算少，你看他的语言，真是蠢笨如牛，没一点灵气儿。——所以我总觉得，现在很多鼓吹胡适的人，其实他的终极本质还是在鼓吹做良民。这一点也许连他们自己都还不知道。

所以胡适倒是有用的。——我于是时常想：鲁迅有什么用？这个问题我想了很久，一直想不清楚。近来忽然明白，鲁迅是无用的。他的本质，就是"不为所用"。一旦为所用，他就觉得别扭，然后就"半夜鸡叫"起来,搞得别人尴尬不已、坐卧不宁。

几年前我认识一个学化学的河南籍研究生,去他宿舍,发现他床头堆了很多鲁迅的书。问他:你喜欢鲁迅?他说:喜欢!有时候心情不好,看看他的书,觉得解气,心情就好起来了。我当时想——原来鲁迅是励志书。后来我跟刘泰隆先生交换过对这个现象的看法,得出的结论是鲁迅始终以其烈性在抚慰人心。他是有志的。但是到了现在,"志"的变异很大,有时候,有野心有图谋也是一种"志"了。费孝通晚年写过一个文章,说到当代学者跟傅斯年那一代学者精神面貌和精神境界的不同时,说:想来想去,那一代人的不同,就是两个字——有志。这就颇有些"古之学者为己,今之学者为人"的意味了。

所以,鲁迅有什么用?我说:基本无用。——除非你是吃鲁迅饭的,但那也是你的本事,"有用"也只是在你自己。至于鲁迅,他实在没什么用。

长河总是瞎流

这两天脑子里老是浮现着沈从文《长河》那篇"题记"的一些意思，今晚把它翻检出来，抄几段在下面：

1934 年的冬天，我因事从北平回湘西，由沅水坐船上行，转到家乡凤凰县。去乡已经十八年，一入辰河流域，什么都不同了。表面上看来，事事物物自然都有了极大进步，试仔细注意注意，便见出在变化中堕落趋势。最明显的事，即农村社会所保有那点正直素朴人情美，几几乎快要消失无余，代替而来的却是近二十年实际社会培养成功的一种唯实唯利庸俗人生观。……"现代"二字已到了湘西，可是具体的东西，不过是点缀都市文明的奢侈品大量输入，上等纸烟和各样罐头在各阶层间作广泛的消费。抽象的东西，竟只有流行政治中的公文八股和交际世故。大家都仿佛用个谦虚而诚恳的态度来接受一切，来学习一切，能学习能接受的终不外如彼或如此。……所谓时髦青年，便只能给人痛苦印象，他若是个公子哥儿，衣襟上必插两支自来水笔，手腕上带个白金手表，稍有太阳，便赶忙戴上大黑眼镜，表示知道爱重目光，衣冠必十分入时，材料且异常讲究。特别长处是会吹口琴、唱京戏，闭目吸大炮台或三五字香烟，能在呼吸间辨别出牌号优劣。玩扑克时会十多种花样。既有钱而无知，大白天有时还拿个大电筒或极小手电筒，因为牌号新、光亮足即可满足主有者莫大虚荣，并俨然可将社会地位提高。他若是个普通学生，有点思想，必以能读什么前进书店出的政治经济小册子，知道些文坛消息、名人轶事或体育明星为已足。这些人都共同对现状表示不满，可是国家社会问题何在，进步的实现必须如何努力，照例全不明白。……一面不满现状，一面用求学名分，向大都市里跑去，在上海或南京，武汉或长沙从从容容住下来，挥霍家中前一辈的积蓄，享受腐烂的现实。并用"时代轮子""帝国主义"一类空洞字句，写点现实论文和诗歌……

沈从文的文字，我真正喜欢的并不多，虽然他后来被一些人尊奉为现代文学至圣先师的样子，崇高的不得了。我也有过随声附和的卑劣行为，但暗中始终知道自己心里的地盘上并没有沈从文太多位置。他的小说，虽然极其自然，但往往过分散漫，少了点聪明的或有力量感的东西。扪心想来，他留在我心里的文章，大抵也就是一两篇小说和《云南看云》、《街》、《长河题记》这么三四篇散文。这篇《题记》我是很晚才看到的，大概也就是在五六年前才读到它,当时觉得这文章写的真是逼真极了,而且有力量极了。这种有力量,不是郭沫若似的那种叫啸的力量,而是一种穿透性的力量。印象中,沈从文笔下,呈现这种力量感的时候并不多。这篇文字里,却流露出一种对历史的尖锐的洞察。你可以把它视为对失去的乡村的哀伤,也可以理解为对现代化的反省。《题记》写的这种状态,本质上跟我们今天还是一模一样,并没有太大不同。无非是把"时代轮子""帝国主义"一类空洞字句,换成了同样空洞的"科学民主""自由主义"(或者是"后现代主义"之类的)罢了。

我近来越来越觉得,任何情况下,未来其实都是一个圈套,你用心趋近它时,即便不欺人,也难免要自欺。就好像长河,它要怎么流,并没有一定的谱,——其实它也就是瞎流。

活感

哲学有多重要呢？其实，作为学科化的哲学一点都不重要。它常常可以等同于垃圾制造本身。哲学家也不是那种可以在一切鸡毛蒜皮的地方把世界解释得头头是道而又绝不自相矛盾的人。——把哲学变成为一种解释学其实是很可怕的。

比如说鲁迅这个人，一辈子都在宣发些鸡零狗碎的思想观点，却从来没有展现过他完整的思想体系。所以很多人对他都很不服气。文学家认为他算不上伟大的文学家，理由是他没写过长篇小说；思想家认为他也不能算思想家，因为他没有自己的体系哲学；当时还有激进的革命家认为他不仅不是所谓革命家，而且是十足的反革命，十足到了"双重"的地步……从这些判断看来，鲁迅基本属于啥也不是的那类人物。啥都不是的人其实很多，不过大都是些没知识或反知识的人物。但在当今知识界，啥都是的人其实也很多，像余秋雨、方舟子什么的就属于这种人，因为在一切领域，他们都能够以专家的口气发话。

以前我心里还老把鲁迅当个人物来对待，所以曾经引用雅斯贝尔斯的话来为鲁迅作辩护,以证明他确实是"思想家"。因为雅斯贝尔斯说过:所谓思想家就是始终能够激发人们去思想的人,而不是简单拥有某个思想体系的人。——然后就顺延发挥出一个三段论:鲁迅是始终能够激发人去思想的;所以鲁迅是思想家。

现在想来,这种辩护真是蠢透了,简直跟得了神经病似的。鲁迅是不是思想家关我屁事!我只须从他的文字里读得痛快、踏实、高兴就行了,管他是公是母、是家非家。只有那种鲁派人士,抱定了终身要吃定鲁迅以自肥的盘算,才会有事没事就去辩护争吵,跟抽风似的。对他们来说,鲁迅必须相当于神之子,死前必定指着绍兴花雕说:"这是我的血!"然后指着茴香豆说:"这是我的肉!你们有福了……"

鲁派人士必定窃喜不已,心里暗想:这下可有吃有喝有了。——吃喝,其实也没什么过错。何况吃的是死人,既不犯法,也不违反人道。况且越是大尸(大师的本义),可吃的岁月就越是长久,不吃白不吃。不过我估计鲁迅不会太好吃,因为毛主席说过:鲁迅的骨头最硬!(毛主席可能是个老吃客,所以他才能说出这么有心得的话来)——人又那么瘦,骨头又那么硬,好吃才怪呢。

以前我总结鲁迅的哲学,就两个字:"活感"——也就是捕捉一切活着的感觉作为存在论的基础的意思。这一点,其实蛮尼采的,也蛮柏格森的。要让鲁迅对体系哲学感兴趣,除非把他打成脑残。

体育也是"活感"的一种表达。近来在奥运,我找了半天也没找到印度队在哪个台比赛。我这人基本不关心体育,但我确实蛮关心印度队的。谁要是知道什么时间、什么台有印度队的比赛,麻烦给我留个言,告诉我一声呵。

可能恰恰是那种工业化、技术化程度还不够高的国家,不需要关心体育。因为他们那里大多数人一天到晚都在育着,不需要专门去体育。雅斯贝尔斯写的那本《现时代的人》中,谈到过这个问题。我不辞麻烦把它翻了出来,抄两段在下面:

> 现代人仍希望用各种方式表现自己,因而体育变成了一种哲学。人们起而反抗约束、禁锢、限制;他们在体育中寻求解脱,尽管它不具有超越的内容。……在技术机构无情地接连毁灭人类的时代,人类的身躯要求自身的权利。因此,现代体育运动笼罩着一圈光辉,尽管这光辉的历史起源各不相同,却在某些方面使现代世界和古代世界相类似。……但是即使体育运动把这些限制之一强加给理性化的生活秩序,单单通过体育运动,人也是无法获得自由的。

雅斯贝尔斯在论述这个环节之前,实际上已经论述了现时代是一种功能化(而非意义化)生存的时代这个问题。体育所残存着的一点生命活力的影子,似乎成了某种"拯救"的象征物。然而这样的影子其实是虚幻的。它也许可以理解为当代意识中的那种虚无感的一种补偿反应。所以竞技体育里面其实已经没有"活感"了。

庄子离我们不远

　　这回谈庄子,不会谈多久,因为庄子还有个"言辩"的一面,谈起来太累人,所以不打算谈那方面的话题。今天也许是最后一谈。

　　比如说鸿蒙吧,一般都认为他是杜撰出来的人物。啮缺、知这些人物,也都是些传说或杜撰的人,当不得真。如果硬要说鸿蒙是真有其人,我也可以装得跟学者似的考证一下鸿蒙的世系。比如说,鸿蒙就是黄帝的儿子讙兜。因为讙兜又名浑沌。而鸿蒙的意思其实就是浑沌。况且《五帝本纪》有"昔帝鸿氏有不才子,掩义隐贼,好行凶慝,天下谓之浑沌"这样的话。而"帝鸿氏"是谁呢? 贾逵有个注解:"帝鸿,黄帝也。"也就是说,黄帝其实是姓鸿。可见鸿蒙就是黄帝的儿子。——这种极其装逼的考据,既不实用又不好玩,没啥意义。

　　在庄子的真实生活中,倒是有一个知性对手,那就是惠施,差不多就是知或瘦诘那种人。战国时代的人,都比较善辩。章学诚说"战国者纵横之世也",说出了这善辩的一些社会心理原因。我读《庄子》，觉得他写得虽然好玩，但是他的心态，其实不如孔子优游。庄子说事儿，时常口气很大，有时在不经意间说出一两句话，让你感到他内心十分刻毒。比如说《逍遥游》吧，里面有一句话，是说"蜩与学鸠"的，叫做"腹犹果然"，意思是"肚子饱饱的"——什么含义呢？含义是"眼睛只盯着自己食槽的那种人"。我觉得庄子写这话时，内心就很刻毒。所以我常说：庄子是骂人不吐牙的。

看惠施跟庄子斗嘴，是读《庄子》的一大乐趣。这种斗嘴，我们最熟悉的大概就是"濠上之辩"了。说他们俩人在濠上观鱼，庄子说："你看鱼多么快乐呀！"惠施立刻堵了一句："你不是鱼，你怎么知道鱼是否快乐？"庄子也不是吃素的，立刻回击："你不是我，你怎么知道我不知道鱼的快乐？"惠施又接着说："对呀对呀，我不是你，所以我不知道你知不知道什么；同样，你不是鱼，所以你也不知道鱼的感觉。这道理不是很圆满嘛！"——这场辩论就是关于知的辩论。惠施是揪住"知"字不放，庄子呢，他对知根本就不感兴趣。所以两人怎么扯也扯不清楚。

惠施和庄子还有一次言辩，我觉得更精彩。这记载跟"濠上之辩"同见于《秋水》一篇中：惠施在梁国当宰相，听说庄子来了。有人就跟他说，庄子那么有本事，他来了，说不定会把你宰相的位置取而代之。惠施大慌，调动武警搜了三天三夜，把庄子搜了出来。庄子见到惠施，给他说了个故事：南方有一种叫鹓鶵的鸟，一飞千里，它除了梧桐树不会歇脚，除了竹子的果实不吃别的饭，除了澧泉不喝别的水，高洁的不得了……有一天一只猫头鹰捡到一只死老鼠,恰好看见鹓鶵从头顶飞过,猫头鹰慌忙捏住死老鼠,盯着天上飞过的鹓鶵大叫一声:"嚇!"——庄子说完这故事,对惠施说:你这不是捏着梁国来"嚇"我吗?

我们今天这个世道,这种"嚇"人其实是很多的。这正是庄子离我们并不远的主要原因。

"南明"尴尬

有一年我下乡挂职,当了个主管文教卫的副乡长(这是我这辈子当过的最大的官,整天鱼肉乡里欺上瞒下吃里扒外真他妈威风)。居乡无事,有一天突发奇想,打算写个武打小说解闷。这主意一定,兴奋了好几天,觉得活着特有作为、特前途无量,连去村里宣传计划生育都一脸武功盖世的样子,估计吓得很多人不敢乱生。然后开始构思,三千年上上下下想了一遍,觉得把背景放在南明那个乱世比较有故事。于是回城背了一大堆关于南明的书籍,什么《明季南略》了,《小腆纪传》了,《南疆逸史》、《永历实录》、《所知录》之类的,读了差不多有一年。结果,南明史被我摸得个一清二楚。刚摸清楚,下乡也结束了,回到城里一忙,武打小说没写一个字,南明史研究也没搞出点成果来,整个人从前途无量掉进了穷途末路的境地,想想真有点尴尬。

尴尬在哪呢? 尴尬在于:你说小说吧,小说没写出来;你说治史吧,又有谢国桢、司徒琳的《南明史》(同名异书)摆在那,怎么写也写不过他们去。结果就只好自己闷骚了。

这一闷也闷了十好几年，这点知识在肚子里沤着，要不说点什么，简直是死而有憾。其实到现在也说不出什么了。要说点什么，大概也就是：王船山的《永历实录》有一半是不可信的，千万别信他。计六奇那个《明季南略》虽是辑撰，但是看得出不是乱辑，而是有所考选的。《小腆纪传》恐怕最好。要说南明最好的故事，恐怕是在南京的那个福王那里。那一年多的光景，那一个个人物们，可真是些人物啊，但也正因为是人物，所以晚明的坏毛病也都一一传承下来，而且集中爆发。对于抗敌，坚持的或不坚持的，都很糟糕。其实本来是有希望来个划江而治的，就是由于这种糟糕，结果没戏了。历史就是这样，就算你是个人物，一旦没戏，也就不成个人物了。所以他们折腾的日子不长。

其实立福王本来就是错的。福王是郑妃的后人，在万历朝本来就是激起党争的焦点人物，你现在把他端出来，等于是把原来那些无聊的党争又捡回来了，结果朝堂无宁日，也是一种报应。

永历朝倒是不短，但那故事，基本上已经流寇化了。永历朝差不多可以说是瞿式耜、孙可望、李定国的历史。我总觉得，李定国和孙可望，有点像李自成和张献忠的区别。但是孙、李那种感觉，已经是连做寇都做得很差火了。后人对李定国评价比较高，我看他也就一笨蛋。孙可望在昆明的金殿里，但求苟安，没一点雄心；李定国呢，打仗还行，但是没什么韬略，有点像自我阉割了，一方面想致君，另一方面，又抹不开面子。瞿式耜是钱牧斋的学生，但是书读得太死，终究运转不开。跟他同死的那个张同敞，是张居正的后代，也没落了，基本就是一莽汉。

看南明史，我觉得那时代的一个普遍状态就是人的没落，——所有的人物都像模像样的，就是不像人样。比如那个金堡吧，看上去特正直，但推敲起来，也是一揽屎棍。瞿式耜呢，也挺正直，但总觉得他骨子里很婆妈。我对一些看上去特正直、特豪言壮语的人常常心存怀疑，这可能就是那年读南明史的一种收获吧。

《文中子》

　　昨晚看了看《文中子》，看来看去，觉得他陈词滥调还是蛮多的，但也有些不同寻常的地方。之所以找他来看，是因为在西安的时候曾经与人聊起他。而在此前，我并没有好好读过他的文字。对于以中文为职事的人来说，我们比较容易熟悉文中子（王通）的弟弟王绩，而对王通，基本不会有太多印象。他是山西万荣人，为世家。万荣到了当代，专门生产政治笑话，听说中纪委的人一到万荣，握住当地干部的手便会笑个不停，因为触碰到一个万荣人就意味着勾起了很多政治笑话的记忆。可见这个地方是喜欢拿严肃的东西来开涮的。王通也有类似的嗜好。比如他自称"王孔子"，成天琢磨着续写六经什么的，还整了本《元经》出来，那意思，就是"六经"之上的"经"，实际上有点拿儒教之圣并不那么当回事儿，也有点自我膨胀的性格。

　　《文中子》这书，篇幅不大，又都是语录记述，读起来不吃力。从书中看，当时魏征、李靖、房玄龄什么的，似乎常常请教于他，而这仨人恰好是贞观之世的有名的大臣，所以不免给人一种联想：

贞观盛世是在王通思想指导下实现的。王通之所以得以流传，我总觉得跟这个有关。

今晚读这书，有一个感觉，觉得王通的思想并不见得多么奇创，但他的感觉还是挺敏锐的，骨子里其实更多的是一个文人，而不是思想家。他喜欢评人，有魏晋人善品藻人物的习气。我觉得，他的评人，往往是他最精彩的地方。比如他评嵇、阮，是"道不足而器有余"；评温子升"险人也，智小而谋大"……我觉得确实评得蛮到点子上的。比如说"道不足而器有余"吧，他解释说：道为"通变"，器为"执方"，大致的意思就是说：多固执而少灵活性。从这个意义上说，"道不足而器有余"用在嵇康身上显得更妥帖。你看嵇康笔下，动不动就是长篇大论，特想标立新说的样子，而一旦没人买账，就阴一阵阳一阵地说上一堆怪话，怨气十足。王通评鲍照为"狷者"，大体也是这个意思。当然跟嵇康比起来，鲍照就显得"道"更为不足了。李白说"俊逸鲍参军"，其实并不理解鲍照，说到底，李白是一个自以为是的天才，也是一个自以为是的糊涂人。

文人多怨，自古皆然。王通有一个好处，就是他所处的那个时代，已经很长时间没有什么正经的君主了，所谓"天下无赏罚三百载矣"。所以他心里对帝王其实是没什么看重的。他更多的还是站在道统的立场说话。但是后来人以此认为他有民主思想，也不免是借题发挥。其实他还没到那个程度。

无端

　　泰隆先生晚年，特别喜欢聂绀弩的诗，多次对我说那诗有意思。我对聂绀弩的了解，是早年读过他的一本《高山仰止》，怀念鲁迅的，把鲁迅写得有点人样，让人感觉不是神，所以对绀弩算是有好感的。于是也找了绀弩诗翻了翻，竟不觉得喜欢，觉得有点打油气，不对我胃口，就扔开了。

　　一回泰隆先生来，背了绀弩诗中一句写胡风的："无端狂笑无端哭，三十万言三十年。"我听了，有些感动。后来我才知道，那是化用苏曼殊的句子，但化写得实在很精彩而紧扣。当时在下班路上自己还曾吟过一律，全诗忘了，现在只记得第一句是"拍遍栏杆意惘然"，还有中间一联："底事无端惊雁语，佳节犹自入乡关。"这联我自己颇喜欢，对仗还算矜严，而且有意思。

　　诗这件事，我以为是很无奈的。格律诗，好玩，但却不实用。我觉得就把它当做一种文字游戏，那就很好。无聊时，胡乱想一个对子，或连缀成一律诗。这是很好玩的，而且瞬间便使人无比充实。白话诗呢，那基本上还处于乱章无法的时候，好和不好，没有什么一致的标准。我在白话诗面前很自卑，因为不知道怎么搞。所以也佩服当代的诗人们。佩服他们的一些句子，——无端而来，无端而去，弄得跟孔子似的……颜回说孔子：仰之弥高，钻之弥坚，瞻之在前，忽焉在后。跟闹鬼似的，简直神了！

可见这里面有一种无端效应。看来，无端这东西，还是很厉害的。

我也许还在信奉精神的平等

刚才看央视的"面对面"——今天是专访易中天的。其实我个人不怎么喜欢易，主要是他的长相我不喜欢，觉得他长得有点像川剧的那个变脸大师，忒贼兮兮的，有点鬼气。因为前阵子葛红兵在网上批评易的《品三国》，闹了点口角。而我又觉得葛的批评实在有点装逼。所以就静下心来看完了央视的这个节目。

节目很好玩，主持人（叫王志的）一脸聪明的神情，问了许多傻问题（主要都是葛红兵批评文章中提的问题）。易中天表现得还算客气，没怎么让他下不来台。比如他问易：你觉得自己究竟是一个传播者还是一个研究者？——这问题就很可笑。这两种身份矛盾吗？再比如最后易谈到退休后打算终止教学生涯，不打算出去上课了。主持人一脸高深地问：为什么不呢？——这种追问实在很愚蠢。

这年头，一脸聪明相的蠢人是不少的。比如葛红兵批评易中天的《品三国》是得其微言、失其大义，就批评得有点反讽（是葛红兵把自己弄得反讽了）。孔子订《春秋》的态度，基本上就是"述

269

而不作"，恐怕在孔子那里，本来也就是只有"微言"而不刻意呈现"大义"的。因为"大义"就在"微言"中嘛。这么一来，葛给人的感觉，就成了一副十足的经今文学家的派头，别说今天的人看了讨厌，就是三百年前戴震那种人看了，也会觉得讨厌的。

今天易中天谈到二十年前《美的历程》和《万历十五年》对他的启发。我忽然有点理解他了。几年前，《美的历程》再版，我还仔细复审过这书，也是隔了十几年再读，发现李泽厚的病句实在是很多。但这并不妨碍《美的历程》的价值。它们给中国学人的学术生态的启迪，恐怕还是比那种动不动就若干卷的煌煌巨帙要深远得多。——这里面折射出的，是中国学术界今天面临的共同问题：学术规范和学术表达之间存在的尴尬。我看这个问题，短期是解决不了的。所以要允许探索。《万历十五年》我认为是黄仁宇写得最好的一本书，那种境界是不容易达到的。其实在二十年前那个阅读年代，类似这种给过我深刻启发的书至少还有海涅的《论德国宗教与哲学的历史》、丹纳的《艺术哲学》、霍尔巴赫的《袖珍神学》，甚至《傅雷家书》等等。——那都是些多么好的书啊！

我昨天还在想到这样一个问题：构建一个时代的共同教养的，其实是一批特定的书。昨天我曾经在努力回忆它们是哪些书。但是昨天喝了点酒，无法完整地回忆起来。当时甚至想到了康德，因为他对我影响实在很大。后来觉得自己有点想偏了。——但是康德的能够成为普遍教养，我心里有一个画面，那是《邓肯自传》里面描述过的。邓肯写道：在闲暇的时候，她搬了张椅子到草地上坐下来，一个人静静地读一会儿康德，读着读着，会偶尔不自觉地笑出声来。——因为我不懂外语，所以无法从事外文阅读。但我也许能够想象得出，外国人是怎样读他们那个我们所谓的外语的。

我的结论只是一个：我也许还在信奉精神的平等。

关于尼采

二十年前,我阅读海涅的《论德国宗教与哲学的历史》。这本书把我对哲学的兴趣从根本上调动起来了,由此我知道:哲学的命题并非来自哲学教科书和哲学教授们,而是来自生活本身。于是,许多"无用"的想象开始弥漫了我的生活。

生活因为有了想象的支撑,变得崇高和遥远,使人在崇高的方向上磨炼着对时间的信念,在遥远的顾盼里锻造着对空间的信仰。——你只有真正检阅过崇高,你才能知道什么是伪崇高。而那时的人间,伪崇高恰恰是很滥很多。海涅那本书里,叙述过一个机器人追着它的发明者索要灵魂的故事,含有一种与尼采所称"现代人没有外表与内在的相应"这一观点相似的寓意。获悉这寓意的内涵,我心头陡然袭过一缕阴郁,因为似乎隐约地有一个饱尝着知识背后的无知的宿命,在晦明莫测的远方,像枯树似的等待着那只将会撞上它的兔子。而我们每一个人,都有可能成为这只兔子。

阴郁,恐惧,还有寒冷。——没有长者的家就如同没有狗的家一样，是不温暖的。而有长者的家又像是有狗的家一样，是不宁静的。

我们应该到哪里去居住？更糟的是，我们究竟应该叩开哪一扇门？只有到了这时，你才会知道，能够成为那个坐在屋里倾听敲门声的人，其实是幸福的。然而，事实的残酷性在于，我们已经处在屋外。在屋外徘徊，无法走进一个家。仿佛有一种流浪的宿命，深深攫住了我们。你还可以见到昨天的诗人在俨然地传授着诗道，他在高贵的教席上说法，完成着他自己感觉到的历史所赋予他的诗教的使命。这是多么"高尚"的一件工作啊！——然而事情的悖论在于：诗一旦成了诗教，也就只有教而没有诗了；真正的诗人没有工作，只有生活。——什么是工作？在现代岁月里，工作是一所舒适而又尊贵的囹圄，它囚禁了无数的人们，使人误以为这里就是他们的家园。笛卡尔说：我思故我在；费尔巴哈说：我痛故我在；马克思说：我吃故我在；尼采说：我是故我在；现代人说：我工作，故我在……每个人都有着一个关于存在的阐释，于是，存在的疆域被置换成了存在论的疆域，结果也就没有了疆域。没有了疆域，人们欣喜若狂，四处高呼："大同了""全球化了"！——似乎自由已经迅步来临。可是，没有人知道我们都是工作的囚徒。我们工作，我们因此也成为了存在论的一条注文。因此，我们便逻辑地存在了，但我们并不活着。

这，是尼采的启示。

尼采是这样一个人：他深窥了人性中的历史化的污渍，于是要汰洗它。然而身染污渍的人们却说：那不是污渍，那只是某种

273

老式样的花纹。于是，尼采急了，先是大声疾呼，终而破口大骂，到他骂不动时，便直了两眼痴望着远天，孤寂地淹没在夕照里，死去……

这是一个英雄，也是一个残酷的人。他把人性推向绝境，指望人们随他穿越死亡而新生。然而世人没有谁像他那样傻，他们只是叉着双手闪在一旁，然后指着尼采的背影窃窃私语：看哪，那个疯子！尼采直到最后才听到了这样的议论，然而他已经无法折回到他们的行列中。他只有回过身，像京剧舞台上的人物般亮了个相，说出一句话："看哪，这个人！"

我读过他写的这些书：《悲剧的诞生》、《历史对于人生的利弊》、《道德的谱系》、《善恶的彼岸》、《苏鲁支语录》、《偶像的黄昏》以及《重估一切价值》。另外，别人写他的：莎乐美《情遇尼采》，勃兰兑斯《尼采》，茨威格《与恶魔搏斗》中的《弗里德里希·尼采》。其中，茨威格那一本书，可以跟罗曼·罗兰的《贝多芬传》和欧文·斯通的《渴望生活》参照来读，它们写的同样都是英雄的心史，而且这又是三个如此相似的精神英雄。梵高的死与尼采的死似乎有某种神秘的联系，他们都执着于南方，都被南方的太阳的激情所鼓荡，并且，这心灵最终都升华为了人类精神的热力。他们都是有力量的，而力量常常与恶有着相似的相貌。这就引导我们不得不去思考"恶"本身。

尼采在 19 世纪的整个 80 年代，始终沉浸于对道德的拷问中，究其实质，他无非就是在努力圆其对"恶"的那样一种论断。可怜的尼采，他从历史中询问了道德，又从道德中询问到了生命意志本身。道德的本质的虚无性使他跨出一步，而他的尴尬在于：作为必须存在于历史中的生命也同样是虚无的。——这里面有一种时间的悖论。后来在海德格尔那里，他试图弥合这种悖论，然而据我的观察，他并没能真正做到。站在佛家的立场看，海德格尔识破了"缘起"，但此后他便执着于斯……

尼采的《论道德的谱系》可以视为他的越过历史批判的转折点，此后，他便进入传统意义上的"癫狂"了——这是很无奈的事情。他在"传统"面前的无奈在于他的十分固执的"反历史"或"非历史"的信念。而这种信念，早在他《历史对于人生的利弊》时期，就已然确立了，——这是他的起点。好在我进入哲学的门径是海涅（这种入门有点怪，因为海涅并不是哲学家），由此而顺利进入的是马克思和德国古典哲学，因此对于欧洲意义上的"历史"以及所谓的"历史感"有着较深刻的印象。这使我知道尼采所设定的批判的真正分量。

我知道，一切判断均缘于其内在的参照，而参照本身可能就决定了其是否构成误读。——这是反观于现象之后的推论，然而是否是一种合理的推论，我不知道。只是在我看来，真实性与否与历史无关。这就如同尼采所倡导的"超历史"——我们的理由是（或者仅仅只是）：相信自己。这是尼采给予的一种激励，尽管它有些虚无。

至于"南方"，它太神秘了。尼采在《善恶之彼岸》中一再提起南方。——也许只有知道了"北方"，我们才能够真正知晓"南方"。总之，对于尼采的精神所经历的那个过程，我在此仍然茫然。尼采是一种迷幻。他活着时，只是将精神无限度地展开，并不在意展开后的结果。而他的结果似乎是幸运的：他获得了关注，尽管这关注中有时代自身反思的因素。但我仍怀疑：对于把科学技术视为禁欲主义的一种转换形式的尼采，他有充分的理由感到幸运吗？我不知道。

许多问题困扰着我们：我们还有没有英雄？人类还需不需要有英雄？如果民主和科学——这正是尼采强烈抨击过的两个范畴——所蕴含的价值已注定了与英雄对立的话，那么人类应该如何去适应它？而更深一层的问题是：如果人类的宿命只是适应，那么历史又有何意义？

在尼采之后，我们的问题其实很多很多。——我写此文的目的，无非在于提醒人们：我们对自身存在的阐释其实很脆弱，我们千万不要盲目地安享于什么……

因此，我们有必要阅读尼采。

黄庭坚

　　文人活到了宋代,幽默感忽然集体爆发,学者们说,那是因为佛教文人化造成的。苏东坡跟黄庭坚的关系就挺逗,与其说他们是师生,不如说是朋友。苏东坡看见黄庭坚的书法,说:你那哪叫字呵,简直就是死蛇挂树。黄庭坚也不客气,回敬一句:你的字也不咋的,像石头下面压着个癞蛤蟆。

　　苏东坡的字从颜真卿出来,比较胖,所以有点蛤蟆相倒也不是信口雌黄,但蛤蟆只是蛤蟆,没有到墨猪的地步,所以说他的字像石压蛤蟆,稍微有点夸张。可是,形容黄庭坚的字像死蛇挂树,则是比较精当的。东坡这人,感悟力极强,是我很佩服的人。他要是形容一点什么,那真是精当极了,简直到了增一分太长、减一分太短的地步。你去看黄庭坚的草书,落笔一点都不迅疾,拖拖沓沓的,但筋骨很完整,也很劲道,一眼看去,真跟一堆死蛇挂在树梢似的。

　　黄庭坚被贬到广西宜州监督改造的时候,当地属于典型的欠发达地区,买不到好的毛笔来写字,所以他就买那种两三文钱一枝的鸡毛笔,写得也挺乐呵。这种笔跟狼毫、鼠毫什么的比起来,估计特别软,蓄墨也多,运笔很检验功力,否则就容易弄成"墨猪"的局面。今天看来,他确实写得好,至软之物写出了坚劲之形,不容易。在我看来,他草书的那种死蛇挂树的风格,就跟这种笔有关。有意思的是,东坡在海南,也常用这种鸡毛笔写字,价钱似乎比宜州还便宜。当代有个书法家叫舒同的(已死)也多用鸡毛笔,写的字也挺死蛇的,但不够灵动遒健,所以死蛇是死蛇了,却不太挂树,跟趴在地上似的,有点"见机而作,入土为安"的样子。所以舒同远不及黄庭坚。

黄庭坚在宜州最喜欢写草书,而且不摆架子,那心思,大概含有点破罐破摔的情形。说起来,他被贬到宜州的罪名也挺搞笑的,叫做"幸灾谤国",什么意思呢? 就是幸灾乐祸并且说国家的坏话,归纳起来,基本上属于"感情罪"外带"言论罪"。给他整出这罪名的人,叫赵挺之。这个人,我不说读者可能觉得有点陌生,我一说大家就都知道了,因为他有一个著名的儿媳妇,从文化角度看,几乎可以称为"史上最牛儿媳妇"。这媳妇就是李清照。——李清照的公爹整死了黄庭坚,在我看来也不算很奇怪。因为李清照在词这方面的文学观跟苏、黄那一路人其实是挺对立的,她认为他们写的根本算不上词,只能算是句子长短不一的诗。这有点像我们今天评价某现代诗人的水平臭,说他的诗最多算是分行排列的散文是一个意思。所以,黄庭坚被李清照的公爹整死,有点把文学矛盾扩大到政治层面的嫌疑——当然,我这是说玩笑话,别当真。

我这人，怕就怕人啥事儿都当真，那样交谈起来，简直就是想象力的一种牢笼，没劲透了。当然，如果凡事都玩笑，也挺没劲。黄庭坚这种人，属于能够把正经话跟玩笑话清楚分开的人，所以比较好玩。不过他也挺各色，喜欢装逼，尤其喜欢说人家俗。有一句话，叫做"三日不读书则语言无味、面目可憎"，也就是骂人俗的意思——这话就是黄庭坚说的。你去看《山谷题跋》《山谷尺牍》这些书就有体会，他动不动就骂人家俗，反反复复、喋喋不休，跟个长舌妇似的。这现象反过来看，也说明黄庭坚有点自恋狂的倾向。后来的中国文人，喜欢把苏、黄当榜样，所以格局越做越小。雅俗这种事情，其实是说不清楚的，没有什么标准。要避免陷入"雅俗之见"，只有一个办法，但是这办法我不想说了，主要是懒得打字。——这篇就这样。

关于虚妄

　　每个人的一生都有很多计划，能在死前把计划完成的，却不多。比如说鲁迅吧，他心里一直想写"中国文字变迁史"和"中国文学发展史"这么两部书，但是至死都没有做出来。为什么做不出来呢？因为环境变了。如果他一直待在北京，也许就做出来了。他自己说过这个意思，那是有一年（好像是 1930 年吧，没细查），他去北京探亲，感慨北京适合做学问，因为旧书多，但是北京学界的氛围有点怪怪的，这又为他所不喜。所以他还是回上海了。上海太热闹，隔几天就来这么一新"主义"磕碜人，所以人居此城，比较容易亢奋。一亢奋，就不好谈什么学问了。

　　我觉得，30 年代的北京和上海之间的反差，是蛮有意思的。好像这俩城市把胡适那句"多研究问题，少谈些主义"作了一种分工，——北京似乎专门研究问题去了，上海呢，则不停地折腾主义。围攻鲁迅的那两个阵营，今天看来，都有点认认真真在恶搞的感觉。我总觉得，鲁迅在最后那八九年之所以待在上海跟那帮人纠缠，其实是没办法的办法，——他不可能回北京，因为北京那个城市太"裙带",而他跟许广平的事儿,如果到了那么个特裙带的环境里,是很难自处的。所以他基本上是逃无可逃,只能待在上海。毕竟上海那个城市,像个大杂货铺,人际间的关系相对来说是最松弛的。比喻地说,上海像一潭浑水,而鲁迅的处境,只能是浑水摸鱼。

从这个意义上说,鲁迅在上海,后来多多少少是有些混油了的。——所谓混油,就是生存智慧得到了某种强化。而他骨子里的那种文化牵挂是否放下了? 这个不好说,我觉得他是放不下的。

所以,跟周作人相比起来,鲁迅其实没有完成自己。周作人则可能是比较完成的。毕竟他一直待在北京,——北京那个地方,颇自足,容易让人完成。鲁迅后来说周作人:他并不坏,只是昏。从后来的发展看,周作人似乎是由昏变懒了。所以他的后来没有离开北平,我总觉得主要是因为懒,并非立志要当汉奸。——如果他真是一个立志当汉奸的人,其实倒也值得某种佩服,可惜并不是。

其实周作人骨子里也挺虚妄的。这两兄弟,在"虚妄"这点上,很是一致,只不过表现得不同罢了。虚妄的一种表现,就是懒,百无聊赖、无可无不可的样子;另一种表现,则是破罐破摔。鲁迅的《野草》基本上就是一只大破罐的大破摔。我们看上去,似乎摔得很疼,但是真有那么疼吗? 我看未必。这"摔"的后面,做给人看的成分是肯定有的,——北京话说:没事儿涮涮你! ——多少有这种态度在。

周作人也有这种涮人的表现，比如他的提倡晚明小品，以至于说那是现代文学的发源，这就有点拿人开涮了。后来不少文学到了要青年不青年、要中年不中年的人，大抵都有一段推崇晚明小品的时候，多少是中了周作人的毒。几年前，我所供职的出版社有编辑跟我说，可以搞一套晚明小品的选题，我表示不好。他们就问：为什么不好？我说：因为晚明小品有毒。——很多人读晚明小品，多只是读了些选本，所以体会不到这种毒。你要是去读两三部全集就知道，晚明的小品，浅薄之至。清末有人说过，晚明文字之弊，是"尖刻"。我看除了尖刻之外，还很尖酸，而且虚饰（伪个性）、滑头。周作人提倡晚明小品，那是借题发挥，目的是为所谓"新文学"找到语源依据。二三十年代的人，跟我们今天也差不多，都很敢胡说八道。区别只在于：那时的人知道自己在胡说八道，而今天的人多半以为那胡说八道真的就是真知灼见。

鲁迅到上海后，大概就体会到我们今天人的这种胡说八道的状况了。像所谓"革命文学"之争，诸如成仿吾、钱杏村、郭沫若他们，那大棒子舞的，"诸葛大名垂宇宙"一般，吓死人。到了今天你再去看看，他们那真就是胡说八道，但他们却是很认真的，并不认为自己胡说八道。我把这称作"正气凛然的胡说八道"。这种人很多，现在我也时常能够目睹得到。这类人多半都心里特没谱，但心又特大，浑身弥漫着空洞的激情，时刻处于春意盎然的无聊状之中，一阵一阵的，跟癫痫差不多。比如成仿吾，是湖南人，这人特嘎，傻小子一个，有点人来疯。郭沫若就狡猾多了，我一直觉得，郭沫若是一个很阴湿的晚明分子，不喜这人。

今天写这个东西,是看到一个朋友发出了"虚妄"的感慨,有感而发。有时候我想:虚妄大概是很多人都会有的。你去读宇宙学,就会感到一种由衷的虚妄。屈原写《天问》,郭小川写《望星空》,都是一种虚妄。屈原问来问去没问明白,结果跳河淹死了。郭小川呢,把现实的假象拉进来,写成后半截,有点打肿脸充胖子的意思,其实也很无奈。人就是这样一种动物,比如你被夹在门背,受到挤压的时候,才感觉得到自己还有某种体积;如果不被挤压,放在很高很高的高空上,真空般悬浮着,那就连体积都感觉不到了。如果遇到信佛的人,他会告诉你说:这叫"住空"。那么怎么办才好呢? ——他又会告诉你说:"应无所住而生其心。"

樱花时节说日本

前几天看 NHK 的气象节目,发现日本的樱花开了。他们在夜里用灯光打在樱树上,在暗的天幕的衬托下,更显出了樱花那压枝的绚烂,仿佛满树的眼睛,直勾勾地盯着短暂的时光,异常迷离的样子。看着那画面,我心里泛出的一个词是:凄艳。

忽然就想起东山魁夷来。他也画过不少樱花,最著名的一幅,叫《花明》,就是画的这样的樱花,很是动人。凄艳,而非明艳——日本人对樱花,似乎多爱做这一类型的表达。东山的画,我所读过的多半画的都是月夜或晨曦,很少正阳下的景象。他的画里,似乎总含有一种东西,很难说得出来。仿佛是某种寂静的哀伤,如逝去前的最后一次回眸,或早晨醒来睁开的第一眼中那种浅浅的困惑。他那些画,乍一看似乎都很清朗净洁,但细看又有很多细节性的东西,无论是造型上的细节刻画,还是在相近色调间追求细微的变化,几乎成了一种癖好,或者说是一种植入骨髓的趣味了。他有一幅画清晨山林的画,那弥漫林间的阳光身上,似乎都沾着露珠的痕迹,仿佛十分祥和喜悦,但树木隐约的枝干的线条让人感觉还是太宁静了,以至静出了些许忧伤来。东山曾经写了很多文章来说明自己的画意,多半都要谈到死生的体验,谈得很入微,不知为什么,他来来去去谈的都是那么点体验,深入下去的不多。也许画家是不应该用语言来表达自己的,他的工具是画笔,所以当他用语言说得过多的时候,就多少给人一种用什么尾去续貂的感觉,似乎要刻意为自己辩白什么了。好像日本的艺术都有点这种特质,——隐在简洁下的一种近乎工艺趣味的纤绮。这种工艺趣味,我觉得就是一种视觉上的辩白。

研究日本民族审美特点的人多喜欢谈所谓的"物之哀",东山就体现了这个特点。感于物之易逝,所以总是紧紧抓住短暂的存在瞬间,希望把它定格下来。记得还有一句说明这情态的话,叫"刹那的永恒"——仿佛有点文人禅的趣味。这其实很有些像中国魏晋时人的那种转蓬之概、忧生之嗟。但魏晋人往往由"哀"而转"狂",而日本人给我的感觉,好像就这么一直待在那"哀"里。这使我觉得,在日本民族性格深处,是藏着一种很深的孤独感的。这种孤独感是源于恐惧,还是源于历史上政治地理和经济地理的长期边缘化,或是源于天灾频仍而屡屡穿越生死的历史记忆?……这些,似乎都有人论述过,但似乎都论述得不够充分,让人把握不住。本尼迪克特写《菊花与刀》,实际上也涉及了这样的分析和论述,但那是为了战后接管日本而做的一个研究课题,不一定是基于丰富体验后的默想沉思,虽然总结出一个"耻感"来,现在很多人也多爱引用她的讲法,但我还是觉得不是很好把握。

川端康成也写过读东山画作的散文,写得精美极了,也凄艳极了。川端的文字,谈那种所谓的"刹那的永恒"谈得就好多了,也生动多了。有时候想到他后来的自杀,我会这样胡思乱想:他是不是为了要"永恒"才把自己那样"刹那"的了结了呢?——这当然是玩笑话。一个时代,大画家遇到大文人,应该是很幸福的。所以东山魁夷那一代人,尽管吃了种种苦,但总的说来还是幸福的。为什么这么说呢?因为他们安放内心精神的平台,较乎另一些时代的人而言要宽一些、大一些。他们似乎更能够找到心灵对话的对象。然而换个角度想,这也许又是一种不幸,因为"安放"本身很可能只是一种暂时的麻痹,它同时或许又把某些可能的进境堵死了。这里面恰好发生了一个问题,这问题是:如果那内心的本质确实是某种宿命似的孤独感,那么,孤独恰好又是一个无法安放的东西。你见过有哪一种容器能够盛得下孤独吗?没有。因为孤独的品质注定了它不能真正与别的东西相结合。日本的孤独,也许正养出了一种日本式的自恋,正如樱花的绚烂,它是为看他的人绽放呢,还是为自己绽放?其实我觉得是后者。所以我不太相信日本有真正的朋友。自我凝视的岛国,当它扬起眉来,那视线里更多的成分,总会让人觉得并不是在眺望,而是在偷窥。当然这很可能是一种成见,但也确实包含了对其性格惯性的某种认识。战后日本的一个首相,叫吉田茂。他写过一本很著名的小书,书名是《激荡的百年史》。这本书很薄很薄,但影响却很大很大。20世纪80年代的时候,中国领导人胡耀邦曾经很认真地推荐过这本书,希望他的人民都来读一读。正是在那时候,我也读到了这本书。吉田茂在那本书里,叙述了明治维新以来日本的工业化的艰难历程,也分析了工业化后期日本民族的心灵困扰和迷惘,最后表达了战后日本配合美国人进行民主化改革的主动和热情。我想,胡耀邦当时更着重推荐的,可能是前半部分的内容,也就是工业化历程中的民族精神和因应这革新的民族心理准备。所以那时候(80 年代中后期),媒体和舆论上谈改革的心理承受力和心理准备的话题很时髦,也很多。那时我还很年轻,改革的实际冲击波基本上还不会真正扫到我的身上,所以我的阅读,产生深刻印象的倒不是心理准备这一层意义,而是书的后面一小部分。那部分谈的是战后日本如何积极配合美国,进行自身的民主改革。这部分所写的很多内容,吉田茂是当事者和主持者,所以他写得究竟有多客观,其实是一个不好评价的事。但那却让我感到很惊讶。我当时对历史和文化的理解力并不强,只是觉得:一个民族居然能够对他的占领者进行那种程度的真心配合,而这种配合从吉田茂的描述来看,并不是简单的委曲求全,而是基于这个民族对历史的某种深度理解,这是很了不起的。我当时很为日本民族这种走向进步的勇气深深感动……

　　似乎,美国式的"民主"就是日本式的"孤独"的一个最好容器了。但是,岁月总在流逝,流逝的岁月使我们得以增进的,是越来越多的耳闻和目睹。时间告诉了我什么消息呢?这几年里,我越来越觉得,事情变得有点奇怪起来,似乎是:美国兀自"民主",而日本依旧"孤独"。——他们终究并没有真正结合起来。美日的融洽,如果不是实用主义的美国基于利益考虑的老谋深算的话,那就是孤独而隐忍的日本人刻意给直来直去的美国人造成的一种幻觉。日本有一句著名的话,叫"樱之吹雪"——那是一种很梦幻的情调,让你分不清那如吹雪而降的纷纷花瓣究竟是离去,还是到来。有一年我在名古屋,就见过这樱花吹雪的景况。名古屋城坚硬的石头,被那如梦飘飞的满天花瓣掩饰得仿佛柔情无限,使人几乎忘却了那就是石头。但它毕竟还是石头。在世界诸民族中,要说到对日本民族的体验,我想中华民族可能是体验得最深的(朝鲜民族体验得也很深,但角色感不同)。我的一个朋友有一次跟我说:中日两国,既是世交,又有世仇。我觉得这个表述挺有道理。远的不说,就是近一百多年来,至少有两到三代中国人是真心实意向往和学习日本的。今天我们翻翻七八十年前中国的优秀人物写的书,在他们批评中国社会和中国文化的洋洋篇帙后面,都隐然地可以看到一个"日本立场"。中国人其实曾经很真诚地想要拥抱日本,并把它当成了自己的榜样,这是一件精神事实。但日本的"孤独"似乎注定了这种拥抱终究变成一种失败。失败的原因是什么呢? 是因为中国人在这种拥抱中老是吃亏,而且是吃了太多的亏,所以后来就谨慎了,或者,干脆说白了吧:我怕你日本了! 我们看1895年李鸿章和伊藤博文在马关岛谈判的那个实录文献,李鸿章还抱着那么多的诚信原则和自我批评精神,以及对私人友情的真心信任,结果怎么样呢? 伊藤博文动不动就以"我有多少多少兵舰正停在哪里哪里,你要不答应那就算了,我的兵舰开到你那个地方最多也就是一两天"这样的话做回敬……我想象李鸿章当时的心情,他一定是很心寒的,也许正是在日本人身上,他内心的道德信仰遭到了很大的冲击。然而心寒又能怎么样呢？在某种程度上说，我确实憎恨伊藤博文那种强盗嘴脸，但也并不愿意同情我的这些先辈们，我甚至会觉得他们那种心寒有点活该。他们读了那么多的书，有着那么深的修养，可是事到临头，他们的方寸却乱了。比较起来，吉田茂那个时代的日本人，确实要比我的先辈们镇定得多。这么多年来，我总是偶然地会想想这样一个问题：战后日本民族的镇定是从哪里来的呢？也许，他们迎接的，是一套他们并不陌生的游戏规则，而一百多年前的我的前辈们，对那套规则却过于陌生。——陌生必然带来慌乱和恐惧。而恐惧又注定了逃避。于是，甲午之后，越来越多的中国人对日本的态度渐渐发生了变化。这种变化了的态度是：得了得了，我惹不起你，我躲着你总成了吧……

然而不成！这回，是日本人要来"拥抱"你了。反讽的是，它的拥抱不是用胸膛，而是用刺刀。

现在我们中国人一声讨起日本来，就是杀人放火、奸淫掳掠什么什么的，——把死尸和伤口摆给人看，这当然很逼真，但我总觉得不是一种有力量的作为。惨状，固然是一种证据，也很值得同情。但同情之后呢？有时候，这种声讨会造成一种印象，似乎当年的那种伤害只是日本民族特有的兽性造成的。但进一步我们要问：文明哪里去了？在这个问题上，也许全人类都应该进行反省。——有反省能力并不是一件耻辱的事。有一阵子，我常常会进到一些"台独"色彩的网络论坛去看看，偶尔也会贴上一两个帖子，跟他们说说大陆民间的一些想法。台独的愤青也是很情绪化的，只要知道你的身份是大陆人，就扑上来"支那猪"、"共狗"

的先乱骂一气，然后就开始揭你的"老底"，诸如你们的厕所没有隔墙啦、女人满世界卖淫啦之类的，最后上溯历史，说：你们"文革"虐杀了多少多少人——吊死、活埋、挖眼珠……我就告诉他们：是的，"文革"是中国人最为罪恶的一个年代，今天我们也以此为极大的羞耻，但以此为台湾独立的理由，那么理由并不充分。这也告诉我们，凡事应该回到理性的立场来看待问题。确实，要说兽性的成分，其实中国人也有，而且就发生在当代。"文化大革命"的时候，这种虐杀也在我们同胞间发生过。前天看凤凰卫视的一个节目，看到童祥麟先生回忆"文革"时期，造反派整她姐姐童芷麟，把人装进一个大麻袋子里，袋口扎起来，然后拖着从一楼楼梯拖到四楼，又从四楼拖下一楼。——这难道不是兽性吗？看完这段讲述，我那一整夜的心情都坏极了。现在我们反省"文革"，越来越多的人都只是反省意识形态的问题，或者是权力斗争的问题，或者来上那句放之四海皆准的话——"制度问题"。好像都在抽象的领域里找原因，于是事件变得与己无关了。但是，把人装进麻袋里在楼梯上拖来拖去这种事情，它不是抽象的呀！它正是一个个具体的人干出来的呀！所以，有时候我看到网上一些很情绪化的帖子，写着诸如打到东京去、把日本人怎么怎么样……这类的内容，我也会觉得不必用这样的心态来进行抗议。所以这个层面的问题，应该成为一件人类共同反省的问题。

我这样说，并不意味着中国人身上发生过兽性行为，日本人身上也发生过兽性的行为，因此就可以理解或接受日本侵华时候的兽性的行为，进而，日本侵华的罪恶程度也就减轻了。——不是这样的。这个问题有两个层面：人类自身的兽性虐杀，是文明人类的公敌；这是问题的一个层面，这也许跟个体相关得更多、更直接些，然而个体也不是抽象形成的，他确实关涉到他身后的那一整套政治文化。在这个层面之外，还有另一个很重要的层面，那就是民族伤害。"文革"的很多事件，是本民族内部的虐杀，从人道的角度说，罪恶是一样的；但它没有损害到他民族的利益和尊严，就是说，它对世界秩序的破坏程度是微小的。而日本的对华战争，是以损害他民族并且残害他人个体为前提的。当年日本人在中国大地上施行的种种近乎兽性的虐杀肯定是事实，这甚至都不是什么书本和影像告诉给我的，而是我少年时代的很多老人，在没有任何政治义务和文化动机的状态下，以闲谈、讲故事的方式诉说的，很多时候，这种讲述的目的甚至简单到了只是讲述者为了说明自己命大。我的家乡有一句至今还在广泛使用的俗语，形容一个人走路走得太急，就说："走那么急，躲日本鬼呀！"——这就是化入民间的历史记忆。民间记忆是不会撒谎的。我相信日本不会有类似"躲中国鬼"这样的俗语，他们只会有"支那猪"、"马陆大"这样的口头禅。这种区别很能说明一些问题。日本人是把中国人跟某种动物结合起来进行称呼，中国人则是把日本人跟某种幽冥界的恐怖形象结合起来进行称呼。动物，尤其是家畜，是被人御使的；而鬼魅，是人无可把握的。这里面就有心理态势上的不同，它至少表明了日本对中国人的感性轻蔑。于是，中国人对旧日伤痛发出几声呻吟，日本人站在他的角度，却觉得中国人不可思议，甚至不可理喻，于是得出结论说：中国人太爱记仇（正规的说法叫做"煽动反日情绪"）。好一个日本人，真是深谙大度为怀的道理，明明打伤了人，还要作出一副高姿态。那么日本武士道的所谓"仇讨"是不是一种记仇呢？每年在广岛、长崎兴师动众的"纪念"，是不是一种记仇呢？他们好像在故意淡化那个"仇"，而强调这个"记"。其实，这二者是分不开的。作为民间记忆，我甚至可以认为中国的抗议确实是一种记仇。问题是，为什么这"仇"就是忘不掉呢？——两个原因：一是当年造成这"仇"的那个伤害太深了，这种受伤的深度是日本民族很难理解的（而更成问题的是，他们也许有意无意地不愿意去理解）；另一个原因，是作为"仇"这样一个心结，并没有得到有效的心理疗治，而这种疗治是需要当事者的合作才能真正完成的，也就是所谓的"解铃还需系铃人"。

中国人的要求其实并不高，甚至可以说是很低很低。他只是要求一个态度上的明确道歉，按我们惯常的说法，这其实是一种"务虚"的要求。我也宁愿相信：在日本，成心抵赖自己民族犯下过侵华罪行的人不会是多数，多数人的态度是回避这个问题，或者为自己的罪恶找到某种程度的说辞。也就是说，我愿意相信他们是希望遗忘这一切的。我也相信这种遗忘的心愿在许多日本人那里是并无恶意的。但是事情的吊诡处也正出在这个地方，你那一边不断扩散的遗忘，反射到这一边就成了不断增强的记忆。罪犯遗忘自己的罪行并不意味着那罪行不曾发生。何况，如果这种遗忘是故意的，那就成了一种蓄意掩盖了。而蓄意的掩盖，本质上就是新的犯罪。说到底，日本还是缺乏直面自身的良知和勇气。

　　良知这种东西，放在心里是容易的，难就难在实地履行出来。中国明代有两个大儒，曾经很为日本民族所崇敬，一个是王阳明，一个是朱舜水。他们的学问，说到底都是关于良知的学问。朱舜水则更多地强调了履行良知的学问，所以朱舜水在日本的影响更大。日本古代文化有"公家"和"武家"两脉。许多人都把这二者当成一种社会阶层的分派，这当然是很重要的基础，但是二者的文化背景其实也是很不同的。我们从作为他们教育文本的那些"往来书"上看，"公家"是注重心性典仪的，被认为更具有贵族色彩；"武家"则更注重日用技术，被认为是平民色彩的文化。后者是更趋于实用的。现代人一看到这个"武"字，想到的就往往是武力、武斗这一层意思，其实"武"的本义主要还是步伐、践行的意思。"武"字中的那个"止"，就是指的脚。现在中国的一些老式住宅堂屋的神龛上，也还是常常可以看到"祖武其德"这样的话的，那意思大抵就是勉励后人要践行前辈的优良品德。所以"武家"虽然是武士阶层的一系法脉，但并不完全只是武力、战争的意思，而是包含了从武技到耕织到制作到游艺等等的各种实用性内容。明末清初的一些中国大儒，到了日本备受欢迎，很大一个因素就是因为当时的日本文化已经"武家"化了，而明末清初又正好是中国的大儒们最讲求"经济""实用"的时候。我想，如果当时颜习斋到了日本，他的受欢迎程度一定会远远超过朱舜水。

　　但履行或实践也不是绝对的。"武家"这种实用性的文化，用久了就难免成了一种嗜好，再与急功近利的町人习性结合，就很容易沦入唯实用是取的境地，从而迷失了良知。必须时时检出良知来矫正，履行才能走向健全。我上大学的时候，很喜欢日本哲人中江兆民的一本小书，叫《一年有半》，后来又有续篇，就成了《一年有半，复一年有半》。当时这书的名字吸引了我，就买来读了。那是一本在生死间思考的书，受了明儒的影响是很深的。而且我觉得作者是一个很从容、很有勇气的日本人。日本民族希望回避侵华战争的往事，在某种程度上我甚至都愿意把它视为一种"知耻"，但也正是这种回避，我又觉得他们很懦弱，也就是说，他们并没有"近乎勇"。抵赖就更不是勇了，尽管它貌似很勇敢。但是，回避与抵赖之间，其实只有一步之遥。俗世间常常认为日本民族多有勇者，产生这种认识的理由，是因为日本有武士道。从某种程度上说，武士道是含有一定的"勇"的因素的。作为日本文化的一部分，武士道的"道统"历史大概也只有几百年，它早期对个体产生的作用，是一种生命修炼。比如在"叶隐"写本那里，我们其实可以隐约看出一点儒家"慎独"的影子，也可以看到一些佛家清修的影子。也许在早期，它的本意是"轻死"，也就是看透死亡；但随着它把"个体"从它的精神核心中不断排除出去，它的"轻死"也就转化为了"轻生"，也就是对生命的轻蔑，乃至把教条化了的忠勇建立在了对生命的轻蔑之上，进而肆行杀生乃至嗜杀成性了。现在有些人解释南京大屠杀的原因，说是因为之前的"通州事件"中国人虐杀了许多日本侨民，所以日本人在南京的行为只是出于报复。但是，日本并不是只在南京才大屠杀的，早在南京大屠杀前几十年，他们就已经在旅顺搞过一次屠杀了（杀了六万多人）。这就是"轻生"的某种结果。站在健全的文明角度看，它是走进偏门了。所以不好简单地说武士道究竟是好还是不好。他有提升个体的一面，但也有暴殄生命的一面，这里面有个度的问题，而大多数日本人常常把握不好这个度。"道"而一旦无度，就很容易成为被利用的工具。只有拥有个体智慧的人，才能比较好地把握这一个度。我相信许多优秀的日本人身上，都多多少少地具有一些武士道精神的。但对它的体、用把握有所不同，生命就呈现出不同的姿态。比如中江兆民的从容，我觉得就带有一些武士道的精神影子，他是看透了死亡的。但他把这种轻死意识放在了个体与大化的关系层面，而不是放在人际的隶属层面，他把武士道中的那份戾气化掉了，于是就显得神姿摇曳，而非僵如木石。所以，也许应该把史怀泽的"敬畏生命"借鉴进来，对武士道进一步改造。——实际上，大概每一个东方民族在走向近代化的行程中，对本民族文化都有一个既批判改造又结合继承的过程，稍一不慎，就走火入魔。日本民族也一样。他们近代对武士道的体认，就带有这种走火入魔的痕迹。到了太平洋战争的后期，武士道也不那么管用了，以至于有人连什么八纮一宇的"大原理"也搬出来了，弄得神神叨叨，近乎成了一种邪教。

现在很多人，把日本对亚洲国家进行野蛮侵略的账都算在武士道头上，这有一定道理，但还不够充分。日本当年的武力扩张，在它的决策者那里，更多的是基于某种并不光彩的利益考虑。事实上，日本近代化的资金来源，主要就是从对中国、朝鲜的侵略中获取的。从明治维新到甲午战争，隔了二十多年的时间，其间日本的工业化成就固然有，但步伐迈得并不大，也许更多的只是在"强兵"上成绩显著些。而甲午战争到义和团运动的短短五年间，日本从中国攫取的所谓"赔款"就多达近二亿八千万两白银（当时日本的人口不足五千万），同时还占据了它垂涎已久的台湾。又过了五年，在日俄战争后，日本则获得了俄国对中国东北辽东半岛的所谓"经营权"。这样，南有台湾，北有辽东，让日本获得源源不断的物资和专税之利。——正是利益的驱使和走火入魔的武士道共同发酵，使日本成为了19世纪末和20世纪亚洲最大的麻烦制造者。近来韩国总统卢武铉说：摊上这样的恶邻真是件倒霉透顶的事情。这话说得虽然比较感性，但确实代表了中、朝两个民族面临日本的内心感觉。日本对自己近一百多年来的侵略性和嗜杀性屡屡强辩，不思反省，使中、朝两个民族时常郁闷不已，甚至搞不懂日本人为什么这么死要面子。其实，在很大程度上，日本人的态度恐怕还不是一个简单的"面子"问题，而是明治维新以来日本民族逐渐形成的某种"文明观"的错位问题。实际上，这才是日本民族需要真正反省和检讨的。如果简单地认为这只是一个面子问题，那么即便是道歉，也只能是表面的，并没有涉及深刻的文化反省和价值反省。

分析日本民族文明观的错位，有一个典型的个案，就是福泽谕吉。近一百三十多年来，日本民族产生了一种"大理想"（作为被伤害的民族，我们更应该称之为大野心，但在当时的日本大众心里，这却被视为一件豪迈的事业，成为他们自认为是救亚洲出水火、对亚洲有大担当的一个"理想"），这种理想始于"脱亚论"，结于所谓的"大东亚共荣"。这都源于福泽谕吉提出的历史文化理论。他在日本,被称为启蒙思想家。启的什么蒙呢?当然是启日本民族的蒙。然而启蒙只是结果,与"启蒙"相对应的,关键是"发明"了什么,也就是揭发明示了些什么价值内涵,这才涉及到内容本身。福泽发明的核心,正是流行于近代西方的那种文明进步观。福泽谕吉在中国其实也很有名,他的《文明论》和《劝学》这两本书,很多学文科的人都读过。福泽谕吉跟中江兆民不同,他一生都很张拔,后来死于脑出血,我觉得恐怕跟他这种过于叫嚣张拔的心态不无关系。日本这个民族有一个优点,就是凡事都很用心,不偷懒。但这也有个度的问题。用心过重,渐成机心,进而损人不懈,最后弄得于人于己,转成相累,结果可能反倒没那么好了。福泽谕吉固然有其启蒙的一面,但后来更多的用心,放在了对周边国家的算计上,也很害人。学界多把他的"脱亚论"和"文明开化"论视为近现代日本侵略扩张的理论基础,这当然不是凭空指斥,因为军国主义确实是它的一种逻辑必然。但简单地说他一开始就是处心积虑去设计一个侵略理论,也未免过于浅泛。应该看到,亚洲社会近代以来产生的诸多根本性的问题,说到底还是西方造成的。福泽谕吉的那种人类划分,本质上就带有很明显的西方中心色彩。那种认识,把人类划为两极——野蛮和文明。而这种划分的基础,又源于一种历史发展规律的理论,即认为历史是沿着"野蛮社会"、"半开化社会"、"文明社会"三个阶段必然进化的。这是一种典型的社会达尔文主义。在这种理念下,自认为处于进化高端的人类,为自己杜撰出了一种绝对性的权力,就是自认他对低端者有权进行生杀予夺,并且给这种生杀予夺做出了"进步"的诠释之后,他非但不会有罪恶感,反而能在自己的行为中获得某种道德满足。马克思曾经很困惑于这种理念。他在"不列颠对印度的统治"、"英国的对华贸易"那一系列文章中,谈到西方文明打破了东方的田园诗式的和谐社会时,就说:从人道的角度说,西方世界的行径是一种犯罪,但从历史进步的角度说,它又是一种必然。马克思最终还是站在了后者的立场上。——这就是19世纪西方文化的主流。福泽谕吉只不过搬用了这个主流。因此,我们既可以把他的这种思想看成是对西方的精神拥抱,也可以把他视为东方世界的内奸。说他是内奸,也就是说,他的本质是对东方的出卖。上文提到的卢武铉说的那番话,其实就包含着这种被出卖的感慨的。

在某种意义上说,过去一百多年的日本,实际上是西方的同谋,但因为社会发展经验以及发展程度的差异,日本的西化其实是充满偏执的。美国人多年来总是向世人宣扬一种观点,认为二战后它对日本的管制,是一种社会改造的成功典范。这一点,也许连美国人自己也并不真心相信。日本社会自由主义基础的缺乏,我想美国人应该感受得最深刻。19世纪70年代,自由主义在日本盛行,结果被压了下去,产生了天皇中心的《明治宪法》;20世纪20年代,产业工人人数的迅猛增加,使日本出现了工会运动和社会主义性质的社会民主思潮,结果也被引向了军国主义的死路。但对日本改造的彻底成功,似乎已经成了美国近几十年来在国际上的一个"形象工程"。美国人心里不太允许也不会轻易去打破这个神话。近来美国在日本问题上的暧昧态度,就说明了这一点。然而也正是在这个问题上,美国对至今在名义上仍然为它所管制的日本是不够负责的,对世界也是不够负责的。于是,人们只能期待于日本自身的反省了。

现在大家都说日本要反省。但反省什么,大家就谈得很笼统和模糊。我认为,日本的反省,在反省自身民族性的同时,很重要的一点就是要反省这种 19 世纪的西方文明观。然后才谈得上对战争的认识。单纯的面子之争和民族情绪之争,对中国,对亚洲,乃至对整个人类都是无益的。

解读革命

缘起

我之面临这个话题,是由编辑《郭小川全集》开始的。这是中国的革命文化史中一个较典型的个案,在这个个案中,革命是在一个人的身上凸显出来的。这使我对以往关于革命的一些历史阐释产生了兴趣。在这些阐释中,必然性成为一种基本的描述背景。事实上我并不排斥这样的背景,相反,历史理性精神在某种意义上还是能够说服人的。这在马克思的学说里有过很好的表现。马克思的卓越之处在于,他对非理性的现象做了一种理性把握,所以他的关注点始终在感性范畴中(比如实践、交往)。这是古典存在论的一种现代转换。他身后的阐释者将这种"感性"关注概述为一种"历史感"。这里面有一种适用性的作用。因为一旦把历史作为本体性的范畴时,思想的展开就拥有了新的空间。这是很聪明的。其聪明处在于,"历史"本身的时间性规定和本体本身的逻辑性规定之间构成了某种必要的张力。这种张力可以把理性推进得很远,因为它有足够大的空隙。

把历史规定为一种特殊的本体,在逻辑上是能够论证的。这里面,"实践"是一个关键性的范畴。然而本体在哲学中具有其前提性。一种长久有效而又特殊的命题是人自身。这在笛卡尔、费希特和海德格尔那里都有所涉及。所以人自身和人所构成的历史之间,是存在着巨大的张力的。这可能也是哲学的一个永恒命题。

这样,在我们关于此命题的思维积累中,有两件重要的道具:历史与人。

我们知道:人是难说的。而在人与历史所构成的张力中,"革命"则是重要的。这是促发我关注"革命"的一个本质因素。我想说的是,革命是人与历史相联系的一个最直接的衔接点。对历史而言,革命是历史动态中最关键的经验现象;对人而言,革命是人的解放中最典型的精神现象。所以我觉得,革命具有一种阐释上的根本性的困难。困难之所在,不是对其历史价值的甄别,不是其作用于历史价值之真实性或有效性的甄别,也不是其对人性之展开与压缩的作用的评估,这些可能还是相对容易作出的。阐释的困难在于"革命"本身所存在着的某种悖谬。在这样的困难中,我们是存在着某种逃避的。逃避的一个可能的渠道,就是所谓的"历史"。在某种意义上说,抽象的"历史"理念是能够把"人"淹没的。在这个层面上,这种悖谬始终存在着,那就是:一方面,对历史的描述理应建立在经验乃至体验的基础之上;而另一方面,经验或体验的主体——也就是人——则往往被排斥于历史之外。

这所谓"历史"的构成似乎是概念性的。于是,我们看到的只是逻辑程序,而不是实践本身。在这里,对实践的阐释变得很关键。如果我们所说的实践只是一个逻辑过程,那么,它的位置就只是方法上的。然而,值得发问的是:实践是否具有本体性,这可能正是问题的一个关键。无论从何种意义上说,"革命"都是一种实践。实践的主体——"人",其在实践中的作用与处境是值得考察的。20世纪的中国,无疑是被"革命"贯穿着的。一个潜在的信念是:革命可以包医百病。这样的信念中有一个价值注意点,即:对"病"的关注——革命是什么其实并不真正重要,关键是"病"的现实存在。这使"革命"具有了鲜明的现实目的性的因素。这也是迄今为止对"革命"所作描述的一个基本状况,即:对建立在目的性之上的"革命"的描述,这当然也可以界定为某种程度上的作为历史范畴的"革命"的描述。目的性是一种肯定性,但同时又是具有着某种否定性的作用的。基于此,其对实践主体的解放性意义,是与对主体的颠覆性作用并存的。这个层面上,有一个可能成为描述缺陷的环节,那就是"人"。那么,"革命"其实就还有另一个层面的描述空间,即对作用于个体范畴的"革命"的描述——历史经验与生命体验共存,这是现象界的一切生动性与复杂性之所在。这其中,历史经验往往是被描述成沿着目的性的轨迹而呈现的;生命体验则以某种超越性的方式展开着。

让我们具体到中国革命中来作一些思考。

革命与现代性

20世纪中国革命,始终是与某种所谓现代化的焦虑相伴随的。这一点,近年已多有人述及,尤其是国外与此相关的一些理论译介进来之后,这类论述也获得了极大的展开,我们在此不去重复申说。值得深入思考的是,现代化作为革命的目的性因素,在中国革命的具体实践中究竟占有怎样的位置? 中国人对现代性的认识是有一个历史过程的。那么,这所谓现代化的焦虑也是有个过程性的。过程中的不同阶段,就会有不同的体验,因此也就会有不同的革命行为。"现代"范畴究竟是以技术界定,还是以制度界定,抑或是精神价值界定,其实始终都没有一个统一的标准。而"革命"在这个目标参照上的纷异歧出,也就造成了革命的复杂性。

另外,现代化之作为一种"必然性",迄今为止似乎并没有得到很好的论证,其"必然性"的论断,主要是由某种现实的生存经验赋予的。那么,"革命"的目的性因素其实就存在着一种偷换性质,即以目的性偷换了必然性。也就是说,所谓的必然性实际上是被目的性凌驾的。

通常,必然性被认为是与自由相关的,而自由至少是合理性(合规律性)与合目的性的绝对同一。以目的性偷换必然性,其结果是不言而喻的,它将使自由自身在实践中产生缺陷,乃至构成自身的反动。因此,由现代化的焦虑而选择的"革命",并非是真正可靠的。这里面的重点也许已旁落在了"焦虑"之上,而现代化只是成为了一个炫目的幌子。至此,"革命"问题似乎又涉入了一个心理学的范畴。20世纪中国革命这个"现代化焦虑"的背景既无可否定,然而,仅仅依据此对中国革命进行阐释又是远远不够的。由于"现代"的含糊性,现代性本身似乎也成了一把没有长度单位的标尺,拿这个标尺去衡量"革命",显然有操作上的困难。这种困难反映在实践中,直接就构成了现代化的困难。于是,在"革命"与现代化的关系中,存在着某种尴尬。如果现代化确是一个理性的工具化的过程,那么,其实践中必然伴随着一种世俗化的指向。也就是说,现代性具有世俗性因素。而革命自身的"现代化焦虑",却又导致一种极端,即:将现代性绝对化的极端。这种绝对化是由焦虑带来的,它单向度地呼应了现代性自身所暗含着的那种历史进步观。而绝对化又使现代性不再具有世俗色彩,反倒染上了神性的色彩。这样,"革命"所趋求的现代性就成了神性的。这是对现代性的一种讽刺。也许在这时,现代性悄然退场,而焦虑仍在延伸。

在中国革命的"现代化焦虑"背景中,现代化是作为目的性而存在的。因此,现代化对于革命而言,具有某种终极性。这种终极性的身份,使现代性获得了某种压倒一切价值的现实权威。在这样的权威面前,世俗性让步了,神性成为其必须的风格。因此,在我们解读中国革命的现代性构成因素之时,这个神性的风格是不容回避的。

革命与民族性

在西方史学家的世界史描述中,往往把工业化展开,资本主义兴起的那几个世纪概之为"民族化国家时期"。显然,民族化是与现代化相伴而生的一个概念。

中国革命"现代化焦虑"的深层背景是什么? 对革命史的观察可以使我们得出这样一种判断:民族性因素始终笼罩着中国革命的各个环节。那么,民族性与现代性之间,又存在着什么样的关系? 有意思的是,现代化的过程中,始终或隐或现地存在着一条世界主义的观念脉络,世界性事实上本然地成为了现代性中的应有之义。而民族性因素又恰好是在此背景上展开的。似乎现代化焦虑从另一个向度上也可以转述成一种世界化的焦虑,即为外部世界所同化的一种被客位化的危机,正是这种世界化背景,强化了对民族性的理解,而这种理解又进一步把民族情感强烈地呼唤出来,成为一种同样具备了神性色彩的东西。这二者——现代性与民族性——身上所共同呈现的神性色彩,我认为并非偶然的巧合。

对笼罩在中国革命之上的民族性因素的确认,也许能够让我们对意识形态的实际作用获得一种甄别。也就是说,革命的选择是否只是一种基于意识形态的选择,这是存在着误认的。于是我们常常能够见到将历史批评简化为意识形态批评的做法。这在中国现当代的批评活动中,始终是一个时髦的陷阱。这是值得我们警惕的。

一个有趣的话题是：在革命问题上，民族性是如何被神性化，进而成为革命的神性驱动力的 ——论证这个话题存在着许多困难，不是我这篇小小的随想所能够完成。关键的一个环节是：在中国，现代民族观念是如何从传统的血缘族群意识中转换出来的，并且这种转换又是如何由观念层面进入到体验层面的。在这个问题上，重新审视孙中山三民主义中关于"民族主义"的宣教也许能给我们带来启发。不可否认，孙中山在设计他的民族主义理念时，主观上是含有"国族"色彩的。但是理论的尴尬在于：当这种"民族主义"无可超越地成为以推翻满族政权为目的的那场革命的主要动力时，它的"国族"本质即遭到了实践的误读。因此，中国的现代"国族"观念，也许是经历了抗日战争后才相对得以完成。这种民族主义的形成过程，注定了中国现代民族主义始终拖着一条血缘关系的（而非"类关系"的）尾巴。我们没有接受"类本体"这样一种人际定位，而是接受了具有国家主义色彩的"民族"这个范畴，所以中国革命的本质精神，从一开始就不是巴黎公社式的精神，而毋宁说倒带有几分犹太式的精神。

　　在这个背景下，革命内在地构成着一种矛盾，即：行为的神圣性与价值的非理性之间的矛盾。于是，前文所谓的神性驱动作用更深地只是具备方法上的意义，而不具备本体上的意义。这也许是我们在解读中国革命时应当注意的。也许正是由于这个原因，当革命发展到一定阶段（比如说"文化大革命"）时，其价值建设的成分就有可能失落。这时，革命究竟应该是什么无人知道。因为它已经成为某种抽象的东西。人们更明确了解的是反革命——似乎出现了这样的逻辑:因为反革命存在着,所以革命必定还存在着。革命是由它的反面而被感知的。这其中有一种深刻的尴尬,即实践神性的极端坚持与世俗性的日渐放任之间形成的尴尬。在此时,驱动革命行为的力量也许只是由一种行为惯性在起作用了。

我始终认为,惯性在历史中是十分重要的,无论人愿意或不愿意,它都会在人间席卷着。我曾在《郭小川全集》的"出版说明"里写下过这样的话:

在平凡的日常生活里,历史常常是看不见的。就像熏风拂过四月的晨昏,许多时刻都在生命的怡然与漫不经心中悄然流逝,历史仿佛在人群的行止间搁浅了。只有在大变动的时代,历史才恍然如同一个有着鲜明性格的活体,逼真地在人们身边奔进前行。这样的时代,往往会裹挟着大多数人,意义鲜明地去生活与行动。这意义鲜明的生活,是一种饱含理想的生活,历史经验在相当大程度上直接成为了个体的内在生命体验。……这样的经历,使他们身上永铸着一种不可逆的历史惯性,推进着他们的生涯。这为惯性所推动的生涯,其拥抱历史,或为历史所累,而又无法返回的处境,对于一个具体的人而言,我们是不能苛责的。

不苛责,并不意味着不去深究。而一当我们深究于斯,就不难看出,在现代性与民族性之间,革命实际上存在着一种内在的两难。在这两难面前，某种过渡性的对策是：民族化的现代化。——显然，这其中，民族化（或民族性）是构成上述所说的"惯性"的主要构成成分，因此它才能成为历史实践中的限定词。从这种限定关系中，我们可以看出现代性中实际蕴含着对民族性的否定力量。而民族性从作为动力因素到作为惯性因素的变化，是与现代性的实际实现程度相关的。

当然，我们也不能忽视中国革命民族性因素的生存论背景。在近代中国革命所关涉的内在焦虑中，"保种"、"救亡"之类的主题始终未曾中断。这是一种生存焦虑，在"种"的意义上绝对坚持，是民族性得以神性化的一个客观原因，也是一个理由充分的原因，我们不能轻率地否弃这一坚持。值得深入思考的是，这种坚持究竟与同样具有神性特质的现代性中的哪些因素产生了冲突。无疑，世界主义是冲突的一个焦点。前文中我们曾谈到世界主义把民族客位化的问题，那么它的实践中，成为主位的东西是什么呢？——是工具理性（或称技术理性）。这与马克思所说的资本所到之处，把世界变成血淋淋的单一市场这种观点是一致的。或许中国革命的民族性所拒绝的就是这个东西。然而，马克思在资本层面上对世界主义的批判，并不意味着他对世界化理想的否定。因为，在欧洲精神的深处，世界主义实际上是一种诗性的大同的世俗福音，这从歌德曾神往于斯的"世界文学"或康德所谓的"世界公民"那里，可以获得印证。这里，世界化这种本是由资本在世俗中履行出来的现实，却被诠释为了某种诗性的，彼岸性的东西。现代性中所蕴含的历史进步观就是缘此而来。在这个意义上,现代性是被抽象了的。这种抽象了的现代性,恰好构成神性化了的民族性的一个理论补充。于是,民族性与现代性在这个界面上相融了,共同成为中国革命的神性驱动力量。

革命对日常生活的超越性

在对"革命"进行思考的过程中,我们预设了两种视域,即历史中的革命和革命在个体身上的发生。我们不妨这样设问:革命是否为个体所需要? 这就涉及到了个体的规定性问题。或许更多的人都倾向于认为:没有抽象的个体,个体从来都是被规定为个体的。所以个体具有其相对性,绝对个体意味着偶像。即便是自然属性的个体,其成为个体的发育过程也只是系统发育的简单重复,这是生物学上的海克尔法则告诉给我们的。所以,就自然属性而言,系统也是个体的规定。一当作为社会属性,个体之被规定性就更其明显了,这一点已经有过众多的论证,在此不必一一重复。令我感到有趣的是,一方面个体是被规定的,另一方面,规定本身又是超出于个体的。这实在太有意思了! 这意味着,个体在面对其自身规定时是尴尬的——一方面,个体的逻辑倾向是回到自身;另一方面,构成其自身的规定本身,又总把个体从自身内部向外拉,于是,个体天然地具有超越性。因此,个体绝不是系统中的简单的零件。他既内在于系统,同时又是系统的超越者。这种超越是由规定本身的超越性(外在于个体性)决定的,也因此,超越的宿命仍然是规定。那么,革命是否为个体所需要呢?

在对个体作出了如上的界定之后,这个问题似乎是自明的。

似乎所有的革命都带有某种超越性质。这种超越,是对日常生活的超越。革命在个体身上的发生,本质上是一种超越性的发生。在这个意义上说,革命似乎天然地具有诗性因素。这一点,是无可否认的。革命作用于个体,是一种解放的力量。革命可以将个体从日常生活中解放出来,从而个体在革命中获得的是对自由的体验。这种体验我们可以界定为自我实现的行动性的完成,之所以说它是行动性的,是因为有"革命"这样一个巨大的实践构成它的背景。但是,问题的复杂性在于,对于个体而言,这种实践很大程度上是被想象出来的,也就是说,"投身革命"作为一种自我实现的意义,实际上更多的是一种想象性的完成。所以,革命对于历史的作用和革命对于个体的作用是不甚相同的,即便革命对于历史而言确是一种必然性的经验的话,其对于个体,也更多的是自由的体验。

对个体而言,自由是什么呢?也许可以简单地用规定与被规定来界定自由与不自由。这中间的区别是:个体是设定规定还是为规定所设定,前者是一种自由体验,后者则相反。在这其中,"规定"的存在形式很重要。日常生活通常就是由规定构成的,是一个规定的集合体。个体处于被规定的状态时,他是"陷"在里面的。日常生活规定个体待在规定之中,于是,日常生活中的个体既被规定为作为个体而存在同时又淹没在规定中。另一方面,规定是超出个体的,因此,当个体返入"规定"自身时,他就会产生一种超越的倾向。从这个意义上说,个体从来就不是安居于个体之内的,每个个体里面其实都始终藏着一个匪徒,机会来临,他便会侵出。这个"机会",从实践的意义上说,就是革命。因此,革命确为个体所需要,其对于个体来说,具有解放的价值。革命对日常生活的超越性,从另一个侧面反映了革命的神性色彩,在这个层面上,神性体现为对世俗性的超越。

至此,我们似乎已趋于这样一个结论:革命无论对历史还是对人而言,都具有某种神性特质。对革命的评价,首先应该对这神性进行评价,否则,任何所谓的评价都只能沦为意见。在我们所目睹的众多关于"革命"的评价中,狭隘的、非历史的、现实意见式的阐述似乎太多了。其所以如此,恐怕是与阐述者并没有从革命中真正走出来分不开的。这也让我联想到了前面所说过的"惯性"。

神性,惯性与革命行为学

20世纪的中国,革命几乎贯穿着它的历史。这个世纪的中国人所进行的诸多政治、经济、文化实践,都与革命分不开。在这样频繁的革命实践中,其行为方式的特殊性是值得人们关注与思考的。

已有论者提出:中国知识分子是如何被"革命"化的这个问题的提出十分有益,然而回答它却并不容易。通常认为,意识形态以权威方式而进行的"洗脑"作用,是这种"革命"化的重要手段。然而,意识形态因何而来,权威之合法性何以获得确立,这些问题或许才是更本质的。也许我们应该思考一个关于"革命"的社会成本的问题，也就是说，"革命"的必要代价是什么（与此相关的，当然还有不必要的代价），在这个层面上，意识形态的影响恐怕并不如所想象的那么大。但在此，我不打算就此深入。如果我们把革命置于行为学层面去考察，而不是仅置于政治学层面（甚至不是置于历史学层面），答案也许会更有意义。在这种考察中，革命自身的神性因素是一个必要的背景。神性将个体从具体的规定性中抽象出来，使个体现实地疏离于现实，成为一种新现实。在这里，神性的作用是很明显的。神性因素使个体行为获得某种张力，一方面是个体从日常生活中解放出来，变得更个体化；另一方面，这种个体化的意义趋求又是指向于整体性的。在这里，对于个体而言，革命在其身上所产生的解放作用，更主要的是行为学层面上，而不是价值层面，尽管一切行为都指向于价值。

在这里，我们有必要拈出"解放"来进行审视。解放从本质上说究竟是如何实现意志与情感的这点需要辨识。我所说的意志，首先还不是指叔本华笔下那个整合万象的"意志"，而是指个体实现自身价值的欲求，这其中关涉到的层面有两个：一是自身价值，一是实现。作为前者，它是个体的内在规定；作为后者，它是以社会关系为依托的。相对于叔本华的"意志"来说，这里所指称的意志具有一种世俗性。须得考察的是，革命在个体身上所产生的解放作用，与这种意志之间具有怎样的关系。首先，革命与个体自身价值的关系。个体的自身价值通常伴随着超理性或非理性的色彩。我们知道，多数建立在群集关系上的观念或理论，都面临着一个头痛的对手，那就是个人，他往往无法按你既定的音符去按出键音。因此,个体的自身价值常常为群集性的理论所排斥,这种排斥导致了制度与伦理的建立。在早期的人类生活中,个体是消泯在群集实践中的。个体价值的浮出,始于被称为"现代性"所关涉的那些价值形态形成之时——理性工具化的结果,使"神"的终极殿堂坍塌,通往"神"的旅程,变成了通往人的旅程,既然世俗的个体自身成为了实践的尺度,那么,实践本身也就变成了以主体自身为目的。因此,从一定的意义上说,现代化的过程实际上内在地暗含着一个把人作为神的世俗过程。个体的自身价值是这个过程中的必然产物。我们当然可以设问:这种个体自身价值是否存在着某种虚拟性,但这已是另一层面的问题,不在本文讨论之列。我们关注的是,个体自身价值中这种神性的因素是如何回应革命的。显然,在神性这一层面上,个体自身价值与革命之间找到了契合点,也就是说,驱动革命的现代性与民族性中那种神性呼唤,应和了个体内心那种成为神的愿望,进而使革命成为个体的意志选择。再说到另一方面,从"实现"的意义上看,革命的神性力量,又使个体的突破日常伦理的行为获得了直接通向终极的价值确认,进而使"人成为神"的过程得到暂时的世俗完成——也是所谓的"想象性的完成"。这里我们不评价这种突破日常伦理的个体价值实现对于历史有怎样的意义(那是历史学家们的工作),我们感兴趣的是,它在个体行为学意义上的实际效果。这之中,"解放"的作用是明显的。因此,也许可以这么说,革命从某种程度上说,是每一个自觉了的个体的节日。这也注定了革命在个体行为上的发生往往是极端的。

当然,问题的复杂性在于:个体意志在实践中又会汇集成为历史的意志,也就是前文所说的"惯性",而历史意志最终又往往会把个体从其自身价值中剥离出来,成为新的工具。这或许是哲学意义上的个体的宿命。于是,以自身为目的走到了自身的反面。我认为,对 20 世纪中国革命的神性和惯性,技术性,我们都应该给予合适的尊重。

许多站在文化、政治以及意识形态角度对革命所进行的解读,都或隐或显地基于一个历史意志的背景。这种历史意志,在获得了必然性的论证之后,就被用来阐释和判定一切行动了。(比如对列宁主义政党的形成与实践的阐释。事实上,孙中山在20 年代的改组国民党也是意在使该党组织上列宁主义化。)还有一种是建立在或然性之上的猜想,也同样是以某种历史意志作为前提的。但问题是,历史是否具有意志? ——这个问题曾经由恩格斯提出过。也许,在惯性的意义上说,历史会体现出一种意志性的力量,但这种力量或许不能简单地指认为所谓的"历史意志"。在具体的革命行为中,个体对日常生活的超越性是与源于个体间的某种组织性需要相关的。也就是说,革命者必须以革命者团体的方式,才能够有效地实践革命。在这其中,个体所经验的人际过程至少存在着两个层面,即:团体内部的人际过程和团体与其外部的人际过程。我们可以看到,随着革命的发展,前一个层面的人际过程愈来愈趋于复杂乃至纽结起来,而后一个层面则趋于简化。在这里面,团体内部的共同目标或许可以被视为一种意志性的东西。这种意志性的东西与个体价值的适应与否,就决定了个体行为是顺动还是反动的区分。我不想把团体内部这种所谓意志性的东西直接表述为团体意志（尽管在行为意义上它确实是意志性的），我想把它叫作"团体理念"，许多被目为历史意志的东西，其实只是这种团体理念。但通常，人们更愿意把它阐释为一种历史意志，因为那会使之获得某种神性的光环。

基于此，我对所谓的历史是具有某种内在的意志指向这种说法是持怀疑态度的。所谓历史意志，也许只是团体理念的一种现实包装，它并且常常会意识形态化。当然我也深信，每一种团体理念或意识形态，都不同程度地拥有其物质基础或实践基础，否则，那就是一种价值空洞了。

我想尝试说明的是，前文所述及的那种"历史惯性"也许正是以这里所说的团体理念为核心的。因此，革命中的个体行为是受到两种内在力量影响着的：一方面是"神性"的提升力量，这方面是起着超越作用的；另一方面则是"惯性"的下拉力量，这方面所起的作用在某种程度上也许意味着沉沦。于是，个体在革命中，自身具有着超越与沉沦两种力量在起作用，这就是革命中的个体身上存在的"巨大的张力"。这种张力如何在个体行为过程中具体展开，值得深入探究。

我之所以写作这篇文章，其初衷主要还是基于对文学的关注——近五十年（或者更早）以来，中国文学的主流其实都是以解读革命作为一种特殊背景的。对革命解读的不成熟，直接影响了对于文学的判断。因此，"解读革命"绝不是一个无关文学的话题……

市民不是天授的

在 2009 年做一件事,或许具有某种特别的象征意义。《市民》,正是我们要做的这件事。

非凡的 2008 年在国人心里所留下的印记,也许至今都尚未得到充分体验。四川地震的万众捐输,圣火路上的理性激昂,难道都是偶然的吗? —如果你不能从这里面察觉到我们民族心理上已然发生的重大变化,那么你在未来生活中就很可能跟不上历史行进的节奏。此时,我们审视 2008,已经无须对它的苦难与光荣喋喋不休。因为在这苦难与光荣的背后,我们看到了一种重大的转向。这转向就深植在我们心里,如同一根无形的绳,牵引着这个民族的每一分子,走进 2009……

因此,2009 注定是一个重要的起点。我们也选择了这样一个起点重新起跑。

如果你只是想看看热闹,这里也许不够热闹。—其实,在广阔的地平线上,中国生活已经足够热闹,无需到纸页里来寻找它的副本。如果你只是想寻找成功的秘籍,这里也没有秘籍。成功者总是在行走的刹那与成功邂逅的。—那不是一场有预谋的约会,而是踏遍千山所得来的机缘。

我们只是想把自己在本土的沃野中安放下来,再伸展我们自由的肢体,一切悲欢、一切成长,都属于我们自己。

生活无比辽阔,人群如蚁在大地上穿梭。我们将怀着巨大的敬畏目睹这穿梭。每一个蚁民,都具有他生命的尊严。这些尊严汇聚起来,成长为我们的城市。城市的钢筋再怎么坚硬,也没有理由来刺伤或损害这种尊严。也许,在逐逐求生的奔波里,你会一时淡忘这种尊严。但随波逐流往往只是力学上的不由自主,一旦流静涛息,尊严还是会在一个反刍点上打磨你粗糙的生活。—生活只有经过这样不断的打磨,才会逐渐变得精致。

城市也一样:一个精致的城市,难道只是光鲜的大街和雄起的高楼吗? —城市的主体是市民。如果市民的心理并不精致,那些光鲜大街和雄起高楼又能证明什么呢?

因此,我们将追问城市的尊严,追问构成这尊严的种种要素。只有把这个问题追问清楚了,廓清它的成分,变成每一个市民心里的东西,不是概念,而是一种切实的体验。这样,才能构筑下一个城市健全生长的基础。

在一个叫做“思辨广西”的网络论坛里,我看见过两个城市的市民各自为了其城市的尊严而互相贬损,视若仇敌。如果尊严没有一种宽容的胸襟,而是靠贬低对方来达成,那么这种尊严就如同一座头重脚轻的倒金字塔,随时都有可能倾斜。这跟利刃又有什么两样? 利刃固然可以杀伤对手,但又何尝不会宰割自身。

——仇恨是没有尊严的，偏见也支撑不起真正的尊严来。这也让我们对科学的价值有了新的认知：即便在社会生活中，科学的态度也是至关重要的。科学的态度是追问真理的态度，更重要的是，它同时也是一种开放的态度。如果自认为已经真理在握而失去了开放的思维，那么，那所谓的真理就很快会变成一种僵硬的教条。

城市的尊严肯定不是一套严密的教条。一切偏见、一切成见、一切教条，都只能暂时遮盖我们一路走来所身披着的伤痕累累，但这样的遮盖也不过是欲盖弥彰罢了。在今天，以中国这样一种迅疾的城市化的步伐，谁的身上不布满伤痕呢？

历史走到这里，绝大部分的人都面临着脱胎换骨。只有脱胎换骨，才能成为新人。所以，市民不是天授的，只有你自己才能授予自己。而那授予的内容，将会住进你的里面，使你成为新的市民。

《市民》的指向，就是这种"新市民"。我们由此出发。

理性保守

也许我们今天越来越需要一种理性保守的态度。

"理性保守"和"经验保守"是两码事儿。而恰恰在这个界面上，人们最容易将它们混淆。如果我把言说放在"经验"层面来进行，这也许有利于阅读上的效果。但这样做的结果很容易造成一种表达和理解上的不清晰。而这样的不清晰，恰好就构成了日常所惯见的那样一种理性被经验所凌驾的常态。这种凌驾常常席卷着我们的生活。所以，我选择另一种方式来进行这个言说——这可能有点抽象。

思考遥远和抽象的问题其实是一种休息。因为遥远和抽象的问题具有一种超越性的品质，它可以把人从日常的惯性中暂时抽离出来。比如这两天我脑子里就时不时在想"知识何以成立"这样的问题。——知识这种东西，它身后那道看不见的印记其实是目的论的，不是存在论的。但它又必须经过存在论式的孕育才能得以成立。这里面含有一个深刻的悖论。所以我们与知识的关系其实是两难的——你不能把它视为纯客观的反映，也不能对它作过分的目的性的夸张。对知识的态度,也许应该限定在实践层面,而在思维上则必须始终对它抱持一种怀疑论的立场。这是一种理性保守的态度。房龙所说的"宽容",其实也是这种态度。

这种态度在日常中表现出来,并非简单的折中,它有时也可能是强烈的。那只是因为它触碰到了流淌着的经验惯性罢了。这种对经验的冲击,营构了我们生活的某种陌生化的效果,而这种效果也给生活注入了活力。所以,近几个世纪以来,对理性的强调成了知识界的一种主流话语,甚至出现了一种理性迷信。理性迷信是源于它本应具有的那种怀疑立场的缺席。这种立场一旦缺席,所谓"理性"就很容易质变成一种迷信乃至教条。

这是对理性力量的夸大,其中始终潜藏着一个"人类中心主义"或"知识中心主义"的背景,二者的指向是一致的。所以,理性本身也充满着可疑。理性被刻意强调的时候,其实从来都是被夸大的。因为理性不是"实体",它只是"度",而任何一种刻意强调都有把话题对象实体化的危险,谈论"理性"也不例外。

怀疑论的立场也许就是纠正这种夸大的最合适的理性立场。所以"怀疑"是理性的保守因。怀疑精神不应该是一种具有趋向性的事情,它甚至可以不趋向一切结论,而只是一种始终凝视问题的伫留。我们的经验生活往往是蔑视这样的伫留的,因为这妨碍了行动的在场感以及成效性。但这不能构成对怀疑立场进行否定的逻辑理由。

怀疑立场的支点是什么呢?——它肯定不来自知识,而是来自信仰。只有信仰才能对知识进行审视。因为这个东西是确保我们的"知识生活"跟知识自身背后那个"目的论"相接续的唯一通道。没有这个通道，知识就会成为一种反讽的存在。但这个通道的畅通其实也并不能保证理性的天然健全。它只是给我们在进行理性活动时提供了一种觉悟的可能或反思的空间。这种觉悟不是别的，它仅仅是促使我们对理性自身的缺陷产生觉悟，因而能够在投入理性活动时有所自持。

自古及今，人类精神史都关注着知识与信仰的统一这个问题。这仿佛一种尴尬的宿命，反映着理性的某种挣扎。它的本质实际上就是"自由"问题，也就是必然性和目的性的统一问题。——人类所表述的"自由"，从来都是在这个本质上展开的。但也恰恰是这个话题，成为了一种永无谢幕的表演，就好像孔雀开屏开猛了，每根毛管都造成了生理错位，收不回去了。结果那"屏"只好永远开着。古往今来，知识与信仰始终没有一个统一的时候。

知识与信仰的分离，是人类精神最根本的矛盾所在，二者各自成为对方的镜子。它们之间那种内在张力的暂时平衡，就是所谓的"理性"。缺乏"信仰"映衬的"理性"是不可思议的。今天的"知识分子"，多数时候往往并不知道知识是什么。所以今天的很多所谓"理性批判"常常都只是一种与理性无关的经验表演。其区别于经验之处，只是披上了一袭理性的外衣，本质上与理性则是悖逆的。

理想令生活宽阔而又绵长

青年的不安，常在于他们时刻渴望在一个他们自己所创造的世界里生活。然而世界既已造成，所以青年的每一个举手投足都不免跟世界相磕碰。这仿佛命定般的尴尬，往往导致其不安。似乎没有哪一代青年不是在这种"不安"的煎熬中度过他们那段特殊岁月的。

保守的人面对这"不安"，常常称之为"反叛"，其实这是不确切的。因为"反叛"只是这种"不安"所呈现出来的一种风格，不是其内容实质。青年的不安，其实质不是别的，正是我们寻常说的"理想"。一切真正具有历史理性怀抱的人，都应该善待这种"不安"。

我曾经思考过这种"不安"的哲学本质，得出的结论是：它是生命与社会真实交织之时所摩擦出来的精神火花。在人类历史上，似乎总是这样的火花烛照着我们的未来。——这就是历史与人的互动关系之真正奥妙所在。

十年前的这个时节，我作为责任编辑刚刚编完了差不多六百万字的《郭小川全集》，感慨良多。它深刻触动我的，是历史对一个人的巨大撞击，以及一个人全心拥抱历史的艰难历程。那时候，很多号称"自由知识分子"的人很喜欢用"洗脑"这个词来叙述一些历史中的个体。我对这用词是极为反感的，因为它的背后，隐约包含着使用者对历史中具体个体的某种极端轻蔑。这种轻蔑也恰好彰显出那些所谓"自由知识分子"的轻浮和浅薄。我觉得应该在那书前写一篇"出版说明"，表达出版者的一种态度。后来便写下了这样的话：

> 在平凡的日常生活里，历史常常是看不见的，就像熏风拂过四月的晨昏，许多时段都在生命的怡然与漫不经心中悄然流逝，历史仿佛在人群的行止间搁浅了。只有在大变动的时代，历史才恍然如同一个有着鲜明性格的活体，逼真地在人们身边奔进前行。这样的时代，往往会裹挟着大多数人，意义鲜明地去生活与行动。这意义鲜明的生活，是一种饱含理想的生活，历史经验在相当大程度上直接成为个体的内在生命体验。这体验在后人看来无论显得多么的幼稚或简单，但它在那具体的个体生命中却是丰满真实的……

今天我重新翻阅自己十年前写下的这段话，依然感慨良多。我越来越感受到，这么多年来自己的内心其实一直都在关注着"理想"这件事。这虽然使自己失去过某些现实中的好处，但在你凝望人群之际，却会骤然发现，正是这样的关注，营养着你的内心无比充实。——你可以把这视为从青春时代延伸过来的某种荫庇，也可以把它视为致使自己还能够品尝鲜活历史滋味的内在源泉。这一切都足以使你发自内心地生出这样的念头：感谢理想！

在《市民》复刊第一期的卷首语中，我曾经把 2008 年称为"非凡的 2008 年"，那一年的种种观察，使我察觉到我们民族心理上已然发生某种重大变化。但这变化是什么，我当时没有明说。——其实那不是简单的爱心释放，也不是单纯的道德回归。仔细体察后你就会发现，那正是中国人对某种更高价值目标的呼唤与表达。一个民族，如果没有一种更高的价值目标，那么在他达到"小康"之后，便会对生活失去最本质的兴趣。而这所谓更高的价值目标，也就是理想。

人类是一种群居性动物，所以绝对地标榜"个体性"其实是不真实的；同时，人类又是一种理性的动物，因此一味顺从人群法则也同样不真实。我们都是一只只在自我与社会间摇摆的钟，发条彻底松弛时，摆动才会终结。而终结的个体，总是被历史强行拨入"群体"的一边去，成为整体记忆的一部分。因此，谁都无法拒绝历史。因为历史是每一个人的真正归宿。那么"理想"是什么呢？——理想不是别的，它就是面对未来的历史感。

只有理想，才会使我们的生活变得宽阔而又绵长。

志愿者和信仰者

　　两年多前的夏天,我坐在北京到十堰的火车上,去寻访一个作者。我们那个卧铺格子里,有个韩国的老太太,位置是上铺,我是下铺。看她爬得艰难,我就跟她把位置换了,自己睡到上铺去。上铺对面是一女的,在看书。在后来的车程里,我昼伏,她日出,没有时间上的交集。直到临近武当山那两个小时,大家都坐在靠窗的地方,等待到达。后来就交谈起来。她告诉我说,一启程就看到了我让座的感人事迹,有印象。我说反正我白天睡觉,躺在下铺也不消停。这么着,就把话题聊开了。

　　她是一个志愿者,在北京大兴那边的一所孤儿院作义工。这是我第一次在一种无主题状态下跟一个志愿者聊天。那所孤儿院是一个加拿大人办的。她是十堰人,已经在那孤儿院干了两年了,这次旅程是回家探亲。我那时也算是一个京漂的。好像京漂的碰在一起,就跟列宁说的各国工人唱起了《国际歌》似的,会有很多共同的感受性的话题。她大学毕业后曾经在公司的写字楼里干过,当一小白领,觉得那种日子很没意思,后来就信教了。先是周末到孤儿院去做做善事,渐渐的,觉得那种事情让自己心里很舒服,所以干脆辞了职,专门做起了义工。

孤儿院管吃管住,每个月还能给她几百块钱。她们那个院长也不是什么特有钱的富婆,也是四处化缘的,努力维持着那个孤儿院。听得出,她谈起她们院长来,声音里有一种极其宁静的感动。我说,你这也不是长久之计呀。她说有时候也会想自己今后怎么办,但一做起事来就不想了。临下车的时候,她把她北京那孤儿院的电话、地址给了我,说如果我回北京后有兴趣,可以去看一看,在那一带,她们孤儿院挺有名的。我也说等我回北京会找时间去看看。

但是后来我的工作就有了变化,再回到北京,已经不是返程,而是出差了。所以我始终没有真正前去那孤儿院探访,她的那个电话、地址也不知搁哪儿去了。这当然跟我比较懒也有关系。其实我也不知道她讲述的这个故事是不是真的。但我确实听到了她志愿给我讲的这个故事,自然是志愿者的故事。

到了去年5月12号,地震那天我正好在西安。那十来天时间里,几乎每天都能感觉到大地的晃动。这种晃动使你无法不去关注地震这个事件。我对电视上那些志愿者和捐输者的神情和语气,看得极其认真。媒体努力把他们塑造成一群急国家之所急、想人民之所想的人物。但是我看得出,他们的步点跟媒体的阐释其实不是真的发生在同一个意义层面。你可以在你的意识形态范畴内把他们阐述为一批好青年,但是志愿者的行动并不是在你的那根指挥棒下导演出来的。

这个貌似朝野一致的和谐现象里面，其实存在着一种很奇妙的巧合。我从那些志愿者身上强烈感受到了一种可以称之为"公民感"的东西，而且这种东西现在看来已经是曲解不了的。

　　今天的中国，有些人群是看得见的，有些人群是看不见的。以我的观察，他们很可能就是未来生活变局中的最有爆发力的社会力量。比如说，到了2008年，志愿者成了看得见的人群。这个人群里面有相当大的一个部分其实还有另一种人群身份，这是看不见的人群，那就是——信仰者。

　　我知道今天的中国表面看是一个信仰缺失的时代，但实际生活中，这个时代正拥有着越来越多的信仰者。你畏惧这种信仰，其实毫无用处；你压制这种信仰，其实也毫无用处。我越来越感觉到，今天是一个急迫地需要进行一种平等的信仰对话的时代。否则，冲突很可能会以一种复仇的方式爆发。

　　近几年编辑中医图书，使我经历了不少佛学信仰者，他们很普遍。这是一类信仰人群。"国学热"的泛起，又使我观察到了一批儒学的信仰人群；他们喊得比较起劲，但韧性如何还有待观察。还有一类信仰人群是信拜耶稣的人群，这类信仰者的特点是，他们一起步，就是以一种极具中国特色的、新教化的方式在确立信仰。

　　前阵子我要维修一些东西，请了一个工人帮我维修。有一天中午，他忽然对我说："龙先生，我今天下午不能来了。"我说："没事儿，你有事就忙去。"他可能误认为我这话中含有一点不高兴的意思，所以沉默了一下又说："我是信耶稣的，今天是礼拜日。"这个信息使我对他产生了一种精神上的关切。因为我在北京那几年，出于早年对西方哲学的兴趣，购买和阅读了不少基督教神学的书籍。西方哲学就是这样，如果你对神学一无所知，那么那个哲学的内核中有一块极关键的部分你就永远无法体会得到。正是这种阅读，使我很强烈地希望跟他进行一些内心的对话。所以后来的一些时间里，我们好几次坐在一起谈论基督教的话题。

你如果没有这样的经历，你很难体会到一个日常看上去灰头土脸的人，在触发到他内心的那个信仰话题时，他的脸上所绽放出来的那种真正纯粹的、精神性的光芒，他的语言变得连贯而坚定。那种由内心的喜悦而弥漫出来的信仰叙述，能使你感受到《圣经》在他那里完全不是一个文本，而是一个家园。有好几次，我在这种交谈中都感到了自己内心的惭愧。

我的工作使我总是接触到很多被称为"知识分子"的人，但我在他们脸上从来没有见过这么纯粹的精神性的光芒。我们的知识精英都在干什么呢？他们很多都在堕落。但我越来越相信，世界不会随同他们一起堕落。

我不想过多地讲述我的观察。但我有一个判断：志愿者和信仰者是今天中国最有力量的一类人群。你很难玩弄他们，因为那相当于在玩火。

人心即城市的彼岸

这几年来,我更多的时间是在外地工作,经历了很多城市,不是过路,而是较长时段的栖迟。没有定居证,没有暂住证,挤在城市行进的人流中,身边每个人看上去似乎都大有来头,唯独我是一个身份不明的人。

这种身份不明会使人洞穿很多生存的真相。有时候,身份太明是一种负累,但身份不明也时时会让你感到生活的失重。就像漂浮在水泥地面上的一张纸屑,一阵风就能打破你生活的平静。

很多人的生活都是失重的。一种失重的生活,无法产生真正健全的心智。正是这心智上的不健全,使我们的城市充满了偏见。今天中国的城市太坚硬了,坚硬到几乎每一个住在城里的人,都很难找到一个保持不被它磕伤的安全距离。过去陶行知先生表述他内心的教育情怀,写过一个对子说:"捧着一颗心来,不带半根草去。"借用这个句式,我们也可以说:今天的中国城市常常是让人"捧着一颗心来,带着满身伤去"。这是什么样的城市呢?

但是，不管你愿意或不愿意，在今天的中国生活中，城市是绕不过去的。20世纪90年代以来，城市化浪潮席卷中华，田园牧歌渐渐隐退。在所有感知的场合，如果从地底猛然钻出个田园诗人，大逞诗思，则无论他如何举手投足，在城市的目光里，他的一切可能是怎么看怎么显得做作。谁也不知道我们城市的这种感知状态究竟会走向何方。城市会由此导向何方？

这或许暗含着一个常识：真正引导城市去向的，不是规划部门，不是红头文件，甚至也不是资本催生出来的那种种空间覆盖，引导的力量其实就藏在每一个人的心里。你怎么呼唤它，就有什么样的方向；不呼唤，它就始终沉睡着。我们的此岸灯红酒绿，它的彼岸却遥遥无迹。

城市的彼岸究竟在哪里？有没有人在追问？一个城市，如果没有这样的追问，那么这个城市就是空洞的。一个空洞的城市，除了欲望弥漫，不会变得姿婆有情。

所以，丈量生活不仅需要瞻前顾后，还得扪心自问。

就在前几天，我们到边境寻访了几座烈士陵园。那天是一个特殊的日子。很多老战士从四面八方赶来，看望他们已经活成石碑的战友。不绝鸣放的鞭炮使墓园里重新弥漫了硝烟。在烟幕拉开的地方，碑镌把历史捧托出来，郑重地呈现在你的眼前。霎时间，你的心会感到某种灼热，仿佛触摸到了石碑的体温，咄咄逼人。肯定有一种温暖能把冰凉的石碑捂热，但那不是太阳，而是真情潜藏的人心。

我们常常是被物欲驱遣着的一群走卒，对物的盲目占有已经成了多数人内心激情的唯一来源。当步子愈行愈远,你是否回眸想到过"归去"呢?也许在你回眸的那一刻,回首向来,却发现满目萧瑟。田园不再,我们似乎已经无处可归。

为什么"田园"能够成为一种近似于生命的怀想?因为田园是供养生命的最接近于天然的场所。写字楼并不能直接供养生命,车间也不能。人心深处这种田园情结,说明"人"是需要得到安放的。在田园远去的时代,我们剩下的唯一的办法,就是使城市真正成为家园。如果城市只是寄居,那么大地就再没有安放之所了。

一个城市,需要全体市民共同打造。所以,人是应该尊重城市的。我们遵守交通法规,遵循社区秩序,尊重城市遗产和公共设施……这些都是人对城市有所尊重的表现。但是,人不能单向地尊重城市,更重要的是,城市必须尊重人。无论他是什么人,城市都没有对他野蛮剥夺的理由。道理很简单:城市是为人服务的,不是集中营。

只有健全和谐的人与城市的关系,才会有健全和谐的市民。也只有健全和谐的市民,才能生长出健全和谐的心智。而正是这样的心智,才是把城市导向光辉彼岸的力量。这正如佛门说"净土",有所谓"即心即净土",道理是一样的。

因此,人心即城市的彼岸。

历史想象力

今天的中国心灵，似乎很难看到这种叫做"历史想象力"的东西。这也许就注定了我们只能砌造一个繁华琐屑而平庸的时代。尽管你心里如何不甘平庸，但"历史想象力"的匮乏终将使你难以超越生活的庸常。在这个时代里，"超越"似乎正从一个神性沛然的词汇变成一个弥漫着所谓"小资情调"的词，肉身离历史越来越远，而普遍所理解的"超越"也越来越接近于一种伪诗学似的主观清高……

这使我时常会思念马克思。我上大学的时候，读过一些马克思的书(不是教科书)。那时是二十世纪八十年代初期，国内学术界正热衷于讨论所谓"亚细亚生产方式"的问题，实际目的则是为了论证中国历史落后的结构性原因。"亚细亚生产方式"是马克思提出的一个概念，大概在旧版的"马恩选集"第二卷里，有一组关于东方的文章，其中的论述就涉及这个问题。但我对这概念却没有多大兴趣，因为那种讨论就像是为一只找不到合适手套的手在发愁。讨论者们都在关注不同规格的手套，而很少想到那手的实际生理。马克思在谈到东方田园诗式的和谐时,也说到了那种社会的一个巨大弊病,这就是:缺乏历史首创精神。——"历史首创精神"这个表述,是马克思的原话。这个表述给我启发很大,它把人带入历史感。

什么是"历史首创精神"呢? 它不完全是实践层面的东西,而首先是一种真正超越性的精神智能,差不多也就是我在第五期卷首语中提到过的所谓"面对未来的历史感"——在我看来,这是"理想"的一种指标。马克思所说的"历史感"的时间矢度,不仅仅是指向过去的,它其实更指向于未来。——如果我们面对"过去"是靠一种历史理解力的话,那么面对"未来"就需要有一种历史想象力。没有历史想象力的民族是不可能跨越历史的。

我们今天这个时代,历史想象力几乎完全退场了。近来有一本书,叫做《中国不高兴》,里面提出了一个观点,认为:中国要有一个"大目标"。——我把这视为对历史想象力的一种呼唤。但遗憾的是,当你仔细察看它的那所谓"大目标"时,你会怅然发现,那里面仍然缺乏历史想象力。国家主义的激情虽然是一种实用的激情,不能否认它的现实动力作用。我讨厌那种动不动拿"爱国主义"或"民族主义"来作为自己持否定态度依据的所谓"自由知识分子"。他们总是说"民族主义是一柄双刃剑"。但这把剑到了他们眼里,似乎就只剩下"自残"的一面,而完全看不到"自卫"的一面。这显然是充满偏见的。但是,国家主义的激情却并不为历史提供新的价值,更重要的是,它也不能给人类提供一种新的生活方式——而历史想象力的核心,恰好是这二者。这才是"大目标"的局限所在。

我们这几十年的历史书写,如果用体操来做个比喻的话,大致可以这么说:它始终没有一种高难度系数的空中翻转,而总是在一种"规定性动作"的规范下蹦跶。以近六十年来说,前十几年的心态是:苏联的今天就是我们的明天;后三十年的心态是:美国的今天就是我们的明天。——每个生活于当代中国的人,都能体会到这种历史潜台词。好像我们的努力只是为了去复制人家,而当代的国史则整个地成了一场"模仿秀"……这意味着什么呢?它意味着:你仍然没有历史首创精神,也就是说,你仍然没有历史想象力。

当然,"历史想象力"也是一种"双刃"性的智能,这一点我会在适当的时候去阐发。但是,在我们的"族性"变得越来越平庸的今天,呼唤历史想象力已经是一件迫在眉睫的事情。